행복은 뇌 안에

행복은 뇌 안에

타인 공감에 지친 이들을 위한 책

장동선

박보혜

김학진

조지선

조천호

글항아리

추천사

연대와 위로. 척박한 경쟁사회를 사는 누구나 꿈꾸는 것이 아니겠는가? 하지만 쉽게 달성되는 것은 아니다. 다들 받기만을 원할 뿐 줄 수 없기 때문인데, 이 책은 바로 이 문제를 깊이 있게 다루고 있다. '공감'. 사이코패스 연구를 평생 하면서 가졌던 궁금증이 어느 정도는 해소되는 느낌이다. 공감 능력이라는 게 정상적인 삶을 살아내는 데에 얼마나 중요한 것인지 이 책에는 아주 잘 설명되어 있다. 추천한다.

_이수정, 경기대 범죄심리학과 교수, 사회심리학자

우리가 느끼는 행복은 다른 사람들에게서 전달되는 경우가 많다. 누군가와 같이 웃어보는 공감의 경험을 해야 행복을 느낄 수 있

행복은 뇌 안에

다. 하지만 사람의 뇌는 각자 타고난 기질과 성향에 따라 타인의 감정에 공감하는 능력에 차이가 있다. 뇌 안에 있는 공감 회로는 평생에 걸쳐 발달할 수 있으며, 훈련을 통해 '공감하는 뇌'를 만들 수 있다. 이 책은 공감으로 행복을 얻는 법을 뇌과학을 통해 설명한다. 독자는 공감으로 행복을 담아두는 능력을 기를 수 있게 될 것이다.

_전홍진, 성균관의대 삼성서울병원 정신건강의학과 교수 겸 부학장,

『매우 예민한 사람들을 위한 책』 저자

공감을 제대로 받으면 심리적 균형감이 절로 생긴다. 합리적이고 건강한 상태가 돼서 불필요한 에너지 소모가 대폭 줄어든다. 한마디로 공감은 가성비 최고의 촌철활인寸鐵活人이다. 지난 30여 년간 상담실에서 트라우마 현장에서 몸으로 익힌 경험칙이다. 하지만 공감은 보이지 않아서 증명이 어렵다. 공감의 개념과 태도를 집대성한 듯한 이 책은 그래서 반갑다. 공감에 대한 일방향의 단정이 아니라 공감이 왜 동아줄이고 어떻게 방공호가 되는지를 현악 5중주 형식으로 들려주는 공감 보고서다. 섬세하고 균형 있는 시도에 고맙단 말을 전한다.

_정혜신, 정신과전문의, 『당신이 옳다』 저자

지난 3년간 코로나19의 시간을 관통하면서 절실히 필요했던 것은 소통, 공감과 위로의 대화였다. 하지만 우리 사회는 공감의 본질을 깊이 있게 들여다보지 못하고 그저 공허하게 응원만 외쳤다. 잠재적 감염자를 꺼려하고 감염자를 고립시켰으며 마스크와 백신을 매개로 혐오를 정당화하고 일상화했다.

이 책에서는 사회신경과학자를 포함한 '공감' 전문가들이 공감의 뇌과학적 메커니즘과 일상적 실천 방법을 이야기한다. 코로나19가 종식되더라도 공감의 소중함은 여전히 남는 법! 이 책이 '공감 결핍의 시대'를 살아가는 우리들에게 지난날의 어리석음을 복기시켜줄 귀한 지침서가 되었으면 한다.

_정재승, 뇌공학자, 『정재승의 과학 콘서트』『열두 발자국』저자

공감이 왜 필요한가. 막연히 답을 알고 있다고 생각했는데, 다섯 명의 전문가가 펼쳐놓는 그 이유는 지적 근육을 단련시키고 인식의 지평을 넓혀줬다. 공감소통가는 "남에 대한 공감 이전에 자신에게 공감하는 게 먼저"라며 허를 찔렀고, 사회신경학자는 관점의 이동은 쉽지 않으니 공감 교육이 중요하다고 해 고개를 끄덕이게 했으며, 심리학자는 남이 아닌 나에게 혜택을 주는 것이 공감이라며 발상을 바꿔주었다. 뇌과학자는 공감 능력 덕분에 인류가 진보했고 앞으로도 그럴 것이라고 했으며, 대기과학자는 기후

행복은 뇌 안에

위기에 대처하기 위해서라도 선한 소비를 넘어 투표 행위로 이어지는 공감의 연대가 필요하다고 했다. 개인 차원에서 시작해 인류 문명사적 차원으로 확장하며 종횡한다. 깊이 있는 주제를 브런치처럼 경쾌하게 접근하는 콘퍼런스를 엮은 이 책의 매력에 함께 빠져보기를.

_손영옥, 저널리스트 겸 미술평론가,

『미술시장의 탄생』『아무래도 그림을 사야겠습니다』 저자

서문

 이 책은 티앤씨재단의 콘퍼런스 '우공이산'에서 다섯 학자가 강연한 내용을 모은 것입니다. 각자의 전문 분야에서 다각도의 분석과 연구를 통해 '공감'을 심층 해부한 이 강연들은 마치 각기 다른 파트를 연주하는 다섯 악기가 오케스트라에서 하나의 웅장한 하모니를 연주하듯이 공감에 대해 풍부하고 섬세하게 알려주고 있습니다.

 요즘은 공감이라는 단어가 참 많이 들립니다. 갈수록 양극화가 심해지고 급변하는 환경 속에서, 소통하고 협업하는 것이 과거 어느 때보다 더 중요해졌기 때문일 것입니다. 그러나 여전히 공감이라는 단어는 다소 공허하게 남용되고 있다는 느낌을 받곤 합니다.

 만약 '공감'이 단지 타인을 이해하고 위로하는 것이 아니라 나의 삶에 분명한 혜택과 변화를 가져오고, 물질적인 소유나 외부 상황에서 찾을 수 없는 진정한 행복을 찾게 해주는 실질적인 능력이라면 어떨까요?

『행복은 뇌 안에』의 저자들은 '공감 능력'이란 현대 사회를 살아가는 우리에게 그 무엇보다도 중요한 경쟁력이자 생존력이라고 이야기합니다. 바로 자신의 감정을 정확히 이해하고 적절히 다루는 것이 공감의 출발이기에, 공감은 남 이전에 나의 행복을 위한 일입니다. 내 안의 상처나 결핍을 섬세하게 알아차리고, 자기 연민에 빠지지 않으면서 자신의 감정을 깊이 들여다볼 수 있다면 그때 생겨난 마음의 공간은 자연히 타인과의 관계를 개선하게 됩니다. 잘 공감하는 이들은 스스로 행복을 얻고 주변을 행복하게 할 수 있는 사람들인 것입니다.

또한 공감은 수동적인 감정 노동이 아니라 "우리는 의견이 다르지만 친구가 될 수 있어"라는 열린 태도를 말합니다. 도덕감과 정의감은 그 자체로는 바람직한 덕목이지만, 자칫 지나치게 강해지면 자신의 가치관이나 원리 원칙을 지키기 위해 타인을 구분하고 평가하고 비난하는 경향을 만들기도 합니다. 이러한 대립감과 적대감은 혐오 사회를 만들어 사회적 연결성을 약화시키고 더 많은 고통을 초래합니다.

누군가를 미워하고 혐오할 때 뇌는 스트레스 호르몬인 코르티솔과 분노를 조절하는 호르몬인 테스토스테론의 분비를 촉신합니다. 이 호르몬들이 지속적으로 분비되면 불안, 우울, 스트레스 증후군 등을 유발하고 분노와 공격적인 행동을 불러일으킵니다. 나아가 건강까지 악화시켜 면역력을 떨어트리고, 소화기 질환을 일으키며, 노화를 촉진한다고 합니다. 외부를 향한 혐오가 사실은 내 안에 독을 퍼뜨리고 있는 것입니다.

이러한 사실만 살펴봐도 공감 능력은 인간관계와 삶의 질에 직접적인 영향을 줄 수 있습니다. 부정적인 감정을 다스리고 마주하는 상황에 합리적으로 대처할 수 있게 해주기 때문입니다.

마지막으로 이 책은 공감과 환경, 사회적 이슈 사이 관계도 다루고 있습니다. 기후 문제를 비롯해 지구 생태계와 인류 생존에 대한 위협을 해결하기 위해서는 문제에 대한 이해와 공감이 우선시되어야 합니다. 이를 통해 서로 다른 입장에서 문제를 바라보는 시각을 확장하고, 모두를 위한 해결 방안을 모색할 수 있습니다. 이 책은 공감으로 서로 연결되는 것이 진정으로 어떤 의미를 지니는지 보여주기 위해 공감의 중요성과 혜택을 분석하며, 미래 세대가 따뜻하고 협력적인 사회를 만들어가는 데 필수 요소인 공감 능력을 높이는 방법을 제시합니다.

『행복은 뇌 안에』는 서로 이해하고 연결되는 세상, 포용력 있고 협력적인 세상을 만들기 위한 티앤씨재단의 노력의 일환입니다. 이 책을 통해 우리는 자신과 타인에 대한, 그리고 우리가 살아가는 세상에 대한 새로운 인식을 얻게 될 것입니다. 바이올린, 첼로, 클라리넷, 트롬본, 팀파니와 같은 다양한 악기가 조화롭게 어우러져 하나의 멋진 오케스트라를 만들듯, 각기 다른 연구 분야에서 온 다섯 저자가 각자의 관점에서 공감의 세계를 탐구합니다. 서로 이해하고 연결되어 함께 살아가는 방법을 찾고 싶은 분들에게 이 책을 추천합니다.

"In a gentle way, you can shake the world." _Mahatma Gandhi
부드러운 방법으로 세상을 뒤흔들 수 있다. _마하트마 간디

티앤씨재단 대표 김희영

차례

1장

뇌의 공감
메커니즘

—

장동선

우측의 QR코드를 통해
티앤씨 APoV 콘퍼런스
'우공이산' 강연 영상을
시청하실 수 있습니다.

저는 뇌과학자이자 뇌과학 및 미래 기술과 관련한 내용을 많은 사람에게 전달하려는 지식 커뮤니케이터이기도 합니다. 지식 커뮤니케이터란 뭘까요? 세상에는 많은 지식이 있지만 그걸 다 알 수도 없고, 누군가가 말해주더라도 잘 이해하지 못할 때가 많죠. 이때 중요하다고 여겨지는 과학 지식을 사람들이 이해할 수 있도록 풀어서 흥미롭게, 기억이 잘 나도록 강연이나 유튜브 형태로 소통하는 역할이 지식 커뮤니케이터, 과학 커뮤니케이터의 일입니다.

제 주요 전공은 사회인지신경과학social cognitive neuroscience이에요. 다른 사람을 볼 때 우리 뇌 안에서 그를 어떻게 인지하고 판단하는가를 연구합니다. 이런 전공을 했다고 제가 여러분을, 혹은 타인을 좀더 뛰어나게 판단할 수 있을까요? 사실 그게 쉽지만은 않습니다. 이 분야를 연구하는 이유는 이런 거예요. 근미래에 로봇이나 드론, 자율주행 자동차 등 우리와 소통하고 교류하는 기계가 여러 종류 생길 텐데, 이들이 인간의 신호를 잘 읽어내야만 인간과 매끄럽게 교류할 수 있겠죠. 그러려면 일단 인간이 다른 인간과 교류할 때 어떻게 정보를 얻고 판단하는지를 알아야 합니다. 사람의 표정을 살피기도 하고, 제스처나 다양한 목소리를 분석하기도 하는 연구 분야라고 할 수 있습니다.

뇌과학자의 관점에서 보는
공감이란

공감은 인간의 지능 발달과 일상에 있어서 가장 중요한 능력 중 하나입니다. 단순히 다른 사람의 감정을 이해하고 느끼는 것을 넘어 공감하는 능력이 없었다면 인류는 지금처럼 많은 것을 이뤄낼 수 없었으리라는 것이 신경과학자들의 공통된 견해입니다. 호모 사피엔스, 즉 인류를 특별하게 만드는 능력은 지능이기도 하지만, 지능 이상으로 타인과 소통하고 힘을 합치는 능력도 정말 특별하거든요. 공감 능력이 없다면 그럴 수가 없죠. 인간이 생존하는 데 가장 중요했던 능력을 꼽는다면 분명 공감 능력이 첫 번째에 놓일 것입니다.

　　보통 공감이라고 하면 감정이나 마음과 관련된 것을 떠올리는

데요, 정확히 말하면 공감은 뇌와 가장 밀접한 관련이 있습니다. 뇌에서 공감을 담당하는 부위가 어디이며 어떤 작용을 통해 공감이 일어나는지는 지난 10~20년 동안 활발히 연구되어왔어요. 살면서 가장 행복하거나 불행했던 순간을 떠올려보면, 혼자 있을 때보다 다른 사람 때문에 행복하거나 불행했던 순간이 많을 거예요. 몹시 힘들었다면 사람이 나를 힘들게 했을 가능성이 크고, 아주 행복했다면 누군가 나를 알아주었거나 내가 좋아하는 사람에게 사랑한다는 말을 들었기 때문이겠죠. 이 과정에서 공감이 차지하는 역할은 굉장히 크다고 할 수 있습니다.

이 장에서는 세 부분으로 나눠서 이야기를 진행하려 해요. 첫째, '우리는 왜 뇌를 갖고 있는가'입니다. 그중에서도 인간 뇌의 특별함을 설명하는 요소로 공감을 들 것이고요. 두 번째로는 몇 가지 자료를 통해 우리가 공감 능력으로 얼마나 놀라운 일을 할 수 있는지를 보여드릴 겁니다. 마지막으로는 뇌와 뇌가 연결될 때 마치 악기처럼 뇌파가 공명하는 현상을 보여줄 겁니다. 다시 말해, 진정한 공감이 뇌에서 어떤 구체적인 신호와 결합을 통해 일어나는지를 보여주고자 합니다.

우리는 뇌를 왜 가지고 있는가

첫 번째 질문은 이렇게 던져볼게요. 인간의 뇌에서 공감 능력은 어떻게 진화했는가? 이것을 알려면 먼저 뇌를 가지게 된 이유부터 물어야 해요. 모든 생명체가 뇌를 갖고 있진 않잖아요. 아메바 같은 단세포 생물은 뇌 없이도 잘 살거든요. '생명'이란 살기 위해 양분을 섭취하고, 남는 것들을 배설해내는 대사작용을 하며, 나아가 유성생식이나 무성생식으로 스스로를 복제할 수도 있는 존재를 뜻합니다. 사실 단세포 생물 혹은 식물도 변화가 닥치면 거기에 대응하긴 하지만, 능동적으로 대처하는 데는 분명 한계가 있습니다. 만일 지진해일이 덮쳐온다면, 식물이나 미생물은 능동적으로 도망갈 수 없지만 동물은 도망갈 수 있죠. 감각기관으로 파도를 보거나 변화를 인지한 뒤 운동기관을 움직여 '도망가야지' '헤엄쳐야지' '날아가야지' 하고 대응할 능력이 있는 거죠. 이렇게 감각기관과 운동기관을 이어주는 신경절이 더 진화해서 뇌가 되었다고 합니다. 즉 단세포에서 다세포 생물까지, 어류에서 인간까지 도달하는 과정에서 뇌 용량이 점점 커졌어요. 용량이 증대되면서 뇌의 능력도 점점 늘어났는데, 알에서 태어나는 어류나 양서류, 파충류와 비교해 엄마 뱃속에서 태어나는 포유류가 가진 특성은 따로 있습니다. 바로 감정이에요.

뇌의 진화과정, 즉 수억 년의 역사를 짧게 보자면, 파충류 단계의 뇌도 외부 변화를 보고 '저것은 중요하구나'라는 판단을 내릴 줄 압니다. '저것은 먹이구나' '지금은 도망가야겠구나'라는 판단을 본능적으로 재빨리 내릴 수 있어요. 알에서 태어난 동물도 곧바로 거의 모든 능력을 갖게 되고요. 한편 포유류로 오면서 환경 변화에 본능적으로 반응하는 것을 넘어 다른 개체를 살피기 시작했어요. 이를테면 쥐나 강아지, 고양이도 다른 동물이 공포심을 드러내면 '무슨 일이지?' 하고 반응해요. 혹은 다른 동물이 신나게 먹을 것을 향해 달려가면 '먹을 게 있나보군'이라며 그 개체의 감정을 인지합니다. 행여 지진해일이 덮쳐오는 걸 못 봤다 하더라도, 옆의 개체들이 도망갈 때 그 감정을 인지해서 쫓아가기만 해도 살아남을 확률은 올라가는 거죠. 그러니 다른 개체의 감정을 인지하는 능력은 생존하는 데 있어 커다란 장점이 되었습니다. 포유류 단계에서 다른 개체의 감정에 반응하는 것은 원초적 형태의 공감이라고도 할 수 있습니다. 감정이 전염되고 감정을 느끼니까요.

여기서 한 단계 더 나아간 것이 바로 인간입니다. 다른 존재가 나를 어떻게 볼 것인지 예측하고 시뮬레이션해서 그의 시각으로 자신을 바라보는 능력, 그가 어떻게 행동할 것인지 좀더 깊이 이해하는 능력도 생긴 것이죠. 그런 까닭에 지능은 공감 능력과 함께 진화했다고 보기도 합니다. 인간의 지능이 언제 급격하게 진화했는지에 대해서는 '사회적 지능 가설Social Intelligence Hypothesis'이 제기되었습니다.[1] 사람들이 여럿이 모여 살기 시작하면서 뇌가 급격히 진화했다는 가설입니다. 모여 살 때 가장 어려운 일은 다른 사람의 생각과 감정을 읽어내는 것인데, 그 어려운 과제를 계속 수행하다보니 지능이 비약적으로 진화했다고 보는 것입니다.

동물과 견주어 인간의 어떤 점이 특별하냐고 물으면 생각하는 능력, 즉 의식을 가장 많이 얘기하잖아요. 우리의 의식을 구성하는 데 있어 매우 중요한 요소 중 하나는 메타인지 능력입니다. '내가 어떤 것을 어떻게 경험했구나'라며 자신을 돌아보는 능력, '내가 이런 생각을 하고 이런 감정을 느끼는구나' 하고 스스로 인지하는 능력이죠. 이것 역시 타인이 나를 어떻게 볼지 생각하다가 발전한 능력이라고 합니다. 그렇게 진화의 측면에서 보면, 다른 존재의 생각과 감정을 읽어내는 능력이 지금 우리 능력의 밑바탕이 됐다고 할 수 있지요.

뇌 안에서 공감은 어떻게 이뤄지는가

그렇다면 뇌 안에서 공감 작용이 어떻게 이뤄지는지 살펴볼까요?

행복은 뇌 안에

우선 공감을 정의하려는 시도가 다양했어요. 영어로 공감은 em-pathy인데 이 말에는 여러 의미가 담겨 있습니다. 이를테면 다른 사람의 반응과 똑같은 반응을 보이는 거울반응mirroring도 공감입니다. 타인의 생각과 행동을 그의 입장에서 바라보는 조망 수용 perspective taking 능력도 공감의 일부입니다. 또 일반적으로는 같은 감정을 느끼는 것emotional contagion을 흔히 공감이라고 하죠. 최근 연구들에 따르면, 흥미롭게도 공감을 정의하는 범주에 따라 그에 대응하는 뇌의 활동도 다르다고 합니다.

독일 막스플랑크 연구소 출신의 필리프 칸스케는 이렇게 나누기도 했어요.[2] 일반적으로 엠퍼시empathy라고 부르는 감정적인 공감은 다른 사람의 감정에 무의식적으로 반응하는 것이며, 뇌 안에서 그 감정을 함께 느끼는 영역들이 활성화됩니다. 이처럼 다른 사람의 감정에 반응해 같은 감정을 느끼는 능력은 어려서부터 생겨나는 능력이며 나이가 들어도 퇴화하지 않는다고 해요. 반면 다른 사람 입장에서 생각해보려는 능력, 즉 다른 사람의 시선에서 보는 능력은 연습을 통해 향상될 수 있지만 나이가 들면 퇴화한다고 합니다. 흥미롭죠? 다른 사람의 시선으로 보기 위해서는 정말 많이 생각하고 노력해야 하는데, 나이가 들면서 이 능력이 다시 줄어든다고 하니 자연히 '꼰대'라는 말이 떠오르죠.

칸스케는 뇌가 제각기 다른 상황에서 어떻게 공감하는지를 애기해주는데요, 예컨대 뇌에서 부정적인 감정에 반응하는 시스템과 긍정적인 감성에 반응하는 시스템이 다르다고 합니다. 외부로부터 부정적인 자극을 받을 때는 뇌에서 편도체와 뇌섬엽이 활성화되며, 긍정적인 자극을 받을 때는 전전두엽 부위가 활성화됩니다. 긍정적인 사람은 부정적 자극을 받아도 두 시스템이 서로 신호를 주고받으면서 쉽게 극복하지만, 부정적인 사람은 전전두엽과 편도체·뇌섬엽 사이에 신호 전달이 원활하지 않아 잘 극복하지 못한다고 하죠.

이를 공감의 영역으로 가져와 얘기해보면, 누가 화낼 때 같이 화내주는 것과 기뻐할 때 같이 기뻐해주는 게 사실은 뇌 안에서 다른 과정을 거친다는 뜻이죠. 또 하나는, 누군가가 고통받을 때 거기에 연민을 느껴주는 것도 공감이지만, 다른 사람이 나와 다르게 생각할 수 있다는 것을 알고 인정하는 능력 역시 또 다른 공감이라고 합니다.

이런 연구는 타인의 아픔에 대해 자비의 마음을 갖는 과정이 어떻게 일어나는지까지 다루게 되었습니다. 미국의 스탠퍼드대학과 하버드대학, 독일의 막스플랑크 연구소 연구자들은 승려들이 자비의 마음을 수행할 때 뇌에서 어떤 일들이 일어나는지를 파악하고자 뇌 스캐너를 활용해 연구를 진행했습니다.[3] 달라이 라마의 통역관이자 제자인 마티외 리카르 박사는 원래 과학 전공을 했

행복은 뇌 안에

다가 나중에 승려가 된 터라 이런 연구에 활발히 참여하고 있는데요. 신경과학자인 리처드 데이비드슨은 리카르가 공감 명상을 하고 있을 때 그의 뇌에 256개의 뇌파 감지 센서를 부착했습니다. 그때 리카르의 뇌가 의식, 주의력, 학습, 기억과 관련 있는 감마파를 최고 수준으로 발산하는 것을 확인했죠. 이 연구에서 뇌의 좌전두엽 피질이 오른쪽에 비해 크게 활성화되어 긍정적 감정을 대폭 활성화하고, 부정적인 감정은 억제한 것으로 드러났습니다.

이즈음 해서 우리가 어떻게 타인을 이해하는지 설명해주는 연구를 하나 소개해드리려고 해요. 2008년에 발표된 연구인데, 여러분도 한번 실험을 따라 해보셨으면 합니다(우측 QR코드).[4] 0.5초간 아주 짧게 지나가는 농구 숏이 화면에 보입니다. 공이 손을 떠나 살짝 움직이는 찰나까지만 보이고 숏이 들어갔는지 안 들어갔는지는 알 수 없죠. 이런 상황에서 실험 참가자들이 골인 여부를 판단해야 하는 거예요. 이 실험에서 재미있는 점은 참가자들을 두 그룹으로 나눈 것입니다. 농구 코치 그룹과 농구 선수 그룹으로요. 이들은 보통 공이 손에서 떠나는 순간만 보고도 골인 여부를 알 수 있다고 합니다.

두 그룹 가운데 그동안 숏 장면을 더 많이 본 것은 어느 그룹일까요? 시각적 경험이 가장 풍부한 농구 코치겠죠. 늘 선수들의 숏을 보고 코치해주니까요. 반면 실제로 해본 경험이 많은 쪽은 농구 선수들일 겁니다. 둘 중 어느 그룹이 골인 여부를 더 잘 맞혔을 까요? 언뜻 장면에 관한 시각적 경험이 많은 농구 코치들일 것 같은데, 정답은 의외로 농구 선수들입니다.

농구 얘기를 했으니 다른 예도 보여드리겠습니다 (우측 QR코드).[5] 축구 선수 크리스티아누 호날두가 참여한 실험입니다. 깜깜한 어둠 속에서 누군가가 호날두에게 패스를 해주자마자 불이 꺼져요. 이때 어디로 갔는지 보이지도 않는 공을 따라가서 슛을 성공시킬 수 있을지 실험해본 것입니다. 호날두는 불이 꺼져도 헤딩슛을 성공시켜요. 두 번째 시도도 성공하고요. 세 번째 시도에서는 심지어 패스해주는 선수의 발에 공이 닿기도 전에 불이 꺼져버려요. 공이 어디로 갔는지 어떻게 알까 싶은데, 호날두는 또 슛을 성공시킵니다. 참 대단하죠.

어떻게 이런 일이 가능할까요? 완벽한 어둠 속이고, 공이 보이지도 않는데 말입니다. 이걸 설명하는 게 바로 거울신경세포mirror neuron 메커니즘입니다. 원숭이가 바나나를 잡을 때 뇌에서 반응을 보이는 신경세포가 있는데, 재미있는 점은 다른 원숭이가 바나나를 잡을 때도 이 신경세포가 똑같이 반응한다는 거예요. 즉, 타인의 행동을 보기만 해도 내가 직접 행동했을 때와 같은 신경세포들이 활성화되는 거죠. 상대방의 행동이 마치 거울과 같은 시뮬레이션을 통해 뇌의 반응으로 이어진다고 해서, 이를 거울신경세포

행복은 뇌 안에

라고 부릅니다.

농구 선수와 축구 선수들 얘기로 돌아가볼까요? 호날두는 완전한 어둠 속에서도 패스해주는 사람의 몸만 보고 공을 어디로 차야 할지 판단했어요. 상대방의 움직임을 뇌에서 시뮬레이션해, '공을 저렇게 차면 이 방향으로 오겠구나' 하고 달려간 거죠. 1초도 안 되는 순간에 말입니다. 농구 선수도 마찬가지입니다. 코치보다 선수가 예측을 더 잘했던 이유는 몸으로 알고 있었기 때문이죠. 슛 장면을 0.1~0.2초만 봐도 시뮬레이션을 통해 정확한 판단을 내릴 수 있었던 것입니다. 사실 농구 선수, 축구 선수, 원숭이뿐만 아니라 우리 모두가 이런 일을 해내고 있어요. 나도 모르는 사이 뇌가 타인의 동작, 행동을 시뮬레이션하면서 계속 대상을 읽고 있다는 겁니다.

제가 독일 막스플랑크 연구소에서 박사 논문을 쓸 때도 비슷한 연구를 했어요. 춤을 출 때 뇌는 내 몸의 움직임만 조정하죠. 내 왼발과 오른발의 스텝, 턴 동작을 관장합니다. 그럼 파트너의 움직임은 어떨까요? 뇌는 내 몸만 관장하면서 파트너의 움직임을 보고 반응할까요, 아니면 시뮬레이션으로 파트너의 움직임까지 고려할까요?

이게 제가 궁금했던 지점이라 스윙, 살사 댄서들을 대상으로 모션 캡처 슈트를 이용해 실제로 연구해봤습니다(28쪽 QR코드).[6] 모

션 캡처 슈트를 이용하면 착용자의 모든 움직임을
실시간으로 볼 수 있을뿐더러, 프로그램을 통해 움
직임을 아바타 형태로 만들 수도 있습니다. 얼굴 생
김새, 체형, 체구가 다른 사람들을 똑같은 아바타로 만들어 움직
임만 볼 수 있는 거죠. 사람들을 춤추게 하고 뛰게도 하고 나서, 움
직임만 추출해 관찰해보면 이들이 어떤 감정 상태에 있는지 알 수
있습니다. 예컨대 뛰기 싫어하는 사람, 평소에 달리기를 좋아해서
그런지 가볍게 뛰는 사람도 다 드러납니다. 춤출 때도 마찬가지로
자기애가 강한 사람이라면 움직임에서 그 성격이 보입니다. 실제로
분석해보면, 목덜미를 보이면서 하늘을 향해 약간 몸을 젖히는 동
작으로 춤을 추는 분들이 나르시시스트적 성향이 강하다고 해요.
몸의 움직임만 보고도 감정을 읽어낼 수 있다는 게 놀랍지 않나
요? 앞서 설명한 것처럼, 타인의 움직임을 보면 마치 직접 움직이
는 것처럼 뇌가 시뮬레이션을 하기 때문에 가능한 일입니다. 이런
원리를 통해 우리는 타인을 이해하기도 하고 그에게 공감하기도
합니다.

몸의 움직임뿐 아니라 표정도 마찬가지입니다. 다른 사람의 웃
는 표정을 계속 보고 있으면 나도 모르게 기분이 좋아지죠. 누군
가 계속 얼굴을 찡그리고 화난 표정을 지으면 나도 영향을 받아
한순간에 기분을 망치고요. 이렇게 우리는 타인의 얼굴과 움직임

을 보고 다양한 신호를 통해 그 사람을 읽어내도록 되어 있습니다.

뇌 안에 나뿐만 아니라 다른 사람까지 들어가도록 진화한 거죠. 저는 '사회적 뇌로 진화했다'고 얘기하곤 하는데, 이 주제에 대해서 『뇌 속에 또 다른 뇌가 있다』라는 책을 펴내기도 했습니다. 한 사람의 머릿속에는 그와 교류하는 수많은 사람의 뇌가 함께 들어 있습니다.

뇌 와 뇌 의 연 결

뇌가 어떻게 공감하는 뇌로 진화했는지에 이어, 뇌에서 공감 능력이 어떻게 작용해 타인을 읽어내는지 보여드렸습니다. 그렇다면 다음 질문은 이것입니다. 뇌와 뇌는 어떻게 연결될 수 있을까요?

요즘 들어 뇌와 뇌를 진짜 텔레파시처럼 연결하려는 시도가 많았습니다. 저도 한 다큐멘터리에 출연해, 데니스 홍 교수님과 함께 뇌파 측정 장치EEG를 착용하고 상대에게 생각을 전달할 수 있는지, 서로 동시에 반응할 수 있는지 재미로 실험해본 적이 있습니다 (우측 QR코드).[7] 연구자들이 실제로 많이 하는 실험인데요, 말이나 표정으로 전해지는 다양한 신호를 뇌가 어떤 형태로 받아들이는지 확인하는 것입니다.

프린스턴대학의 유리 해슨 교수 연구팀은 10년 전 굉장히 흥미로운 사실을 발견했습니다.[8] 누군가의 얘기를 듣고 '어, 맞아' '그런 것 같아' '재미있네'라며 공감할 때가 있잖아요. 그럴 때 말하는 사람과 듣는 사람의 뇌파 패턴이 6~7초 시간 차를 두고 비슷한 형태로 동시에 움직인다synchronize는 연구 결과를 보여준 겁니다. 이걸 뉴럴 커플링(신경결합)neural coupling이라 부릅니다. 심지어 선생님이 학생에게 새로운 지식과 정보를 알려줄 때도 두 사람의 뇌는 굉장히 많이 일치하게 됩니다. 상관관계가 얼마나 크냐면, 학생이 집에서 '이런 이야기를 했지' 하고 떠올리며 복습할 때조차 학생의 뇌가 선생님의 뇌와 상당히 비슷해졌다고 해요.[9]

이것이 갖는 의미는 큽니다. 유발 하라리는 『사피엔스』에서, 허구를 만들어내고 믿는 능력이 호모 사피엔스의 특별한 점이라고 말합니다. 그런데 이 '스토리텔링 브레인', 즉 이야기에 감동하고 무언가를 상상하는 능력을 갖게 된 뇌과학적 원리 중에 뉴럴 커플링이 있는 거죠. 거울신경세포도 있고요. 다른 사람이 하는 이야기를 뇌 안에서 똑같이 시뮬레이션해보면서 상상할 때 그 사람의 뇌와 비슷한 작용이 일어난다는 것이, 저는 굉장히 놀랍다고 생각합니다. 사실 사람을 대할 때면 보통 자신의 생각과 감정만 보잖아요. 그런데 다른 사람의 뇌도 똑같은 생각과 감정을 느낄 수 있다는 사실은 공감이 가진 놀라운 연결성을 드러내죠. 저는 이걸 음

행복은 뇌 안에

악에 비유하기도 해요. 음악을 연주할 때도, 한 악기가 내는 특정 진동수를 따라 다른 악기가 똑같이 진동해서 공명이란 걸 만들어냅니다. 이 메커니즘 덕분에 같은 음을 다른 악기로 연주해도 아름다운 음악을 만들 수 있죠. 저는 사람의 뇌가 다른 사람의 뇌에 반응하고 공감하는 것도 마치 음악처럼 굉장히 아름답다고 느껴요.

그렇다면 뇌에는 왜 공감의 메커니즘이 필요할까요? 대체 다른 뇌의 반응에 반응하도록 진화한 이유는 뭘까요? 이렇게 다른 사람의 마음과 감정을 읽어내는 것에 어떤 가치가 있는지, 뇌가 어떤 상황에서 공명하는지를 한번 생각해봅시다. 특히, 살면서 정말 힘든 순간을 맞았을 때 우리가 어떻게 행동하는지를요. 보통은 다른 사람들과 이야기하는 것도 힘에 부쳐 혼자 이불을 뒤집어쓰고 있다가 정말 친한 사람한테만 상황을 이야기합니다. 이때 듣는 이가 공감하는 마음을 보여주면 치유되는 느낌을 받죠. 목사님, 스님, 신부님한테 이야기하건 정신과 의사나 심리치료사한테 이야기하건, 상대방이 '그렇군요, 힘들었겠군요'라는 공감의 신호를 보내면 다시 살 힘이 나잖아요. 이렇게 뇌파와 뇌파가 동시에 움직이는 경험은 뇌 안에서만 일어나는 일이 아닌 뇌와 뇌가 연결되는 일이며, 살아가는 데 있어 새로운 힘을 줍니다.

뇌 진화의 시작점으로 돌아가서 이야기해도 공감은 여전히 중요합니다. 지금 우리는 인공지능 등 엄청난 기술을 만들어낸 4차 산업혁명 시대에 살고 있지만, 인간의 뇌는 수만 년 전 구석기시대 동굴에 살던 인류의 뇌와 다르지 않아요.[10] 사실 지금의 모든 문명을 이룩해낼 수 있었던 건 개인들의 뇌가 업그레이드되었기 때문이 아니라, 바로 이해와 공감의 힘 덕분이라고 합니다. 한 사람이 갑자기 똑똑해져서 뭔가를 만들어낸 게 아니라 '내가 뭔가를 발견했는데, 이게 불이라는 거고, 이렇게 피우는 거야' 하고 서로 지식과 정보를 전달해주는 식의 연결을 통해 새로운 것이 발견되고 혁신이 일어났다는 거죠. 이 연결을 만들어내는 힘이 바로 '공감 능력'이라고 할 수 있습니다. 다른 사람이 생각하고 느끼는 바를 똑같이 생각하고 느낄 수 있게 하는 공감의 힘이 사람과 사람을 연결해주었고, 결국 지금의 인류를 만들었습니다.

뇌과학적으로 공감의 가장 중요한 의미는 모두의 뇌가 연결되어 있다는 것입니다. 우리는 혼자가 아니라 함께 행복해지기 위해 진화했습니다. 그 과정에서 가장 중요한 역할을 한 것이 바로 공감입니다.

공 감 트 레 이 닝

뇌는 아주 천천히, 거의 감지되지 않을 만큼 느리게 진화했다고 앞서 말했지만, 뇌가 갖고 있는 공감의 가능성은 예나 지금이나 굉장히 높아요. 그런데 이 능력이 항상 전부 계발되지는 않습니다. 이를테면 어릴 때부터 타인의 공감을 느껴보지 못하고 어떻게 공감하는지 배우지 못한 사람은 표현 능력이 떨어질 수밖에 없습니다. 공감은 연결이니, 서로 피드백을 주고받아야 하는 거잖아요. 누군가와 같이 웃고, 같이 웃어보니 행복해지는 경험을 해야 공감 능력이 강화되는데, 만약 감정을 표현할 방법 자체가 박탈된 상태에서 온라인으로만 서로를 만난다면, 실제로 타인을 만났을 때 눈빛만 보고 무엇을 원하는지 읽어내는 능력은 충분히 계발되지 않을 수 있죠. 공감 능력은 뇌의 기본적 능력이긴 하지만, 어릴 때부터 계발되어야 하는 부분도 분명히 있습니다.

뇌과학에는 컴패션 트레이닝compassion training이라는 훈련이 있습니다. 아이들로 하여금 다른 사람의 입장에 서보고 연민을 품거나 아픔을 함께 느껴보게 하는, 즉 공감을 연습시키는 훈련입니다.[11] 이런 훈련을 거치고 나면 실제로 뇌 안에서 변화가 관측됩니다. 다른 사람의 반응을 보고 읽어내는 민감도가 올라가, 연구자들은 어릴 때부터 학교에서 공감을 훈련시키는 게 중요하다고 말합니다. 어떤 경우에는 이런 트레이닝이 자동으로 이루어지기도 해요. 굉장히 좋은 방법 중 하나인데, 유럽의 학교에서는 다른 아이들을 괴롭히는 학생이 있으면 아주 어린 동생을 학급에 데려오도록 합니다. 학생들이 정말 보호를 필요로 하는 아기와 같이 놀도록 하는 거죠. 그러면 자동으로 공감 능력이 좋아지고 학생들의 폭력성이 낮아진다는 연구 결과가 있습니다. 약한 아기까지 괴롭힐 정도로 공감 능력이 떨어지는 아이는 많지 않거든요. 그런 연습을 시키면 그로부터 배운 능력이 확장되어, 아기보다 나이가 많은 다른 학생들에게도 공감 능력을 발휘할 수 있게 된다는 게 연구의 결과입니다.

요즘 사회에서는 서로 공감하지 못하는 사람이 많아 갈등이 자주 일어납니다. 젠더, 이념, 세대 등등 주제를 가리지 않죠. 이런 문제를 보며 제가 세운 가설 중 하나는, 대부분의 정보를 온라인에서 얻고 소통하고 교류하다보면 어떤 방울이 만들어질 수 있다는 겁니다. 알고리즘은 나와 비슷한 콘텐츠를 읽는, 비슷한 성향의 사람들만 골라주거든요. 그런 형태로 강한 피드백을 받으면 계속 비슷한 사람만 찾아다니게 되는데, 이 때문에 나와 전혀 다른 존재에게는 공감하지 못해서 공격성을 드러낼 여지가 있는 거죠.

다양성을 경험하면 이런 점이 해결될 수 있다고 보는 연구가 많습니다. 대표적인 예로, 독일이나 미국에서 '외국인은 꺼져라!'라며 외국인을 괴롭히는 극우주의자들을 보면 같은 동네에서 자라 피부색과 헤어스타일, 차림새가 비슷한 사람들이 뭉쳐 있곤 하거든요. 독일에서 그런 동네에 중동 난민들을 이사시키는 프로젝트를 추진한 적이 있어요. 처음에는 다들 결사반대를 합니다. 난민이 오면 린치하고 테러할 거라고 협박할 정도로 싫어했는데, 반년쯤 같이 살아보고 나서는 동네 사람들 태도가 완전히 바뀌었어요. '정말 좋은 사람들이다.' '같이 살고 싶다.' '다른 곳으로 보내지 마라.' '우리 동네 사람이다.' 한번 받아들인 뒤에는 난민들도 자기들과 똑같고 좋은 점도 있다는 걸 알게 된 것이죠.

이런 연구도 있어요. 메타버스 시대를 보여주는 연구이기도 한데, 가상현실에서 피부색이 다른 사람의 캐릭터를 만들고, 피부색에 편견을 가진 실험 참가자들을 그 안에 넣어버린 거예요. 캐릭터가 자기처럼 움직이니 처음에는 정말 싫어했지만, 가상현실을 경험하고 나서 젠더나 인종을 차별하는 마음이 줄어들었다고 합니다.[12]

직접 경험해보지 않고서는 생김새와 문화, 생활 방식을 모르는 사람들에 대해서 본능적으로 편견과 두려움, 배타적인 감정이 생길 수 있어요. 그런데 일단 다양성을 경험하고 벽을 깨고 나면 상대방도 자기와 다르지 않다는 것을 깨달으면서 공격성이 줄어들어요. 지금 우리 사회는 젠더 갈등도 그렇고 정치 갈등도 그렇고 상대방 입장에 서려고 노력하지 않는 것처럼 보이잖아요. 친해지려는 노력도 하시 않아요. 다른 편과는 소통을 끊어버리고 같은 편이랑만 이야기하다보니 이런 현상이 더 심화되는 것 같아요.

그렇기 때문에 어릴 때부터 공감 교육이 필요합니다. 학교와 가정에서부터 타인과 이야기하고 다양한 의견을 주고받는 연습을 하는 것이 사회 갈등을 줄이기 위한 좋은 방법입니다. 특히 '공감은 좋은 거야' '공감해야 해'라고 책으로만 공부하기보다는 사회적 약자 등 다른 사람이 생각하는 바를 느끼고 경험해봐야 합니다. 최대한 일찍 공감 트레이닝을 받고 다양성을 경험하는 게 좋습니다.

폭력 문제나 배타적 차별을 줄이기 위해서도 공감은 중요합니다. 누군가에 대해 극단적으로 분노하거나 그를 배제하는 순간, 우리는 상대방을 사람으로 보지 않고 대상화하게 됩니다. 말하자면 나랑 비슷한 사람만 같은 인간으로 분류하고, 싫어하거나 증오하는 사람은 인간 이하로 대하는 것이죠. 이는 굉장히 심각한 폭력이나 차별로 이어지곤 하기 때문에 대상화를 예방할 수 있는 공감 교육이 중요합니다. 특히 질풍노도의 시기를 겪고 있는 청소년들은 취향이 비슷한 또래 집단을 찾는 데 많은 시간을 쓰죠. 또래 집단 역시 중요하지만, 나와 다른 사람을 배제하거나 공격적으로 대하지 않는 연습을 할 필요가 있습니다.

코로나19 때문에 눈을 마주치며 공감할 기회가 줄어들고 있어서 모두들 너무나 힘들어합니다. 최근 메타버스라는 키워드가 뜨겁게 부상하는 것도, 기존의 방식으로는 공감하기가 너무 어려워져서 좀더 공감하기 쉬운 가상현실, 증강현실을 찾게 되었기 때문이 아닌가 생각하게 됩니다.[13]

LIVE TALK

알을 깨고 나와, 관계를 맺으세요

* LIVE TALK는 티앤씨재단 장학생들과 연사 간 대화로 진행한 Q&A를 편집한 글입니다.

Q 상대방을 좋아하는 감정이 뇌로부터 오는 건지 마음에서
오는 건지 궁금합니다.

A 뇌와 마음이 다른 걸까요? 마음이 따로 있고 뇌가 따로
있을까요? 서양 과학이나 철학은 굉장히 오랫동안 이원론
을 믿어왔어요. 한쪽에 영혼, 정신, 마음이 있고 반대쪽에 몸이 있
다는 생각이 암묵적으로 많이 녹아 있죠. 합리적으로 판단하는
것과 마음으로 느끼고 교감하는 게 서로 다른 프로세스인 것처럼
흔히 이야기하는데, 사실 뇌과학자들은 신체의 모든 작용이 뇌와
몸에서 온다고 이야기하고 있어요. 우리가 마음이라 부르는 것도
개념적으로는 존재하죠. 비유적으로 '내 마음이 이래' '내가 느끼
는 바가 이래'라고 말하곤 하는 것처럼요. 그렇지만 뇌과학은 마
음을 구성하는 요소가 보이지 않는 영혼에서 온다고 가정하지 않

아요. 누군가를 좋아하는 것도 80퍼센트 이상은 뇌의 작용이라고 보죠. 흥미로운 점은 심장이나 몸의 작용도 아주 크다는 거예요. 대표적인 예로 호르몬이 분비되고 교감신경이 흥분했을 때 심장이 막 뛰잖아요. 온몸에 피가 빠르게 돌고, 손끝이 찌릿찌릿하고, 배가 이상해질 때도 있죠.

뇌만 감정을 느끼는 게 아니에요. 감정을 느낄 때면 뇌가 신호를 보내서 몸도 반응해요. 재밌는 건, 몸의 반응을 뇌가 계속 모니터링한다는 거예요. '몸이 지금 흥분하고 있구나' '뭔가 불편하구나' 하고요. 그걸 기반으로 지금 느끼는 감정이 무엇인지 판단하게 됩니다. 대표적으로, 여러 뇌과학자가 자주 언급하는 흔들다리 실험이 있어요. 아주 높은 곳에 설치된 흔들다리를 건너가면 아무리 대담한 사람이라도 가슴이 뛰고 무섭잖아요. 공포로 몸이 흥분된단 말이에요. 심장도 빨리 뛰고, 죽을 수도 있을 것 같아 무서움을 느끼고요. 그렇게 건너편에 도착했을 때, 호감 가는 이성이 미소를 지으면서 실험 참가자에게 전화번호를 주면 어떻게 될까요? 이 실험은 사람들이 무서움을 겪은 직후에 상대방을 좋아한다고 착각하기 쉽다는 것을 보여줍니다. 뇌가 모니터링해보니 심장이 뛰고 있으니까요. 흥분이라는 공통점 때문에 '이 사람을 좋아하는 모양인데?'라고 판단할 확률이 올라가는 거죠.

심리학과 뇌과학에는 여러 감정 모델이 있는데, 두 축을 통해 감정을 설명하는 이론이 많아요. 바로 어라우저arouser(각성·흥분)와 밸런스balance라는 개념이에요. 딥러닝으로 표정을 보고 감정을 인지시킬 때도 감정이 강해지고 약해지는 것을 계산하기 위한 기준으로 이 두 축을 많이 사용해요. 어라우저와 밸런스는 긍정성, 부정성과 비슷한 개념이에요. 가령 공포와 두려움은 흥분도가 높고 밸런스는 부정적이에요. 반면 사랑은 공포처럼 흥분도가 높지만 밸런스는 안정적이에요. 뇌가 흥분도를 판단하는 근거로는 혈압과 심장박동수가 있어요. 이를 근거로 몸의 흥분 상태를 모니터링해서, 흥분도가 높아졌다고 판단되면 흥분도가 높을 때 느낄 수 있는 감정들을 지금 느끼고 있다고 판단하는 거죠. 누군가를 좋아하는 감정이 뇌에서 오는 건지 마음에서 오는 건지 묻는다면, 뇌과학자는 마음 자체를 구성하는 게 대부분 뇌의 작용이니 뇌와 몸의 관계에서 마음이 나온다고 말할 거예요.

예를 들어 맛있는 음식을 먹고 기분 좋은 상태에서 누군가를 만나는 것과, 배가 고파서 짜증이 난 상태에서 만나는 것은 달라요. 소화기관의 상태와 몸의 만족도를 모니터링하는 것도 중요한 거예요. 처한 상황에 따라 상대방을 다르게 판단할 수 있어요. 그러니 상황적, 환경적으로 상대방에게 좋은 인상을 주는 게 좋아요. 향부터 시작해서 주변의 깔끔함, 멋진 분위기 등 뇌는 환경에서 여러 자극을 받고, 나라는 존재가 그중 일부일 수 있으니까요.

그러니 멋진 레스토랑에 초대해서 맛있는 음식을 먹고, 데이트할 때 좋은 것을 보고, 아름다운 음악을 듣는 것이죠. 마음과 뇌는 크게 다르지 않지만 저는 마음을 좀더 큰 것으로 봐요. 뇌와 몸이 함께 작용해 우리가 느끼는 마음이라는 것을 구성한다고요.

Q 뇌가 몸의 반응을 파악해서 긍정성과 부정성을 판단한다고 말씀하셨는데, 흔들다리 효과에서 뇌가 감정을 어떻게 혼동하는지 좀더 자세히 얘기해주실 수 있을까요?

A 흥분도와 밸런스를 판단할 때는 뇌에서 각각 다른 부위가 작동해요. 흥분도는 일단 본능적, 순간적으로 판단하게 돼요. 그러니까 흔들다리 실험에서도 시간을 두고 충분히 생각해보면 감정의 밸런스가 어떤지 판단할 수 있고, 내 감정이 어떤지 비판적으로 생각할 수 있어요. 그런 상황에서 교감신경이 작용해 흥분하는 건, 당장 어려움이 닥쳤으니 살아남으라며 호르몬이 작용하는 거예요. 일단 그 순간에는 몸이 흥분해 있다고 판단하고, 호감 가는 이성이 전화번호를 묻고 있다는 것만 생각하게 되죠. 판단할 시간이 많지 않고 모을 수 있는 정보가 많지 않은 상태에서 한정적인 정보만 가지고 판단한 게 선택의 결과로 나오는 거예요.

협업 연구의 대가, 예일대학 교수 데이비드 랜드의 연구가 있어요. 「자발적 증여와 계산적 욕심Spontaneous Giving and Calculated Greed」이라는 제목으로 『네이처』에 논문이 실렸고요. 사람들한테 이타적인 행동 또는 이기적인 행동을 하라는 선택권을 주는, 게임 이론 실험이에요. 다만 한쪽은 몇 초 안에 굉장히 빨리 선택하도록 하고 다른 한쪽은 충분히 생각할 시간을 줬어요. 그랬더니 생각할 시간 없이 바로 선택한 사람은 대부분 이타적인 선택을 했어요. 같이 위험해질 수 있는데도 누군가를 돕는 이유가 이거예요. 생각할 시간이 많지 않을 때는 누군가가 위험을 겪고 있으면 계산도 없이 본능적으로 협업하려고 뛰어들어요. 반대로, 생각할 시간을 주면 '내가 죽을 수도 있는데?' '내가 피해 입을 수도 있는데?' '그냥 못 본 척 지나가는 게 낫지 않을까?' 등 이득을 더 따지면서 행동한다는 결과가 나왔어요.

굉장히 의미 있는 연구예요. 이전에는 시간을 차등적으로 책정하는 연구가 없었는데, 이 연구는 시간이 얼마나 있는지에 따라 선택이 달라진다는 것을 보여주었거든요. 시간에 따라 선택이 달라지는 건 감정을 판단하거나 행동을 계산하고 선택하는 뇌 부위가 시시각각 변해가기 때문이에요.

Q 감정을 파악할 때 몸짓이나 표정이 굉장히 중요하다고 하셨는데, 지금 한창 발달기인 아이들은 마스크 때문에 다른 사람의 표정을 보지 못하면서 성장하고 있잖아요. 이런 환경이 아이들의 공감 능력이나 정서적인 발달에 영향을 끼칠 수도 있나요?

A 일단 코로나19 상황 자체가 오래되지 않아서 연구는 없어요. 하지만 연구하기 흥미로운 주제라고 생각하는데, 실제로 방금 얘기하신 것과 비슷한 가설을 세울 수 있기 때문이에요. 비슷한 사례로 가져올 만한 예전 연구가 있어요. 영국의 유명 심리학자이자 뇌과학자 사이먼 배런코언은 공감 다음으로 자폐증을 많이 연구했는데요, '눈으로 마음 읽기 검사Reading the mind in the eyes test'라는 걸 개발했어요. 눈 아래를 가린 상태에서 눈 모양만 보고 감정을 정확하게 읽어낼 수 있는지 테스트하는 거예요. 자폐증 환자는 이걸 잘 못해요. 인지 능력이 떨어지는 아이들도 잘 못하고요. 이 검사를 다양한 분야에 활용한 논문이 있는데, 권력자들도 눈만 보고서는 감정을 잘 못 읽는다고 해요. 자기에게 권력이 있다고 상상하는 것만으로도 다른 사람의 조그마한 신호에서 감정을 읽어내는 능력이 떨어진다는 연구가 실제로 있어요.

저는 두 가지 가설을 세워봤어요. 첫 번째, 감정을 표현하는 대면 경험이 적어지면 사람들을 직접 만나기가 어색하고 대면을 피하고 싶어져서 사회성이 좀 떨어진다는 결과가 나올 수 있을 것 같아요. 실제로 코로나 이전에도 온라인이나 디지털로 교류하는 게 더 익숙한 세대는 전화나 대화 등 대면 상황을 불편해한다는 얘기를 많이 들었어요. 여러분도 공감하실지도 몰라요. 표정 읽는 연습 자체를 안 하게 되니까 경험도 더 적어져서, 민감한 사람이라면 당연히 알 만한 감정들을 표정에서 읽어내는 게 좀 서툴러질 거라는 가설을 하나 세울 수 있어요.

또 하나는 우리 뇌의 신경 감수성이 충분히 뛰어나서 변한 상황을 잘 학습했을 거라는 가설이에요. 뇌는 상황이 바뀌어도 아주 잘 적응해요. 예전에는 마스크를 쓰면 얼굴을 잘 알아보지 못했잖아요. 요새는 길거리에서 마스크를 쓰고 있어도 "어, 박사님 아니세요?"라며 알아봐요. 연습이 된 거예요. 거의 2년 동안 마스크를 쓰고 다녔으니, 전에는 얼굴 전체를 봐야 했는데 이제는 특정 부위만 봐도 많은 정보를 뽑아내도록 뇌가 훈련돼 있어요. 전체를 못 봤다고 능력이 떨어졌다기보다 오히려 뇌가 더 민감해졌고, 일부분만 보고도 정보를 다 뽑아낼 정도로 잘 학습했을 거라는 가설도 가능할 것 같아요.

두 가설 중에 어떤 게 맞는지 코로나 이후에 실험해보면 재밌는 연구 결과가 나오지 않을까 생각합니다. 그런데 두 경우 모두,

눈 주변 부위를 보여주면 감정을 민감하게 잘 읽어내지만 다른 부위를 보여주면 오히려 감정을 못 읽어내지 않을까 하고도 예측해봅니다. 물론 맞을지 아닐지는 실험해봐야 알 수 있는 거겠죠.

눈 부위만 보고도 감정을 잘 읽어낼 수 있다는 것을 뒷받침해주는 다른 예로, 비교문화 연구가 하나 있어요. 동양인의 경우 표정이 그렇게 풍부하지 않아요. 고려대 의대에서 제가 실험을 해봤지만 동양인은 대부분 기쁨, 슬픔, 분노가 얼굴에 많이 드러나지 않아요. 일반적으로 한국인의 경우에는 감정이 크게 티가 나지 않고 미묘한 차이만 보이거든요. 그래서 서양인은 동양인을 보면 얼굴 표정이 없다고 느껴요. 그런데 우리끼리는 다 알잖아요. 동양인끼리는 입 주변이 조금 실룩실룩하는 것만 보고도 '비웃네?'라는 느낌이 드는데, 서양 사람은 그걸 못 보는 거죠. 코로나 때문에 얼굴을 다 가렸지만, 비교문화 연구를 보면 한정된 정보로 감정을 읽어내는 뇌의 능력은 더 발전했을 겁니다. 마치 표정을 다 사용하지 않아도 서로의 감정을 읽어내는 동양인들처럼 뇌를 활용하게 된 게 아닐까 생각해요.

Q 경험이나 신념이 다른 타인을 이해하고 공감하는 건 어려운 일이라는 생각이 드는데요, 공감이 이루어지기 전에 친밀도를 쌓거나 대화를 나누는 상황에서는 뇌가 어떤 메커니즘

을 보이는지 궁금합니다.

A 우리 뇌는 레이블링labeling이나 태깅tagging을 굉장히 빨리
해요. 예를 들어 사람들에게 무작위로 빨간색, 파란색 티
셔츠를 나눠주고 방 안에 들여보내면, 색만 무작위로 나눴을 뿐인
데도 다른 색 티셔츠를 입은 사람은 상대편이라고 인지해버려요.
성별, 나이 등 각자만의 기준이 여럿 있겠죠? 뇌는 그 기준들을 바
탕으로 무의식적으로 태깅을 해요. 여러 기준 중에서 나만의 기준
으로 사람들을 인지하기 때문에 누군가를 미리 판단하는 경향이
생겨요. 그 경우 처음의 판단을 뒤집기 어려워요. 무의식적으로 일
어나는 과정이기 때문에, 내 뇌가 그렇게 판단한다는 걸 의식적으
로 인지하고 스스로를 돌아봐야 해요. '내가 어떤 판단을 했지?'
'나도 모르게 이렇게 나누지는 않았을까?' '기존의 경험으로 딱지
를 붙여서 이 사람은 이럴 거라고 생각하진 않았을까?' 이렇게 스
스로 질문해봐야만 다양성을 더 잘 받아들일 수 있어요. 그러지
않으면 이미 많이 붙여놓은 꼬리표 때문에 기존의 카테고리를 벗
어나기 어려워요.

저는 가끔 분류하기 어려운 사람처럼 행동하는 전략을 썼어요. 대
표적인 예로, 한국에 처음 왔을 때 첫 인터뷰는 한겨레와 하고 칼
럼은 조선일보에 썼어요. 특정한 언론사에만 칼럼을 쓴다면 정치

행복은 뇌 안에

색이 보일 수 있으니까요. 사람들이 분류하기 어렵도록 일부러 균형을 꼭 생각해서 다양성을 추구하는 식으로 행동하는데, 그렇게 해도 자기만의 카테고리를 정해서 저를 분류하는 사람은 여전히 있더라고요. 그 사람들이 분류하는 것 자체를 어쩔 수는 없다고 생각하고, 그렇게 분류하는 경향이 있다는 것을 인정하면 한결 수월하죠. 특정 행동을 피하면 특정 분류에서 벗어날 수 있고 상대방과의 갈등도 피할 수 있으니까요.

다음 팁으로, 프로파일러나 니고시에이터 negotiator(위기 협상 전문가)들이 많이 쓰는 '사들이기 buying in'라는 기술이 있어요. 테러리스트가 인질을 잡고 위협하는 등 극단적으로 행동하고 있다면 니고시에이터가 가서 말을 걸어도 대화 가능한 상태가 아닐 거예요. 그러면 가장 먼저 대화의 문을 여는 법을 알아야 해요. 그게 첫 단계예요. 테러리스트가 어떤 삶을 살았고, 어떤 엄마와 살았고, 어떤 경험을 했고, 뭐 때문에 화가 났을지, 어떤 사고 구조를 갖고 있을지 프로파일링하면서 대화의 문을 여는 거죠. "그래, 네가 화난 이유를 알겠어. 어떻게 네 엄마를 무시하냐! 너희 엄마 정말 고생하시다가 돌아가셨어. 정말 억울한 분이야." 이렇게 말하면 테러리스트는 속으로 '맞아, 우리 엄마 생각에 너무 억울했고, 세상에 너무 화가 났어'라고 생각하겠죠. 그걸 건드려주면 자기도 모르게 "그래, 내가 그래서 화가 났다고!"라고 할 거예요. 그 순간 첫 번째 문이 열려요. 다른 사람이 속마음을 읽어내는 순간 공감이 이루어지는 거죠. 그다음부터는 대화가 되고 협상이 가능해요.

우리가 할 수 있는 건 상대방에게 공감하는 것뿐이죠. 상대방을 바꾸려 하지 말고 '이 사람이 뭐 때문에 화가 났을까?'를 염두에 두고 대화를 나누다보면 상대가 극단적인 생각을 하고 있더라도 대화의 문을 여는 게 가능하거든요. 일단 상대방을 이해하고, 사들이기 기술을 써야 해요. 편견이 있고 화가 난 상태에서는 대화가 통하지 않아요. 화가 난 상대방이 마음의 문을 열게끔, 자기도 모르게 동감할 수 있는 포인트를 찾아보세요. 일반적인 관계에서도 비슷해요. 마음의 문을 열어야 사람이 바뀌고 대화가 돼요. 다양성을 경험하기 위해서 극복해야 할 벽은 이렇게 뚫고 들어갈 수 있습니다.

Q 자기 의지대로 감정을 조절할 수 있는지, 할 수 있다면 어느 정도까지 조절할 수 있는지 궁금합니다.

A 가능합니다. 감정을 조절하는 메커니즘은 모두에게 있기 때문이에요. 감정에 따라 다르지만요. 뇌에는 편도체 등 감정을 느끼는 부위인 변연계limbic system가 있어요. 변연계에서 나오는 호르몬을 전전두엽에서, 전측대상회피질ACC 앞부분에서 조

절해줘요. 그래서 기본적으로 브레이크가 걸리게 돼 있어요. 뇌는 지나친 분노를 보이거나 누군가에게 피해를 주는 등의 모든 행동에 대해 조절 능력을 가지고 있어요. 감정 지능이 높은 사람의 경우 조절 능력이 더 뛰어나다고 해요. 사이코패스나 외상 후 스트레스 장애, 번아웃, 분노조절장애가 있는 사람이라면 그 연결 고리가 망가져 있거나 감정 조절 능력이 크게 약화되어 있는 경우가 많아요. 감정을 조절하는 메커니즘은 연습을 통해 강화시킬 수 있어요. 그런데 지나친 스트레스와 번아웃, 안 좋은 경험들은 그 연결 자체를 손상시킵니다. 정말 극단적인 상황을 겪어서 뇌의 브레이크가 다 망가진 경우도 있는 거죠.

Q 쉽게 공감할 수 있는 감정이 있는지 궁금해요. 다른 사람을 험담할 때 더 쾌락을 느낀다고도 하는데, 생각해보면 저도 슬픈 감정이 기쁜 감정보다 공감하기 쉬울 때가 있더라고요.

A 첫째로, 공감하기 위해서는 경험이 있어야 해요. 예를 들어 외국 가서 이런저런 마음이 들었다고 얘기할 때, 외국에 가보지 못한 사람은 공감해주기 어렵겠죠. 기억이나 경험이 비슷하면 공감하기 좋을 거예요. 감정은 사람마다 다르고 경우에 따라 다르기 때문에 공유하는 경험이나 문화 등 접점이 있으면 좀더

공감하기 쉬워요. 그래서 모든 감정에 공감하기 쉽다고는 말하기 어려워요.

둘째로, 감정마다 강도가 조금씩 달라요. 모든 감정은 서로 다른 강도로 느껴져요. 뇌의 입장에서 더 중요하고 더 주의를 기울여야 할 감정들이 있거든요. 그런데 강력한 감정 중에서도 증오, 분노, 공포, 불안 등의 부정적인 감정이 더 주의를 기울이고 집중하기 좋아요. 다른 감정은 놓치더라도 생존에 큰 위험이 없지만, 부정적인 감정들을 놓치면 생존에 위협이 될 수 있어요. 그러다보니 공포나 두려움, 불안이나 증오, 화 같은 감정이 좀더 잘 발견돼요. "어, 너 이거 좋아해? 나도 좋아하는데" 하면서 가까워지는 것도 좋은 메커니즘이지만, 같이 미워하고 싫어하는 애가 있을 때 더 빨리 친해지죠. 적대감, 공포나 불안, 두려움이나 화를 느끼는 대상을 공유할 때 통한다고 느끼기 때문이에요.

미디어도 사람들을 끌어들이는 데 이 원리를 잘 활용해요. 부정적이고 충격적인 뉴스에 집중할 확률이 높고, 아름다운 미담은 스쳐 지나갈 가능성이 커요. 여러분 뇌의 관심, 주의를 해킹하려는 인공지능 알고리즘이 모든 종류의 플랫폼, OTT, SNS에 다 있거든요. 이 비즈니스 모델 자체가 여러분의 시간과 주의력을 빼앗아 돈을 버는 구조로 돼 있어요. 모든 플랫폼은 여러분 관심을 가져가고 싶어해요. 주로 어떤 콘텐츠가 많이 주목받을까요? 누군가를

행복은 뇌 안에

저격하고 욕하거나, 함께 화낼 만한 화제가 있거나, 충격적인 뉴스를 전하는 등 부정적인 감정을 자극할 때 조회수나 공감수가 확 올라가요.

이렇게 우리는 부정적인 신호에 더 관심을 갖고, 함께 화낼 공통의 적이 있을 때 더 통한다고 느끼는 경향이 있어요. 그러니 감사하는 마음이나 아름다운 감정 등 긍정적인 것을 품기 위해 의식적으로 관리하고 노력을 기울여야 해요. 세상에는 부정적인 신호가 많아 부정적인 마음이 커질 가능성이 높고, 관계를 맺을 때도 긍정적인 것보다 부정적인 것으로 마음 통하기가 더 쉬워요. 또한 분노, 화, 증오와 같은 감정은 순간적으로 확 에너지를 쏟아내기 때문에 호르몬이 많이 분비되죠. 그래서 흥분 뒤 가라앉는 시기가 길어요. 이러한 감정을 느낀 뒤에는 기분이 좋지 않을 거예요. 같이 누군가를 신나게 욕하는 그 순간에는 되게 재밌고 좋은데, 그 이후로는 마음이 풀린다기보다 뭔가 찝찝한 감정이 남죠. 그런데 긍정적인 감정은 강렬하진 않지만 그 여운이 지속적으로 긍정적인 영향을 줘요. 처음에는 같이 욕하는 친구와 쉽게 친해지지만, 한 1~2년 학교를 다니면서 시간이 흐르면 쉽게 누군가를 욕하지 않는 꿋꿋하고 믿을 만한 친구가 생기잖아요. 이런 친구와는 갈수록 믿음이 가고 마음 편한 관계가 되거든요. 내가 계속해서 긍정적인 감정에 물을 주고 가꾸면 다른 사람에게도 긍정적인 영향이 가요. 타인이 나를 볼 때도 긍정적인 감정을 갖게 되죠. 그래서 가치를 깊이 공유하는 사람과 관계를 오래 유지할 때 더 공감하고 통할 가능성이 높아요.

Q 조망 수용 능력은 연습을 통해서 좋아질 수 있지만 나이가 들면 퇴화한다고 하셨는데, 조망 수용 능력을 키울 방법이 있는지 궁금합니다.

A 아무리 노력해도, 다르게 성장하고 다른 것을 경험한 사람이 세상을 어떻게 보는지 이해할 수 없을 때가 많아요. 저도 부모님 세대나 그 윗세대의 행동이 이해가 안 됐어요. 아이를 낳은 지금에야 '그래서 그랬나?'라고 이해되는 부분이 있고요. 완벽한 이해는 불가능하다는 것, 우리는 다르다는 것을 처음부터 인정해야 다가가기 더 쉬운 것 같아요. 맞추려고 노력하기보다 '우리는 진짜 달라. 그러니 다른 게 정상이야'부터 시작하는 게 더 낫지 않을까요? 공감한다는 건 어떤 의미에서는 서로에게 다가가려 노력한다는 거예요. 정말로 똑같아지거나, 세상을 똑같이 보거나, 서로를 완벽히 이해할 수는 없죠. 비슷하게 생각하니까 서로 이해한다고 믿는 거지, 상대가 정말 자신과 똑같다고 판단할 근거가 있을까요? 가끔 보면 이해가 오해일 때도 있잖아요. 서로에게 다가가

행복은 뇌 안에

는 가장 좋은 방법은 다름을 인정하고, 같아지고 싶은 욕구를 줄이는 게 아닐까 싶어요.

가까운 사람과는 더 어려워요. 부모는 자식을 본인에게 맞추고 싶어하죠. 세상에서 제일 사랑하고 아끼는 자식이니 자기를 이해해주기를, 자기 마음과 자식 마음이 같기를 원하고요. 여러분도 경험해보셨을 텐데, 그게 자식에게는 고통일 때도 있잖아요. 사랑이라는 의도는 좋지만 부모와 자식은 다르니까요. 하지만 자식 쪽에서도 부모님과 관점을 맞추려고 노력해야죠. 그게 교정calibration이에요. 두 기기를 같은 상태로 맞추는 거예요. 이 과정에서 밀리미터 단위로 어긋날 수도 있고, 센티미터 단위로 어긋날 수도 있어요. 항상 노이즈는 있기 때문에 완벽하게는 안 맞춰져요. 그러니 교정의 단위를 직접 정해야 해요. 센티미터가 좋을지 밀리미터가 좋을지 정하는 거죠. 가까운 사람과는 너무 세밀하게 맞추려다보니 안 맞는 거예요. 약간의 거리감을 두면서 '밀리미터는 포기하고 센티미터 정도만 맞추자'라고 목표치를 한 단위 낮추면 '그래, 거기까지 서로 이해했으면 됐어'라고 합의할 수 있게 되죠.

『공감은 지능이다』의 저자 자밀 자키는 스탠퍼드대학 교수이자 공감 분야의 세계적인 전문가예요. TED 강연도 여러 번 했고, 공감의 고수라는 별칭도 있어요. 저는 이 책 서문을 읽으면서 울컥했어요. 작가의 부모님은 각각 파키스탄과 페루의 매우 가난한 가정에서 자라나 미국으로 유학을 갔대요. 하루 먹고살 돈도 없어서 1달러짜리 핫도그 하나를 세 끼니로 나눠 먹으며 공부할 정도로 어려웠던 두 사람이 만나서 결혼했는데, 결혼 후가 행복하지 않았어요. 엄마는 남미 페루의 가톨릭 집안에서 자랐고 아빠는 파키스탄의 이슬람 집안에서 자란 터라, 서로 기대했던 것도 삶도 문화도 다 달라서 결국 파탄으로 끝났죠. 마치 냉전처럼 미사일을 쏘면서 서로 증오하고, 결코 가까워질 수 없는 평행 우주처럼 멀어지는 부모의 모습을 보면서 저자는 상처받았어요. 자식의 마음은 아랑곳하지 않고 각자 편으로 자식을 끌어들이려 끝없이 싸우는 부모를 보며 너무 괴로웠다고 해요. 저자가 공감의 중요성을 깨닫게 된 건, 부모님은 완전히 멀어져 이혼했지만 자신은 양쪽 입장을 이해할 수 있으며 누구와의 관계도 포기하지 않은 채 그분들의 시각에 서서 공감할 수 있다는 걸 배웠을 때라고 해요. 이 통찰이 공감 연구의 시작이었다고 적고 있어요.

저자는 부모가 서로 완전히 다르다는 걸 인정했어요. 한 세상 안에서 둘 모두에게 공감하는 건 어려웠겠죠. 때로는 이것을 교정해서 공감하고 때로는 저것을 교정해서 공감하는 등, 조정하는 것은 가능하지만 완벽할 수는 없어요. 서로 끊어지지 않고 연락할 창구 하나를 확보하는 정도라면 가능할 거라는 마음으로 공감해야죠. 그렇게 접근하면 조금 낫지 않을까 생각합니다.

Q 다른 지역에 있는 사람, 다른 성별을 가진 사람, 국적이 다른 사람 등에게 공감하려고 노력하는데 진전되지 않을 때가 많아요. 모종의 차이로 인해 받아들여지지 않는 것 같아요. 강연에서 말씀하신 뉴럴 커플링(신경결합)이 어떻게 원활하게 진행되는지, 어떤 방법으로 상대방을 이해하고 공감할 수 있는지가 궁금해요.

A 우리는 서로 다른 문화, 환경을 경험했으니 공감한다는 건 생각보다 어렵습니다. 공감 능력을 위해서 경험의 폭을 넓혀가는 연습, 공감 영역을 넓히는 연습을 해야 하는 것 같아요. 예를 들어 저는 집을 나와 서울역에서 2주간 노숙자와 함께 신문지도 없이 박스에서 살아본 경험이 있거든요. 세상이 무너진 것처럼 힘든 시기였는데 그때 고정관념이 많이 깨졌어요. 누군가의 삶을 직접 경험해보지 않으면 그 사람들을 전혀 이해하지 못할 수도 있죠. 잠깐이나마 그런 경험을 해봤던 게 다른 시각에서 그들의 따뜻함과 고민을 이해하는 데 되게 큰 도움이 됐던 것 같아요. 그래서 저는 또래에 비해 경험의 폭이 깊지는 않아도 넓었다는 게 무엇보다 자랑스러워요. 막노동해보겠다고 새벽에 인력 시장 나가서 벽돌 나른 적도 있고, 신문 배달한 적도 있고, 굳이 사서 하지 않아도 되는 경험을 했어요. 전혀 안 맞고 나를 싫어할 것 같

은 사람들하고 일부러 어울린 적도 있어요. 속으로는 되게 힘들었지만요.

　공감하기 어렵다고 해서 내게 문제가 있다고 생각할 건 아니에요. 금방 되지 않는 게 정상이에요. 경험이 다르기 때문이죠. 사실 가장 좋은 해결 방법은 경험을 비슷하게나마 공유하는 거예요. 예를 들어 시위 나가는 친구들을 이해할 수 없다면 시위에 동의하지 않더라도 같이 나가봐요. 정말 이해할 수 없는 사람들과 함께 하다보면 어느 순간 이해할 때가 와요. 직접 경험하면서 폭을 먼저 넓혀야 공감 능력이 늘어나요. 나만의 상아탑에서 항상 보던 사람, 뜻이 맞는 동지들이랑만 같이 있다보면 세상과의 접점이나 공감 능력이 많이 줄어들 수 있어요. 공감 능력을 기르기 위해서는 내 알을 깨는 게 정말 중요해요. 그러기 위해서는 희생이 필요하고요.

Q 메타인지는 타인의 시선을 의식함으로써 자신을 성찰하는 거라고 하셨어요. 그 과정에서 만약 타인 중심적인 생각에 빠져들면 정작 스스로를 되돌아보지 못할 수도 있겠다는 생각이 들었어요. 타인이 부정적으로 생각할까 걱정돼 자신을 성찰해본 경험이 있거든요. 메타인지를 수행하는 계기가 세분화되고 정리되어 있는지 궁금하고, 타인의 의식에 너무 깊게 빠져들어서 자기 성찰의 단계로 나아가지 못하는 것을 전문 용어로 표현할 수

있는지 궁금합니다.

A 메타인지는 몇만 년에 걸쳐 진화했는데, 개체의 발달 단계에 있어서도 자아 개념이 생기는 다섯 살 이전 단계에서 비슷한 진화 과정을 밟는다고 해요. 어른이 되어 메타인지 능력으로 타인의 생각을 시뮬레이션하는 것은 이미 갖고 있던 능력을 활용하는 거지, 반드시 다른 사람을 먼저 생각하고 나를 생각하는 것은 아니에요.

공감이 부정적으로 작용할 수 있는 경우는 두 가지 정도예요. 첫 번째는 끼리끼리 뭉쳐서 나랑 친한 사람이라면 공감하고 친하지 않은 사람은 차별하는 경우입니다. 기득권끼리, 친한 사람들끼리 뭉쳐 누군가를 차별하고 따돌리는 것도 공감의 폐해일 수 있어요. 두 번째는 너무 공감하다가 아파지는 경우예요. 『공감은 지능이다』에 그런 경우들이 잘 나와 있어요. 인종차별로 폭력을 행사하는 신나치주의자 얘기, 그런 이를 제압하는 데 있어서 절대로 공감해서는 안 된다는 무관용의 원칙 아래 훈련받는 경찰 얘기도 나와요. 소아과 중환자 병동에 있는 의사와 간호사들이 얼마나 힘들어하는지도 나오고요. 예쁘고 죄 없는 어린아이들이 심하게 아파하며 중환자실에 있는데, 아이들에게 정말 공감이 가긴 하지만 그걸 매일 경험한다는 게 너무나 큰 정신적 스트레스인 거예요. 번아웃이 올 정도로요. 그래서 공감이 항상 좋은 건 아니라는 얘기가 있어요.

선택적 공감 능력이 일반 공감 능력만큼이나 중요하다는 연구가 있어요. 환자의 아픔에 매번 100퍼센트 공감하는 의사는 수술을 못해요. 의사로서 훈련받았기 때문에 수술하는 순간만큼은 더 중요한 목적, 즉 목숨을 구하기 위해서 공감을 꺼야만 하는 거예요. 피가 흘러 움찔움찔하고 마취에서 깨어나 비명 지르는 환자에게 일일이 반응하면 해야 할 일을 못 하겠죠. 의료진이 어떻게 선택적으로 공감 능력을 켜고 끄는지 연구한 사례도 있어요. 엠파스 empath라는 개념으로도 연구되고 있고요. 이렇게, 선택적으로 공감을 켜고 끄는 메커니즘도 똑같이 중요하며 그걸 배우는 게 좋다는 이야기가 있습니다.

2장

마음을 들여다보는 힘, 공감

—

박보혜

우측의 QR코드를 통해
티앤씨 APoV 콘퍼런스
'우공이산' 강연 영상을
시청하실 수 있습니다.

공감은 누구나 아는 단어이고 생활 속에서 이뤄지는 것이지만, 막상 공감이 무엇이냐고 하면 사람들은 쉽게 대답하지 못합니다. 공감은 무엇일까요? 따뜻하고 부드럽게 대화를 나누는 게 공감일까요? 아니면 대화 상대의 처지를 이해하고 위로해주는 것일까요? 비슷하지만 정확한 정의라고는 보기 힘듭니다. 무엇인가를 제대로 이해하려면 대상을 정확히 정의 내리는 것도 중요하겠죠. 저는 공감이란 한마디로 말해 '존재 자체와 눈을 맞추고 함께해주는 것'이라 생각합니다.

요즘 공감이 굉장히 각광받고 있는 것 같아요. 예전과 다르게 서점에 가도, 매체를 봐도, 사람들과 대화해봐도 '공감이 얼마나 중요한지'에 대한 이야기가 나옵니다. 코로나 시대에 훌륭한 리더십으로 인정받고 있는 마이크로소프트의 사티아 나델라는 CEO로 부임했을 때 임원들에게 공감의 힘을 강조하면서 마셜 로젠버

그의 『비폭력대화』를 읽게 했어요. '국민 육아 멘토' 오은영 박사님도 가정에서 공감이 얼마나 중요한지를 이야기합니다. 협상에서 어떤 전략보다도 감정적 공감이 상대의 마음을 여는 데 더 강력하다는 건 이미 많이 알려진 사실이죠. 그렇지만 여전히 사람들은 실제로 일상 속에서 공감을 어떻게 실천할 수 있을지 막막해하는 것 같습니다. 이 글에서는 바로 그 문제를 다루고자 합니다.

공감의 정의와 목적

공감은 나의 의견이나 선입견을 내려놓고, '그랬구나' 하고 상대의 마음을 존재 자체로서 인정하는 것을 말합니다. 심리치료사와 같은 특정 전문가들만 가진 능력이 아니라 누구나 타고나는 능력이자 배우면서 훈련할 수 있는 능력이라는 건 이미 많은 연구에서 증명된 바입니다. 이 공감이라는 도구는 사용하고자 하는 목적이 매우 중요한데요, 내가 원하는 대로 상대를 조종하고자 하는지, 아니면 진심으로 연결되고자 하는지에 따라서 결과가 천지 차이입니다. 그래서 공감은 기술이 아니라 내 마음의 태도를 정하는 것이라 해도 과언이 아닙니다.

자기 공감의 중요성과
그 방법, '느낌'

공감이라고 하면 많은 사람은 자연스럽게 타인에 대한 공감을 떠올립니다. 그렇지만 타인에게 공감하려면 먼저 자기에게 잘 공감할 수 있어야 합니다. 이게 공감의 가장 중요한 원리입니다. 공감을 받으면 소용돌이치던 감정이 가라앉으면서 마음에 공간이 생기는데요, 그 공간에 비로소 타인을 담을 수 있게 되는 것입니다. 마음에 여유가 없는 상태에서 억지로 혹은 의무감으로 공감해주다보면 힘이 들고 결국은 한계가 오죠. 오히려 상황이 악화될 수도 있습니다.

자신에게 공감할 수 있게 하는 요소 딱 두 가지만 기억해주시면 좋겠어요. 바로 느낌과 욕구입니다. 느낌은 마음이 보내는 신호입니다. 내 안에 있는 굉장히 중요한 욕구가 충족되었는지 아닌지를 알리는 신호지요. 욕구가 충족되면 기쁘고, 행복하고, 신나고, 소위 긍정적인 느낌이 들어요. 반면 욕구가 충족되지 않으면 화나고, 슬프고, 무기력하고, 소위 부정적인 느낌이 듭니다.

그런데 신호등을 볼 때 빨간불은 옳은 것, 파란불은 나쁜 것이라고 가치판단을 하나요? 아닙니다. 신호는 중립적인 메시지일 뿐이기 때문에 좋고 나쁨의 가치판단을 할 수 없습니다. 느낌도 무언가가 충족되고 있는지 아닌지를 알리는 신호일 뿐이기 때문에 나쁜 느낌, 좋은 느낌이라고 가치판단할 수는 없다는 것이죠. 그렇지만 우리는 무의식적으로 슬프고, 화나고, 짜증 나는 등의 감정은 나쁜 감정이라고 여기도록 지금까지 교육받아왔어요. 나쁜 감정은 빨리 없애버려야 하는 것, 남들한테 보여서는 안 되는 것이라고 생각하죠.

신호를 무시한다고 해서 그 원인이 사라지는 것은 아니므로, 마음이 보내는 신호를 무시하면 할수록 이유를 알 수 없는 우울한 감정에 빠지곤 합니다. 신호를 있는 그대로 받아들일 필요가 있어요. 저는 사람들한테 물음표가 아니라 느낌표를 붙이라고 말합니다. '나는 왜 이렇게 우울하지?'라고 물음표를 붙이면 자연스럽게 자기 비난에 빠지거든요. 타인에게도 마찬가지죠. "야, 너는 왜 그 상황에서 자꾸 짜증을 내니?"라고 물음표를 붙이면 대화가 자연스레 싸움으로 번지겠죠. 그보다 '아, 나는 지금 좀 우울하구나!' '아, 너 지금 네 생각대로 안 되니까 짜증이 났구나!'라고 느낌표를 붙여보세요. 그렇게 감정을 있는 그대로 수용하는 것, 그게 바로 공감입니다.

아마 처음에는 아주 어려울 거예요. 내 느낌에 공감하려고 해도, 대체 내 느낌이 무엇인지조차 알기 어려울 겁니다. 그도 그럴 게, 우리가 대체로 어떻게 느낌을 표현하는지 생각해보세요. "좋아요"

"피곤해요" "화나요" "신나요" 같은 몇몇 단어만 쓰죠. 물론 그것도 우리 느낌이겠지만, 사실 그 안에는 더 다양하고 섬세한 것일 수 있어요.

제가 만난 어떤 분은 아버지와의 관계에서 어려움을 겪고 있었어요. 아버지가 자기를 대하는 태도에 그렇게 화가 난다더라고요. 그런데 감정을 표현하는 단어 60여 가지를 주면서 "이 중에서 다시 한번 느낌을 찾아보라"고 했더니, "사실 슬픔과 무기력함이었다"고 하시더군요. 화는 그냥 표면에 있는 감정이었던 거죠. 표면의 감정 뒤에 있는 진짜 감정들을 더 들여다보려 연습해야 해요. 다양한 단어로 감정을 표현하는 일에 익숙해질 필요가 있습니다.

느낌과 혼동하기 쉬운 생각

우리는 대체로 판단이 들어간 생각을 느낌이라고 착각하곤 합니다. 하루는 동료 때문에 화가 나 있는 사람한테 어떤 느낌이 들었냐고 질문했더니 "아, 진짜 완전 무시당하는 느낌이 들었어요"라고 답했어요. "그런 느낌이 들었다"고 말하니 실제로 느낌을 표현하는 것같이 들리죠. 그렇지만 이건 판단이 섞인 생각을 좀더 부드럽게 표현하는 우리의 언어 습관입니다. 실제로는 상대방이 나를 무시했을 수도, 안 했을 수도 있어요. 그런데도 '저 사람은 나를 무시했어'라고 판단하는 거죠.

그런 생각은 어떤 감정을 불러일으키는데, 같은 생각으로 인해 누군가는 슬플 수도 있고, 누군가는 무기력할 수도 있고, 또 누군가는 좌절감이 들 수도 있어요. 굉장히 다른 경험인 거죠. 생각은 그 사람이 어떤 경험을 하고 있는지를 알려줄 수 없지만, 감정은 그걸 더 생생하게 알려줄 수 있습니다. 자신이 지금 어떤 경험을 하고 있는지 이해하려 할 때도 마찬가지고요. 그래서 생각과 느낌을 구분 지어 표현하는 연습도 해야 합니다. "무시당한다는 생각이 들어서 슬펐어요"라고요.

자기 공감의 또 다른 방법, '욕구'

자신의 느낌에 공감해봤다고 말씀하시는 분들이 때때로 있어요. 그런데 내 느낌이 무엇인지 이해하는 것에서 그치면 자칫 '깊은 자기 연민'에 빠지기도 합니다. 느낌은 신호일 뿐입니다. 진짜 원인이 되는 욕구, 즉 내가 중요하게 생각하는 것을 스스로 알고 공감해줄 때 비로소 그 느낌을 자연스럽게 흘려보낼 수 있게 돼요.

욕구는 인간이라면 누구나 필요로 하는 중요한 가치입니다. 나이나 성별, 문화와 상관없이 누구한테나 보편적이기 때문에, 욕구를 얘기하면 서로 공감대를 잘 형성할 수 있죠. 모든 행동과 말은 사실 욕구를 충족하려는 시도입니다. 그 시도가 성공하거나 좌절될 때 여러 감정이 생겨나죠.

욕 구 에   대 한   오 해

때때로 나의 욕구를 특정 타인이 충족시켜줘야만 한다고 생각하는 분들을 만나게 돼요. 가령 '부모님이 나를 사랑해주지 않아서 너무 속상하다' '상사가 나를 인정하지 않으니(인정 욕구를 채워주지 않으니) 내 마음이 나아질 수 없다' 같은 생각이요. 이런 생각은 우리로 하여금 타인에게 종속되게 만듭니다. 타인을 통제할 수 없으니 욕구도 느낌도 계속 타인의 행동에 종속될 수밖에 없게 되죠. 자기 공감의 놀라운 점은 내게 진짜 중요한 것, 내게 정말 필요한 욕구를 스스로 알아주는 것만으로도 그 욕구가 충족된 것과 같은 에너지가 채워진다는 거예요. 그뿐만 아니라 욕구를 충족시킬 수 있는 다양한 대안을 발견하도록 시야를 넓혀주죠.

또 하나의 오해가 있어요. 우리는 대체로 내 느낌의 원인이 상대에게 있다고 생각하지만, 사실 원인은 우리 안의 욕구에 있다는 점을 인식해야 합니다. 저에게 있었던 일이 좋은 예가 될 것 같아요. 하루는 퇴근 후 남편과 데이트를 하기로 했는데, 남편이 갑자기 오후 늦게 전화가 와서는 야근을 해야 할 것 같대요. 그날따라 저도 몸이 피곤했고 비 때문에 그냥 집에서 쉬고 싶은 욕구가 있었던 터라, 잘됐다는 생각에 기뻐하고 안도했죠. 반면 얼마 뒤에 비슷한 상황이 또 있었는데, 그때는 남편과 꼭 맛있는 음식을 먹으면서 진지한 대화를 나누고 싶었기 때문에 굉장히 실망스럽고 짜증이 났어요. 이렇듯 욕구에 따라서 느낌이 달라지게 된답니다.

또 다른 상황을 가정해볼까요? A라는 사람의 어떤 행동이 내게 굉장히 거슬려요. 그런데 다른 사람 B는 그 행동이 아무렇지 않고 오히려 A가 정말 좋대요. 그러면 우리는 A를 비난하거나 내가 이상한 건 아닌지 의심하곤 하는데, 사실은 그렇지 않습니다. 우리는 잘잘못을 가리는 게 익숙하도록 교육받아왔어요. A의 행동은 그냥 내 욕구를 충족시키지 못하고 B의 욕구를 충족시키고 있을 뿐입니다. 이렇게 감정이 신호를 보낼 때 내게 무엇이 중요해서 이런 마음이 드는지 내 안을 살펴보는 근육을 키워야 합니다. 그게 바로 자기 공감의 근육을 단련하는 것이죠.

상대에게 공감하는 방법

자기 공감의 근육을 단련했다면 다음 단계는 뭘까요? 마음을 들여다보고 잘 알게 되면 마음에 여유 공간이 생겨요. 그 공간 안에서 상대를 이해하려고 시도해볼 수 있답니다. 타인에 공감하려 할 때 첫 번째로 중요한 건 나의 틀을 내려놓는 거예요. 우리는 살아온 배경도, 성향도 정말 다 다른 존재라는 것을 인지해야 합니다.

제가 셰어하우스에서 살던 때가 있었는데, 한번은 굉장히 슬픈 일이 생겨서 방에서 엉엉 울었어요. 당연히 옆방 친구들도 소리를 들었겠죠. 이때 한 친구는 무슨 일인지 묻고 언제든 힘들면 말해달라며 위로해줬는데, 다른 한 친구는 끝까지 아무 말이 없는 거예요. 여러분이라면 이 상황에서 무슨 생각이 들 것 같나요? 이 대답도 사람마다 정말 다 다릅니다. 저는 '얘는 나한테 관심이 없나 보다. 진짜 서운하다'라는 마음이 들었어요. 그래서 한번은 못 참고 직접 이야기를 꺼냈더니 대답이 예상과 너무 다르더라고요. 기다리고 있었대요. 제가 말할 때까지 모른 척해주는 게 배려라고 생각했다면서요. 그때 우리는 진짜 다른 사람이라는 걸, '좋은 친구'를 정의하는 틀이 정말 다르다는 걸 깊게 깨달았어요. 내 성향과 틀로 상대를 이해하려고 할 때 얼마나 많이 오해할 수 있는지도 깨달았고요. 그 후로는 이 사실을 늘 인지하면서 상황을 다양하게 해석하려고 노력합니다. '나한테 관심이 없어'라는 생각을 그냥 기정사실화하는 게 아니라 '먼저 말할 때까지 기다리는 배려일 수도 있어'라고 다르게 해석해보는 것처럼요.

그러고 나서 '어떤 걸 느끼고 있을까?' '무엇이 중요하고 필요할까?'라며 그 사람의 느낌과 욕구를 떠올려보는 거예요. 온전히 그 사람 입장에 서서요. 자신의 느낌과 욕구를 찾아보는 것처럼 혼자서 속으로 생각할 수도 있고, 직접 물어볼 수도 있겠죠. 마찬가지로 물음표가 아니라 느낌표를 붙이는 겁니다. '그랬구나. 너는 그런 감정이 들었구나. 너는 이게 중요했던 거구나!'라고요. 자기 공감이 익숙해지면 타인에게 공감하는 것도 자연스러워질 거예요. 이때 느낌과 욕구를 표현하는 말이 아직 익숙하지 않다면 느낌과 욕구 단어 목록을 참고해보세요. 훨씬 더 풍성하고 명료하게 대화할 수 있습니다.

느낌 목록	
욕구가 충족되지 않았을 때: 부정적인 느낌	걱정스러운, 겁나는, 무서운, 두려운, 불안한, 조바심 나는, 초조한, 간절한, 애끓는, 주눅 드는, 난처한, 곤혹스러운, 신경 쓰이는, 꺼림칙한, 불편한, 부담스러운, 미운, 원망스러운, 못마땅한, 답답한, 막막한, 당혹스러운, 어이없는, 혼란스러운, 싱숭생숭한, 괴로운, 고통스러운, 속상한, 슬픈, 서운한, 섭섭한, 억울한, 서러운, 화나는, 짜증 나는, 울화가 치미는, 역겨운, 정떨어지는, 한심스러운, 실망스러운, 낙담하게 되는, 좌절감이 드는, 절망스러운, 열등감이 드는, 부러운, 질투 나는,부끄러운, 허탈한, 후회스러운, 아쉬운, 안타까운, 지친, 피곤한, 힘든, 무기력한, 심심한, 지루한, 지겨운, 귀찮은, 우울한, 쓸쓸한, 외로운, 허전한, 미안한, 긴장되는, 떨리는, 고민되는, 그리운, 아련한, 초연한
욕구가 충족되었을 때: 긍정적인 느낌	감사한, 고마운, 가슴이 뭉클한, 감동스러운, 벅찬, 기대되는, 희망적인, 설레는, 긴장이 풀리는, 안심되는, 진정되는, 편안한, 안락한, 평화로운, 평온한, 담온한, 차분한, 느긋한, 여유로운, 홀가분한, 후련한, 자유로운, 끌리는, 흥미로운, 궁금한, 충만한, 든든한, 따뜻한, 포근한, 훈훈한, 반가운, 뿌듯한, 자랑스러운, 용기 나는, 기운이 나는, 당당한, 자신 있는, 떳떳한, 상쾌한, 개운한, 생기가 도는, 활력이 넘치는, 살아 있는, 정겨운, 친근한, 신나는, 재미있는, 즐거운, 행복한, 기쁜, 흥분되는, 짜릿한, 통쾌한, 속 시원한, 흐뭇한, 만족스러운, 보람찬, 사랑이 가득한, 애정하는, 사랑받는, 다행스러운, 시원섭섭한

욕구 목록	
자율성	자율성, 자유, 독립, 자립, 선택권
존재감	존재감, 중요하게 여겨짐, 영향력을 끼침, 자기표현, 주관을 가짐, 개성, 나다움
사회적·정서적·상호 의존	수용, 존재적 인정, 감사, 인정, 사랑, 관심, 우정, 기여, 봉사, 돌봄, 보호, 따뜻함, 부드러움, 배려, 존중, 소통, 이해, 공감, 지지, 응원, 도움, 협력, 의지, 의존, 상호성, 교류, 연결, 유대감, 공동체, 소속감, 관계 맺음, 공유(인식·가치관·정보), 친밀함
건강·생존	공기, 음식, 물, 주거, 휴식, 잠, 건강, 안정(신체적·정서적·경제적), 스킨십, 성적 표현, 자유로운 신체 활동
여유·성찰	여유, 혼자만의 시간, 자기 돌봄, 성찰, 영성, 영적 교감
아름다움·평화	아름다움, 재미, 즐거움, 인생 예찬, 축하와 애도, 치유, 회복, 평화, 평온, 무탈함, 질서, 조화
꿈·성취·성장	꿈과 목표, 도전, 성취, 숙달, 전문성, 능력, 효능감, 효율성, 배움, 성장, 발견, 깨달음, 자각, 창조성, 창작, 새로움, 변화, 영감, 자극, 경험, 자신감, 자기 확신, 자기 신뢰
신뢰·일관성·진정성	신뢰, 확신, 일치, 일관성, 예측 가능성, 공정성, 정의, 평등, 차별하지 않음, 명료함, 명확함, 투명성, 솔직함, 진정성, 성실, 정성

공 감 의 힘

어떤가요? 여러분은 이제 느낌과 욕구를 통해 자신과 타인에게 공감하는 구체적인 방법을 알게 되었습니다. 지금까지 살아온 방식, 사용해온 언어와 사뭇 다르기 때문에 일상에 바로 적용하려면 어색하고 낯설 거예요. 때로는 공감하며 대화하는 과정이 매우 지난하게 느껴지기도 할 겁니다. 그렇다면 이렇게 노력과 에너지가 많이 드는 공감을 왜 해야 하는 걸까요? 대답은 제가 맡고 있는 '사회혁신공감실습'이라는 수업에 함께했던 학생의 말에서 찾아볼 수 있을 것 같네요.

느낌이 욕구의 불충족에서 시작된다는 것을 알고 난 후 더 이상 나를 비난하지도, 상대를 비난하지도 않게 되었다. 온전히 나의 욕구에만 집중하고 욕구의 해소 방안을 찾는 쪽으로 생각을 돌릴 수 있게 되었다. 내면의 욕구에 집중하다보니 자신을 더욱 사랑하게 되었다. 동시에 타인의 반응에서 어느 정도 자유로워질 수 있었다.

사회혁신공감실습 참가 학생 A

제대로 된 공감을 경험했을 때 내면의 불안과 증오가 사라지고 자신을 사랑하게 되었다고 말하는 사람이 많습니다. 공감은 외부의 목소리가 아닌 한 존재의 내면적 목소리를 듣는 행위이자, 그 존재와 눈을 맞추는 행위이기 때문이에요. 그러한 공감은 받는 사람뿐만 아니라 주는 사람의 마음도 공명하고 따뜻해지게 만드는 쌍방향의 에너지를 가지고 있어요.

> 항상 친구와 현실적인 대화만 해서 감정 자체를 대화 주제로 삼아 본 적이 없었다. 그런데 고민을 나누다가 친구의 감정에 대해 진지하게 이야기하니 서로 벅차올랐다. 이렇게 실습 과정을 통해 마법처럼 점점 '프로 공감러'가 되어가는 나의 모습에 놀라기도 했고, 감정을 인정하는 것 자체로 마음을 나눌 수 있게 하는 공감의 대화가 가진 힘에 놀라기도 했다.
>
> 사회혁신공감실습 참가 학생 B

또한 공감은 결코 풀리지 않을 것 같은 갈등을 풀고 신뢰를 쌓아 올리는 열쇠가 돼요. 저는 경찰서에 접수된 사건의 피해자가 피해를 회복하고 가해자-피해자 간 대화를 통해 갈등을 해소하도록 돕는 대화 모임도 진행하고 있습니다. 처음 가해자, 피해자를 만나면 서로 감정이 굉장히 격해져 있어요. 화도 많이 나 있고요. 그런데 대화 모임을 통해서 서로의 진짜 속마음에 공감하고, 상대도 내 마음을 정말로 알아준다고 느낄 때 마법처럼 많은 문제가 해결되는 모습을 보게 됩니다. 공감은 아무리 성난 사람도 순한 양으로 만들 수 있는 놀라운 치유의 힘을 갖고 있어요.

공감을 어렵게 만드는 장애물 세 가지

이렇게 공감이 가져다주는 굉장한 이점이 많은데도 우리는 늘 일상에서 공감에 실패하곤 합니다. 대표적인 이유가 세 가지 정도 있습니다.

첫째는 공감이 동의로 오해받을까 봐 두려운 마음이 들기 때문입니다. 공감과 동의를 구분하지 못하는 데서 오는 걱정이에요. A가 "B 때문에 너무 힘들어. 걔 왜 그래?"라고 얘기할 때, 여러분이라면 어떻게 반응하시겠어요? "맞아. 나도 B가 그렇게 행동할 때 힘들더라." 이건 공감이 아닌 동조이고, A가 하고 있는 뒷담화에 동의하는 행동입니다. "아, B 때문에 진짜 많이 짜증 나는구나"라고 A의 감정을 이해하고 알아주는 것, 거기까지가 공감입니다. 종이 한 장의 미묘한 차이지만 결과는 아주 다릅니다. 상대의 마음에 대해 '그랬구나' 공감할 순 있지만, 생각과 행동까지 동의할 필요는 없습니다.

둘째는 상대가 "너 때문이야!"라고 공격할 때입니다. 이럴 때는 자신을 보호해야 하기 때문에 방어하거나 공격하려는 마음이 자연스럽게 드는데요, 그래서 공감이 매우 어려워집니다. 이때 나를 지키면서도 공감으로 대화할 수 있는 마법의 주문이 있는데, 바로 "It's not about me"예요. 나에 관한 게 아니라는 거죠. 앞서 말했듯이 감정은 욕구가 충족되고, 안 되고의 신호일 뿐입니다. 이에 따라 우리가 하는 말을 크게 두 가지로 나눠볼 수 있어요.

"내 욕구가 충족됐어. 고마워!"

"내 욕구가 지금 충족되지 않았어. 도와줘!"

앞으로는 누가 "너 때문에!"라고 얘기하면 '아, 저 사람이 지금 뭔가 중요한 욕구가 있는데 충족되지 않아서 도와달라는 말을 저렇게 하고 있구나'라고 번역해보세요. 그러면 나를 지키면서도 말 뒤에 있는 그 사람의 진짜 마음이 보일 거예요.

셋째는 빨리 조언하고 해결책을 줘야 할 것 같다는 부담이 있기 때문입니다. 해결책을 주려는 마음은 그 사람을 돕고 싶은 마음이죠. 아주 좋은 동기에서 옵니다. 하지만 순서가 중요해요. '선공감, 후해결책'을 기억해주세요. 조언해줘도 "아, 그거는 이래서 안 되는데" "이건 이래서 좀 어려울 거 같아요"라고 계속 핑계 대는 사람을 경험한 적 있을 거예요. 조언을 바라고 왔다고 해도 진짜 원하는 건 조언이 아니라 공감일 수 있어요. 공감해주면 마음에 공간이 생기고, 그때 비로소 여러분의 조언이 들어갈 수 있답니다. 그러면 조언할 타이밍이 언제인지 어떻게 알 수 있을까요? 상대방이 한숨을 내쉬거나 몸의 긴장이 풀리는 게 보일 때, 그때가 바로 적절한 타이밍입니다. 그때 "듣다보니 생각나는 게 있는데 말해줘도 될까?"라고 동의를 구하고 조언해보세요. 훨씬 달라진 반응을 접하게 될 거예요.

공 감 의 성 장 단 계

마셜 로젠버그는 그의 책 『비폭력대화』에서, 공감이 무엇인지 배우고 연습하면서 크게 세 가지 성장 단계를 겪는다고 말합니다.

첫 번째 단계는 '정서적 노예 단계'로, 이 단계에 있는 사람들은 타인의 감정과 욕구에는 민감하게 반응하지만 자신의 감정과 욕구를 잘 살피지 못해요. 타인의 욕구를 충족시키는 것에 빈번히 책임감을 느끼며 나의 욕구를 뒷전으로 하다보면 어느 순간 '왜 내 욕구는 아무도 중요하게 생각해주지 않지?'라는 피해의식이 생기기 시작하죠. 그러면 가까운 사람들이 부담스럽고 불편해 멀리하고 싶어지게 되는 비극이 벌어집니다. 제가 전형적으로 정서적 노예 단계에 있던 사람이었어요.

이런 사람이 자기 공감을 처음 배우면 꼭 거쳐 가는 단계가 바로 '얄미운 단계'예요. 고무줄을 당겼다가 놓으면 반대 방향으로 날아가버리듯, 지금껏 얼마나 자신의 욕구를 돌보지 않고 살았는지 깨달은 사람은 반대급부로 자신의 욕구'만'을 중요하게 생각하는 경향이 나타나요. 다소 거친 방식으로 욕구를 표현하기 일쑤여서 흔히들 그 사람을 두고 '얄밉다'고 표현하게 되죠. 평소 그렇지 않던 사람이 갑자기 변하니 자신도 주변 사람들도 놀랄 수 있는데, 괜찮습니다. 자연스러운 과정이에요.

그러다 점점 내 욕구뿐 아니라 모두의 욕구가 중요하다는 것을 깨닫고, 두 욕구를 다 충족할 대안을 찾는 '정서적 해방 단계'에 이르게 됩니다. 정서적 해방 단계에 이르렀을 때의 가장 큰 변화는 '두려움' '죄책감' '수치심'에 의해서 움직여온 과거와 달리 이젠 진심에서 우러나오는 연민에 의해 자발적으로 선택하게 된다는 거예요. 공감도 선택할 수 있습니다. '할 수 있는 만큼, 기쁜 마음으로 할 수 있을 때' 공감하기를 선택할 수 있어요.

물론 이 성장 단계는 나선형이에요. 정서적 해방 단계에 이르렀다가 다시 얄미운 단계로 들어섰다가 정서적 노예 단계로 퇴행하기도 하죠. 관계 맺는 사람이 누구냐에 따라 단계가 달라지기도 하는데, 가령 부모님과는 얄미운 단계, 남편과는 정서적 해방 단계, 어느 동료와는 정서적 노예 단계일 수 있는 거죠. 중요한 건 성장의 방향성이고, 그 과정에서 다소 얄미워 보일 수도 있고 때로는 억울해할 수도 있다는 거예요. 그렇게 나나 타인이 낯설게 느껴질 때면 모두가 성장하는 과정 중에 있다는 걸 기억하시길 바라요.

사 회 문 제   해 결 에
공감 교육이 지니는 의미

이 시대에 공감 교육은 사회문제를 해결하는 데 어떤 의미가 있을까요? 아래 말에서 그 의미를 엿볼 수 있을 것 같습니다.

> 평소에는 전혀 생각해보지 않았던 개개인의 내밀한 감정과 욕구가 항상 존재하고 있다는 것을 깨달은 이후부터, 어렵지만 뉴스에 나오는 소외된 사회 구성원이나 정말 가까이 있는 주변 사람들의 마음까지도 일일이 헤아려보려 시도하고 있다. 그 자체로 정말 값진 수업이었다.

사회혁신공감실습 참가 학생 C

사회문제를 해결하는 가장 중요한 첫걸음은 화려한 전략도, 어마어마한 펀딩도 아닌 타인에 대한 관심과 건강한 공감이라고 생각합니다. 마리몬드라는 소셜벤처를 운영해보면서 얻은 가장 값진 깨달음입니다.

지금까지 공감이 무엇인지, 어떻게 공감할 수 있는지에 대해 많이 이야기했지만 사실 공감은 결코 글로 배울 수 있는 지식이 아니에요. 사랑이 그러하듯 공감도 직접 경험하며 체득하는 삶의 태도이자 사람을 대하는 자세입니다. 솔직하게 이야기를 나눌 수 있는 안전한 환경과 서로를 반영해줄 수 있는 공동체 안에서 제대로 된 공감을 받아본 사람은 타인에게 공감해줄 여유를 가지게 돼요. 그 범위가 점차 확대되어 타인들이 겪는 문제가 더 이상 그들만의 문제가 아닌 사회 구성원으로서 함께 아파하고 해결해나가야 할 문제로 다가오는 거죠. 이것이 공감의 자연스러운 방향성이자 단절과 혐오, 무관심이 팽배한 이 사회에 공감 교육이 중요한 의미를 가지는 이유입니다.

공감은 사회를 변화시킨다

어느 날 누군가가 마셜 로젠버그에게 물었어요. "세상을 평화롭게 만드는 데 도움이 되고 싶어요. 어떻게 하면 좋을까요?" 마셜은 이렇게 말했어요. "당신 내면의 평화를 만드는 일이 세계 평화에 기여하는 일입니다." 저는 언제나 가슴에 이 말을 품고 살아갑니다. 자기 공감을 통해서 내면의 평화를 만들고, 그 힘으로 타인에게 공감하고, 그렇게 주위에 공감하면서 점차 사회를 변화시키는 것, 더없이 신나고 벅찬 이 일에 여러분을 초대합니다.

3장

공감의 이타성과
자기중심성

—

김학진

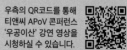

저는 기능적자기공명영상[fMRI]이라는 장비를 사용해서 인간의 사회성을 연구하고 있으며, 공감, 이타성, 도덕성 등이 주요 관심사입니다. 이 장에서는 공감에 관한 뇌과학적 연구 결과들을 소개하고자 합니다. 뇌과학은 공감에 대한 기존 상식들을 뒤집는 여러 사례를 보여주고 있습니다. 우리는 흔히 공감이 타인을 위한 감정이라고 생각하는데, 뇌과학의 연구 결과들은 공감이 얼마나 자기중심적인 감정인지, 그런 공감이 어떻게 확장될 수 있는지에 대해 새로운 관점을 제시해줍니다. 뇌과학적 관점에서 본다면 공감은 한마디로 어떤 사람이 일평생 만들어온 감정의 목록을 상대방에게 투사하는 과정이라고 볼 수 있습니다.

공 감 하 는   뇌 :
공감의 신경학적 기제, 뇌섬엽

1995년 한 의학 전문 학술지에 흥미로운 사례가 소개됐습니다.[1] 공사장에서 작업을 하던 한 인부가 실수로 15센티미터 길이의 못 위로 뛰어내려서 못이 신발을 관통하는 사고를 당했습니다. 급히 응급실로 실려온 이 환자는 극심한 고통을 호소해 진통제를 주사해서 진정시켜야만 했습니다. 사람들은 못을 아주 부드럽게 뽑은 후 조심스럽게 신발을 벗겼죠. 그런데 신발을 벗기고 나서 놀라운 사실이 드러납니다. 못이 발가락 사이를 관통해, 발에는 전혀 상처가 없었던 것이죠. 다시 말해, 외상이 없는데도 날카로운 고통을 느꼈던 것입니다. 어떻게 이런 일이 가능했을까요?

뇌는 실제 세상을 있는 그대로 인식하는 것이 아니라 일종의 시뮬레이션을 통해 재구성해서 인식한다고 알려져 있습니다. 예를 들어 고통스러운 장면을 보면 동시에 신체로부터 통증이 전달되고, 그 통증이 뇌에 흔적을 남기죠. 이 과정이 반복되면 시각 자극 정보를 받은 뇌 부위와 통증 흔적이 저장된 뇌 부위 사이에 강한 연결이 생깁니다. 이 연결이 생기고 나면 실제로 통증이 존재하지 않더라도 흔적이 활성화되면서 실제와 거의 동일한 통증을 경험할 수 있습니다. 뇌의 시뮬레이션으로 인해 통증을 경험하게 되는 거죠. 사실 이 시뮬레이션 기능은 생존을 위해서 매우 중요합니다. 이 기능 덕분에 통증을 경험하기 전 미리 생생하게 예감하고 피할 수 있죠. 혹시 책장을 넘기다가 종이에 손가락을 베인 경험이 있나요? 한번 이런 것을 경험하면 다음에 책장을 넘길 때는 나도 모르게 손끝이 저려오면서 조심하게 되죠. 바로 이런 것이 시뮬레이션이 작동한 예입니다. 그럼 손이 베이는 경험을 한 뒤 다른 사람이 종이에 손가락을 베이는 장면을 보면 어떻게 될까요? 아마 내가 베인 것처럼 손끝에 따가운 느낌이 오는 분들이 있을 겁니다. 이런 현상을 우리는 '공감'이라고 부릅니다.

공감의 신경학적 기제를 최초로 규명한 뇌 영상 연구를 하나 소개해볼게요.[2] 연구진은 사귄 지 얼마 안 된 연인들을 대상으로 실험해, 자기공명영상 장비를 통해 자신의 고통뿐 아니라 타인의 고통에도 공통적으로 반응하는 뇌 부위를 찾고자 했습니다. 나란히 앉아 있는 연인에게 전기 쇼크를 가했을 때 뇌가 어떻게 반응하는지 확인해봤죠. 그 결과 본인이 고통받을 때와 연인이 고통받을 때 거의 동일한 수준으로 반응을 보이는 곳이 나타났는데, 바로 뇌섬엽이라는 부위입니다. 뇌섬엽은 대뇌피질의 일부이지만 여느 대뇌피질 부위들과는 달리 겉에서는 직접적으로 관찰하기 어렵고, 측두엽과 전두엽 사이의 틈을 벌려야만 볼 수 있습니다(그림 1).

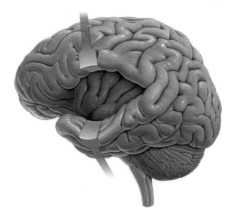

그림 1 측두엽과 전두엽에 덮여 있는 뇌섬엽. ©Kenhub

뇌섬엽은 어째서 타인의 고통에도 반응하는 걸까요? 혹시 앞서 언급한 것처럼 신체의 통증 신호가 남긴 흔적들이 이곳에 저장되는 건 아닐까요? 실제로 뇌섬엽은 심장 같은 장기들이 보내는 신체 내부의 신호들을 통합하는 곳으로도 잘 알려져 있죠. 심장으로부터 오는 신호들을 의식적으로 감지할 때 주로 활동하는 뇌 부위입니다.

신체 내부 신호에 민감한 정도는 사람마다 차이가 큰데, 개인별 민감도를 알아보는 아주 간단한 방법이 있습니다. 바로 심장 박동수 탐지 테스트입니다. 참가자에게 1분 동안 심장 박동수를 스스로 감지해 속으로 세어보라고 하고, 심박수 측정 장비의 측정값과 얼마나 차이 나는지 비교해봄으로써 정확도를 계산하는 겁니다.

행복은 뇌 안에

두 측정치 간의 차이가 작을수록 신체 신호 민감도가 높은 사람이라고 할 수 있습니다. 최근 연구들에 따르면, 심박수를 남들보다 더 정확히 인식하는 사람들은 뇌섬엽의 크기도 더 크고 활동 수준도 더 높은 것으로 밝혀졌습니다.

흥미롭게도 자신의 내부 감각 신호에 민감한 사람들이 타인의 감정을 이해하고 공감하는 능력도 더 뛰어납니다. 가령 자기 심박수를 정확하게 인식하는 사람은 사진 속 인물의 미묘한 표정을 더 정확하게 구분해낼 수 있고, 타인의 고통에도 더 민감하게 반응한다고 알려져 있죠. 이런 결과들은 자기 신체 내부의 감각 신호를 인식하는 뇌섬엽의 기능과 타인의 감정에 공감하는 능력 간에 긴밀한 관련성이 있다는 걸 잘 보여줍니다. 뇌섬엽은 신체와 타인을 연결하는 교량 역할을 담당하는 것처럼 보입니다. 뇌섬엽에 저장된 신체 반응의 흔적들을 찾아내 타인의 감정을 빠르게 시뮬레이션하고, 그 결과 타인의 감정에 공감하고 이를 이해할 수 있게 되는 거죠. 예를 들어 내가 대기업에 취직했다는 소식을 취업 준비로 고생하는 친구에게 말하기 전에, 소식을 들었을 때 친구의 신체가 어떻게 반응할지 미리 시뮬레이션해볼 수 있다면 소식을 전할지 말지 결정하는 데 도움이 될 수 있습니다.

공 감 의 자 기 중 심 성

이처럼 신체와 긴밀하게 소통하여 신체 반응을 시뮬레이션하는 뇌섬엽 덕분에 우리는 복잡한 사회적 상황 속에서도 빠르게 타인의 감정을 파악하고 이에 적절한 반응을 찾을 수 있습니다. 그렇지만 현재 신체 상태를 토대로 타인의 감정을 이해하는 것이 항상 유리하지만은 않습니다. 시뮬레이션의 단점을 보여준 연구 하나를 볼까요?[3] 연구진은 참가자들을 체육관에서 이제 막 운동을 마치고 나온 사람들과 아직 운동을 시작하지 않은 사람들로 나누었습니다. 그리고 산속에서 길을 잃은 등산객들 이야기를 두 집단 각각에게 들려주고 그들의 감정 상태를 예측해보라고 요구했죠. 그 결과, 막 운동을 마친 집단은 아직 운동을 시작하지 않은 집단보다 등산객들이 더 심한 갈증을 느낄 것이라고 예측했습니다. 왜 그랬을까요? 아마 지금 자신이 갈증을 많이 느끼는 상태이기 때문에 상대방도 심한 갈증을 느낄 거라고 판단하기 쉬웠던 거겠죠.

이렇게 신체 상태에 따라 타인을 향한 공감의 종류와 강도도 달라집니다. 다시 말하자면, 신체 상태가 준비되어 있지 않으면 타인에게 공감하기 어려울 수도 있다는 것이죠. 어쩌면 바로 이것이 내가 처한 상황과 동떨어진 타인의 경험, 혹은 내가 경험해보지 못한 상황에 공감하기 어려운 이유가 아닐까요? 타인의 감정에 공감할 때, 우리는 상대방도 나와 똑같은 감정을 경험한다고 믿습니다. 하지만 말씀드린 것처럼 사실 공감은 생각보다 훨씬 더 자기중심적인 감정입니다. 과거 경험과 현재 신체 상태를 재료 삼아 재구성해낸 감정 경험이 실제로 타인의 감정과 일치할 가능성은 거의 희박하다고 볼 수 있죠. 타인의 감정을 시뮬레이션하기 위해 사용한 재료가 다르면 그 결과물도 당연히 다를 수밖에 없습니다. 전혀다른 재료들을 가지고 만들어낸 결과물인 자기중심적인 감정을 타인에게 억지로 투사하는 것은 공감보다 오히려 무례함이나 폭력으로 이어질 수 있죠.

한편 발달 과정에서 과도하게 고통스러운 환경과 자극에 끊임없이 노출되면, 타인의 감정을 재구성하기 위해 필요한 재료들이 비정상적으로 왜곡될 수도 있습니다. 실제로 타인의 고통에 공감하지 못하는 사이코패스들 가운데 어린 시절 어려운 환경과 가혹한 학대에 노출된 사람들의 비율이 높다는 점은 이런 가설을 지지하는 좋은 증거가 될 수 있죠.

공감의 자기중심성의 또 다른 문제점은 자신과 유사한 과거 경험이나 신체 상태를 공유하는 내집단에 대해서만 선택적으로 공감이 표출될 수 있다는 점입니다. 자기중심성 때문에 나와 같은 경험을 해온 사람들, 나와 비슷한 상태에 있는 사람들의 감정에 선택적으로 공감할 수밖에 없게 되죠. 다른 삶을 살아온 사람, 다른 환경에 있는 사람들을 고려하려면 굉장히 많은 심리적 비용과 자원이 필요합니다. 그래서 집단 간 의견이나 이익이 충돌할 때면 경험을 공유하는 사람들한테 더 공감하는 것이 자연스럽죠. 공감할 수 있는 대상을 위한 정보들만 선택적으로 받아들이고, 상대방의 관점에서 고려할 필요가 있는 정보들은 배제하게 됩니다. 그러면 집단 간 갈등은 점점 더 심화될 수밖에 없겠죠. 내집단에 대한 위협은 마치 나에 대한 위협인 것처럼 느껴지기 때문에 강력한 저항감을 유발할 수 있습니다. 그 결과 내집단에 위협이 되는 외집단에 대한 차별과 혐오, 심한 경우 물리적인 공격성까지 나타날 수 있고, 이는 수많은 집단 간 갈등이나 정치적 양극화 현상의 원인이 되기도 합니다.

타인을 이해하는 능력, 관점 이동

그렇다면 과거 경험이나 신체 상태가 전혀 다른 사람에게 공감한다는 것은 과연 불가능한 일일까요? 그렇지 않습니다. 사실 우리는 거의 매일 전혀 다른 경험을 가진 주변 사람들을 이해하면서 살아가죠. 부장님이 왜 자꾸 잔소리를 하는지, 중학생 아들이 왜

행복은 뇌 안에

최근에 말대답이 많아졌는지…… 물론 쉽지는 않지만 우리는 늘 타인을 이해하려 노력합니다.

전혀 다른 사람을 이해할 때면 잠시 자신의 관점을 버리고 상대의 관점을 취하게 되는데, 이런 현상을 '관점 이동'이라고 부릅니다. 공감과 관점 이동을 동일한 것으로 혼동하기 쉽지만, 사실 둘은 서로 매우 다른 심리 기제라는 증거들이 밝혀지고 있죠. 관점 이동 능력은 아이들이 생후 네 살이 되면 비로소 기능하기 시작합니다. 어린아이들의 관점 이동 능력을 간단하게 알아볼 수 있는 유명한 검사로 샐리-앤 테스트Sally-Anne test가 있습니다(허위 신념 테스트False-belief test라고도 합니다).

이 검사에는 샐리와 앤이라는 두 아이가 등장합니다. 샐리는 가지고 놀던 인형을 유모차 안에 넣어놓고 방을 나갑니다. 그리고 옆에 있던 앤이 인형을 상자 안으로 옮겨 넣고 방을 나가죠. 잠시 후 샐리가 방으로 돌아와 인형을 찾습니다. 샐리가 인형을 찾기 위해 살펴본 곳은 어디일까요? 정답은 당연히 유모차이지만, 3세 아동은 대부분 상자라고 답합니다. 왜 그럴까요? 아이들은 아직 자신과 다른 지식이나 믿음을 가진 타인을 이해할 능력이 발달하지 않았기 때문이죠. 그래서 자기가 아는 정답, 즉 인형이 상자 안에 있다는 사실을 샐리도 알고 있으리라고 생각하는 겁니다. 반면 흥미롭게도 4세 아동들은 이 검사에서 정답을 말할 확률이 매우 높게

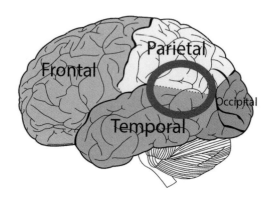

그림 2 측두-두정 접합부의 해부학적 위치. ©Wikimedia Commons

나타납니다. 4세가 되면 뇌에 어떤 변화가 생기기에 이런 관점 이
동 능력을 갖게 되는 걸까요?

타인의 마음을 추론하고 이해하는 데 중요한 기능을 담당하는
뇌 영역은 뇌섬엽이 아닌 측두-두정 접합부라는 부위로 밝혀졌습
니다. 측두-두정 접합부는 시각 정보를 처리하는 후두엽, 청각 정
보를 처리하는 측두엽, 촉각 정보를 처리하는 두정엽이 만나는 경
계선에 위치합니다(그림 2). 이런 해부학적 위치를 통해 짐작할 수
있듯이, 측두-두정 접합부는 외부 환경으로부터 오는 감각 정보
들을 통합하는 부위로 잘 알려져 있죠.

관점 이동을 시도할 때 이 부위의 활동이 크게 증가하는 한편,
이 부위가 손상되면 성인들도 앞서 보여드린 샐리-앤 테스트에서

아이들처럼 타인의 생각이나 의도, 믿음 등을 추론하고 이해하는 데 어려움을 겪는다는 것이 여러 연구를 통해 밝혀졌습니다. 앞서 소개한 뇌섬엽이 신체 상태의 시뮬레이션에 기반한 직관적 공감 기제를 주관한다면, 측두-두정 접합부는 외부 환경으로부터의 감각 정보들을 통합해 관점 이동을 가능하게 하는 일종의 분석적 관점 이동 기제를 담당한다고 볼 수 있습니다. 뇌섬엽을 통한 직관적인 공감보다는 느리지만, 측두-두정 접합부를 통한 관점 이동은 자기중심성에서 벗어나도록 해주므로 정확도가 비교적 높을 수 있습니다. 그렇지만 익숙한 자기중심적 관점을 버리고 낯선 타인의 새로운 관점을 취하는 관점 이동은 결코 쉬운 일이 아니죠. 많은 노력과 자원이 필요합니다.

무작정 자신을 버린 채 타인을 이해하고 배려해야 한다는 맹목적인 교육 방식이 매번 실패하는 이유는 바로 이런 관점 이동의 어려움 때문일 수 있습니다. 사람들은 직관적으로 자신의 관점에서 타인을 해석하려 하고, 특별한 경우에만 많은 자원을 할애해 자신의 관점 대신 타인의 관점을 취하고자 노력합니다. 여기서 특별한 경우란 어떤 상황을 말할까요?

자신의 과거 경험과 신체 상태를 무시하고 전혀 다른 사람을 이해하려는 노력도 타인보다 자신을 위한 이기적인 동기에서 비롯된 것일 때가 많습니다. 타인으로부터 호감을 얻고자 할 때가 바로 대표적인 경우죠. 사람들은 자기 감정에 공감해주는 사람에게 강한 호감을 품게 됩니다. 따라서 타인의 호감을 얻고 싶을 때 우리는 공감하려고 혹은 공감하는 것처럼 보이려고 노력하죠. 부장님을 이해하려고 노력하거나 아이의 행동을 이해하려고 노력하는 목적은 그들의 호감을 얻고 원만한 관계를 회복하기 위해서인 경우가 많다는 것이죠. 공감을 잘하는 사람으로 보임으로써 호감을 얻을 수 있고, 이를 통해 이익을 극대화할 목적으로 관점 이동을 시도한다는 것입니다. 이처럼 관점 이동은 직관적인 공감과 질적으로 확연히 구분될 수 있습니다. 바로 이 때문에 타인의 고통에 공감하지 못하는 사이코패스 기질이 높은 사람들도 관점 이동 능력에 있어서는 일반인들과 거의 차이가 없거나 더 뛰어날 수 있는 것이죠.

감정은 어떻게 만들어질까?: 감 정 의 신 체 적 기 제

그렇다면 이기적인 목적의 관점 이동도, 자기중심적인 공감도 아닌 타인에 대한 이해는 과연 가능한 걸까요? 이 질문에 답하려면 '감정'에 대해 좀더 과학적으로 이해해야 합니다. 최근 주목받는 새로운 감정 이론에 따르면, 우리 뇌는 신체의 항상성을 유지하기 위해 끊임없이 현재 신체 상태를 모니터링하고 미래의 신체 상태를 예측한다고 합니다.[4] 그리고 예측에 실패했을 때 신체가 뇌로 보내는 경고 신호가 바로 감정입니다. 다시 말해서, 감정이란 현재 신체 항상성이 깨졌거나 앞으로 깨질 수 있다는 것을 감지한 뇌의 반응, 그 불균형을 회복하기 위해 특별한 조치가 필요하다는 것을 알리는 뇌의 신호라고 할 수 있습니다. 예를 들어 배고픔과 통증은 신체 항상성의 심각한 불균형을 알리는 신호이며 강한 감정을 유발합니다. 누군가에게 비난받았을 때 수치심이나 죄책감을 느끼는 것은 비난이 미래에 초래할 신체 항상성의 불균형, 다시 말해 사회적으로 소외되고 격리될 때 찾아올 생존의 위협을 미리 시뮬레이션해보고 이를 방지하기 위한 행동을 촉발하는 것이 주된 목적일 수 있는 거죠. 이로 인해 신뢰와 호감을 회복하기 위한 사회적 행동을 할 수 있게 됩니다. 그렇지만 이런 감정이 모두 신체 항상성을 유지하는 데 도움이 되는 행동으로 이어지는 건 아니죠. 신체가 보낸 신호를 뇌가 어떤 감정으로 분류하고 해석했는지에 따라 항상성에 도움이 되는 행동을 할 수도 있고 그러지 않을 수도 있습니다.

이해를 돕기 위해 수치심과 분노를 예로 들어보겠습니다. 수치심과 분노는 둘 다 부정적인 감정이지만 방향 면에서는 반대라고 할 수 있어요. 수치심은 자신을 향하지만 분노는 타인을 향합니다. 이 두 감정은 적절하게 사용되면 불균형을 해소해주지만 부적절하게 사용되면 오히려 불균형을 심화시킬 수 있죠. 가령 직장 상사가 여러 동료 앞에서 내 외모를 비하하고 조롱하는 상황을 상상해볼까요? 이 상황에서 수치심이 유발되면 행동은 점점 더 위축되고, 심각한 자기비하나 우울증까지 찾아올 수 있습니다. 그렇지만 만약 동일한 상황에서 상사의 무례함을 지적하고 항의하며 분노를 표출한다면, 신체가 알린 불균형의 원인을 정확히 파악하고 제거해 신체 항상성의 불균형을 해소할 수 있죠.

그러니까 부장님이 화를 낼 때 그 분노의 정확한 이유와 효용을 파악하는 것이 가장 중요합니다. 내 실수 때문에 분노한 것일 수도 있고, 아니면 내 잘못이 아닌데 부당하게 화를 내는 것일 수도 있어요. 내가 지나치게 민감하게 반응하는 건지, 부장님의 행동이 정말 부당한 것인지를 따져보는 것이야말로 어쩌면 자기 감정을 정확히 인식하는 과정이라고 할 수 있습니다. 원만한 관계를 회복하는 방법은 거기서부터 찾을 수 있다고 생각합니다. 그러니까 우선 분노의 원인을 정확히 파악해 제거하면 훨씬 더 건강한 사회관계를 유지할 수 있겠죠.

이번엔 입장을 바꿔, 외모를 비하하는 농담을 했다가 부하 직원의 분노를 산 상사를 생각해볼까요? 이 상사는 직원의 행동이 다른 사람들 앞에서 자신을 무시한 처사라고 판단하고 분노를 표출할 수 있습니다. 지나치게 민감하고 사회성이 떨어지는 직원이라면서 오히려 비난의 강도를 높일 수 있는 거죠. 이런 반응이 반복되면 문제의 상사는 흔히 분노조절장애라고 하는, 불균형이 심화된 상태에 빠질 수 있습니다. 반대로 동일한 상황에서 발언의 무례함을 깨닫고 수치심을 느낀 뒤 직원에게 사과할 수도 있죠. 이렇게 되면 신체가 알린 불균형의 원인을 정확히 파악하고 제거해 불균형을 원활히 해소할 수 있습니다.

하지만 실제로는 감정의 원인을 파악하기 어려울 수 있습니다. 감정이란 순간적으로 표출되는 것이니까요. 막 표출되는 시점의 감정은 사실 달리는 전차처럼 폭주하는 상태이기 때문에, 감정 상태를 객관적으로 인식하기란 거의 불가능하다고 볼 수 있습니다. 굉장한 노력과 훈련이 필요한 이유입니다. 그렇지만 감정이 작동되는 방식에 대해 좀더 과학적인 지식을 갖추면 나를 돌아볼 여유를 갖는 데 매우 유용할 수 있습니다.

그렇다면 자기 감정의 원인을 정확히 이해하는 것이 실제로 행동을 변화시킬 수 있을까요? 이 질문에 대해 훌륭한 답변을 제시하는 연구가 하나 있습니다.[5] 이 연구에서는 남녀 참가자들을 모집하여 어려운 수학 문제를 풀도록 했습니다. 연구 목적이 수학 능력의 성차를 알아보는 것이라고 설명해준 집단에서는 남성이 여성에 비해 훨씬 더 높은 점수를 보였습니다. 두 번째 집단에는 여성 참가자들에게 다음과 같은 설명을 덧붙였습니다. "이 시험을 보는 동안 불안감을 느낀다면, 사회에 널리 알려진 부정적인 고정관념의 결과일 수 있으며, 이는 실제 시험을 잘 보는 능력과는 무관함을 명심하는 것이 중요하다." 그 결과 놀랍게도 남성과 여성 간의 점수 차이가 사라졌습니다.

내 감정을 정확히 인식하기

앞서 얘기한 것처럼 거의 동일한 외부 상황과 신체 내부 신호의 조합을 어떤 사람은 분노로 분류하는가 하면 어떤 사람은 수치심으로 분류하기도 합니다. 그런데 수치심으로 분류해야 할 상태를 분노로 잘못 해석해서 반응하고, 그런 반응이 반복돼서 습관으로 굳어지면 불균형이 고착화될 수 있습니다. 심하면 더 이상 회복이 불가능한 상태에 빠질 수도 있어요. 어떤 감정을 경험할 때 이렇게 감정이 촉발하는 반응에 반사적으로 이끌리는 대신, 감정을 유발한 원인을 섬세하고 정확하게 인식함으로써 '단순하고 정형화된 반응 패턴'에서 벗어나 좀더 정교하고 세분화된 감정 반응을 만들어가는 과정을 '자기 감정 인식'이라고 부릅니다. 뇌는 자기 감정 인식을 통해, 매 순간 변화하는 신체 상태와 외부 환경에 최적화된 감정 반응을 찾아 더 능동적이고 유연하게 대처할 수 있어요.

자신의 감정을 인식하는 데 얼마나 많은 노력을 기울여왔는지에 따라 감정 목록의 크기는 다양해질 것입니다. 이런 개인차는 단순히 성별이나 나이만으로는 설명될 수 없고요. 자신의 감정을 다양한 범주로 세분화할 수 있는 사람은 신체로부터 오는 다양한 불균형 신호를 처리하는 데 최적화된 매우 섬세하고 정교한 매뉴얼을 가지고 있는 셈입니다. 이 매뉴얼은 끊임없는 자기 감정 인식을 통해서만 얻을 수 있는 귀중한 선물과도 같으며, 스트레스 상황에서도 건강한 신체와 정신을 유지할 수 있게 해주는 중요한 자산이기도 합니다.

그래서 제대로 된 공감 교육이 중요합니다. 어린 시절부터 이런 감정 목록을 키워나가는 훈련을 하면 타인과의 관계에서 활용할 수 있는 재료가 훨씬 더 풍부해지기 때문입니다. 하지만 우리는 갈등을 겪을 때 자기 감정을 정확히 인식하기보다는 욕구를 억누르고 감춰야 한다고 교육받곤 합니다. 인정 욕구의 왜곡된 표출이 그 대표적인 부작용 중 하나죠. 다양한 사회적 상황에서 대부분의 감정을 촉발하는 주요 원인이지만 가장 인식하기 어려운 것이 바로 인정 욕구입니다. 우리 사회는 자기를 지나치게 드러내거나 욕구를 강하게 표출하는 걸 금기시합니다. 어릴 때부터 자신을 감추도록 훈련받아왔기 때문에 인정 욕구를 자연스럽게 받아들이지 못하고, 인정 욕구가 생기면 강한 저항감을 느껴 그걸 왜곡된 방식으로 표출하기 쉬워지죠. 인정 욕구를 감추려고 상대방을 탓하거나 비하하는 자기방어적인 행동을 하게 됩니다. 누군가의 사소한 한마디에 분노가 치밀어 오르거나 이유 없이 타인을 험담하고 싶어진다면, 그 밑바탕에는 인정 욕구가 있을지도 모릅니다.

특히 청소년들은 사춘기를 겪으면서 자기가 속한 집단에서 높은 사회적 지위를 차지하려는 욕구를 매우 강하게 경험하게 됩니다. 이 시기에 뇌가 겪는 가장 큰 변화죠. 사춘기를 겪기 전후의 가장 뚜렷한 차이는 또래 집단에서 인정받으려는 욕구가 강해진다는 점입니다. 그렇기 때문에 이 시기에는 자신이 느끼는 감정을 자세히 들여다보는 훈련이 다른 어느 때보다 중요해진다고 할 수 있습니다. 청소년기에 자기가 경험하는 감정을 나름대로 분류하고 그걸 해결하기 위해 어떤 선택을 해왔는지가 이후의 수많은 선택에 결정적인 영향을 미치는 중대한 경험이 되죠. 사춘기 때 감정을 되돌아보는 교육과 훈련을 받는 게 중요한 이유입니다.

우리는 오랜 교육과 훈련을 통해 인정 욕구를 감추고 포장하려 노력해왔기에 이를 의식적으로 끄집어내 인정하려면 매우 큰 용기가 필요합니다. 타인과의 관계에서 발생하는 감정 뒤에 숨은 인정 욕구를 인식해야 타인의 시선으로부터 자유로워질 수 있고 자신을 위해서 더 중요한 것을 선택할 여유가 생깁니다.

제가 자기 감정을 직시하고 항상성을 유지해야 한다고 강조하면, 어떤 분들은 '이건 내가 화낼 일이 아니야' 같은 생각을 계속하다가 자칫 무미건조하거나 감정이 없는 사람처럼 보이진 않을까 걱정하기도 합니다. 이런 분들을 위해 숙련된 명상가의 예를 들어보겠습니다.

고도로 숙련된 명상 전문가들은 먼저 제시된 자극에 집중하느라 그 뒤에 제시되는 중요한 자극을 탐지하지 못할 경향성이 일반인들에 비해 현저히 낮은 것으로 나타났습니다.[6] 심리적 자원을 효율적으로 분배하는 데 명상이 도움을 줄 수 있다는 주장에 힘을 실어주는 결과입니다. 고통스러운 자극에 노출될 때도, 비전문가들에 비해 고통에서 받는 불쾌함의 정도는 현저히 낮지만 고통 강도를 지각하는 데 있어서는 차이가 없으며, 고통에 반응하는 뇌의 활동은 오히려 비전문가들보다 두드러지게 활발했습니다.[7] 하지만 중요한 것은, 자극에 크게 반응하더라도 그 반응이 보통 사람들보다 훨씬 더 빠르게 사라진다는 점이에요. 감정을 유발하는 중요한 사건이 발생했을 때, 감정을 잘 조절할 수 있는 사람들은 정말 필요한 반응만 남겨놓고 나머지 불필요한 반응은 줄이는 효율적인 반응 메커니즘을 작동시킬 수 있습니다. 이렇게 감정 조절 능력이 뛰어난 사람들은 자원을 집중해서 필요한 곳에만 쓰는 능력이 발달해 있기 때문에, 필요할 때는 보통 사람들보다 더 강한 반응을 보일 수 있지만 필요치 않을 때는 전혀 반응을 보이지 않게 됩니다. 감정을 굉장히 효율적으로 사용하는 사람이 되는 거죠.

자기 감정 인식 훈련이 주는 또 다른 큰 선물은 바로 공감 능력입니다. 자신의 감정을 정확히 인식하지 못하고 표현하지 못하는 증세를 '실감정증'이라고 합니다. 이런 증세를 가진 사람이 대략 전체 인구의 10퍼센트 정도라고 합니다. 흥미롭게도 실감정증이 심한 사람들은 타인의 고통에 공감하는 능력이 현저히 떨어지고 심지어 공감과 관련된 뇌 반응도 저조하다고 합니다. 다시 말해서 감정을 인식하는 능력과 공감 능력은 서로 다르지 않다는 것이죠. 왜 그럴까요? 자기 감정을 인식함으로써 감정 목록이 정교하게 세분화되고 풍부해진 사람들은 공감을 위해 사용할 수 있는 재료도 풍부합니다. 이런 사람들은 섬세하고 풍부한 감정 목록을 재료 삼아 타인의 감정도 직관적이고 정확하게 공감할 수 있죠. 물론 여전히 자기중심적일 수는 있지만 오류의 가능성이 크게 줄어드는 까닭에 타인의 감정에 더 적절하게 대처할 가능성 또한 높아집니다.

타인과 깊이 공감하기 위해서는 타인이 아닌 자신에게로 관심의 방향을 돌릴 필요가 있습니다. 내 감정을 깊게 파고 들어가 그 원인을 더 정확히 파악하고 효율적으로 대응하는 법을 찾기 위해 끊임없이 노력한다면 타인과 공감하는 능력도 자연스럽게 확장될 것입니다. 자신의 감정을 더 섬세하게 살핌으로써 생존 가능성을 극대화하려는 과정이 타인의 감정을 정교하게 이해하는 데도 기여한다는 점을 뇌과학은 말해줍니다.

안녕하세요, 김학진입니다. 감정을 이해하는 게 자신과 타인을 이해하는 데 왜 도움이 되는지에 대해 최근 심리학과 뇌과학에서 많은 연구가 이뤄졌는데, 대중에겐 그렇게 많이 알려지지 않은 것 같아요. 그래서 제가 그동안 생각해왔던 것과 최근 연구 결과를 모아서 설명하고 질문에 답하고자 합니다.

Q 저는 일기를 자주 쓰는 편이라 감정 목록이 풍부하다고 생각했습니다. 그런데 요즘 감정이 명확해지기보다 오히려 더 복잡해지는 것 같아요. 어떻게 하면 좋을까요?

A 감정이 복잡해지는 건 굉장히 자연스러운 일입니다. 당연히 복잡할 수밖에 없어요. 뇌가 발달하는 과정, 특히 사춘기에는 훨씬 더 당연해요. 오히려 나이가 들고 감정 표현 언어를 많이 학습할수록 미묘한 신체 신호를 섬세하게 지각하는 능력은 저하됩니다. 그래서 감정이 단순하고 명확할 때 되려 의심해볼 필

요가 있다고 생각해요. 복잡한 감정이 불편한 이유는 선택해야 한다는 압박감 때문일 가능성이 있어요. 압박감 탓에 복잡한 감정을 미처 잘 살피지 못하고 성급하게 행동해야 했다면, 나중에라도 그 감정을 다시 한번 들여다보는 과정이 꼭 필요해요. 복잡한 감정 자체는 전혀 문제가 되지 않는다고 생각해요. 어쩌면 많은 가능성을 지닌 상태라고 볼 수 있습니다.

Q 남의 감정을 더 고려하느라 자신의 감정을 놓칠 때가 많으니, 깊게 공감하기 위해서는 관심의 방향을 자신에게로 돌리라는 말씀이 인상 깊었습니다. 감정을 인식하는 것보다 표출하는 게 더 어렵다고 느껴져, 감정을 인식해도 행동으로 이어가지 못할 때가 많았습니다. 그래서 감정을 인식하는 데서만 그치는 습관이 오히려 자기 감정 인식 능력을 무디게 만든 것은 아닐지 의문이 들었는데요, 감정을 표출하지 않고 자신의 상태를 인식하는 것만으로도 자기 감정 인식 능력을 키울 수 있는지 궁금합니다.

A 감정 인식이라는 건 일종의 시뮬레이션 과정이라고 생각해요. 단순히 사고에서 그치는 게 아니라 머릿속에서 여러 시나리오를 만들어보고 직접 시연해보면서 어떤 반응이 더 적절한지 계속 찾아가는 과정이요. 그러면 다시 비슷한 상황에 처했

을 때 좀더 적절한 반응을 찾을 수 있겠죠. 그러니 자기 감정 인식에서 그치면 오히려 더 무뎌질까 걱정할 필요는 없어요. 오히려 이 시뮬레이션을 반복하면 유사한 상황에서 훨씬 더 적절하게 반응할 수 있을 거예요.

Q 자기 감정을 알아차리는 것과 감정, 어휘, 표현이 풍부해지는 것은 어떤 관계가 있을까요?

A 개인적으로는 단지 감정 단어를 많이 아는 것과 감정 인식은 별 상관이 없다고 생각해요. 그냥 어휘를 많이 알고 있는 건 중요하지 않아요. 그보다는 새로운 감정 단어를 알게 됐을 때 뇌와 신체 간에 어떤 소통 장애가 발생했는지 기억할 수 있어야 해요. 뇌가 예측하지 못했던 신체 반응을 앞으로는 예측할 수 있게 해주는 새로운 방식을 터득하는 것이죠. 거기에 이름표를 붙이면 바로 감정 단어가 되는 겁니다.

그러니 단어를 아는 건 그리 중요하지 않아요. 알지 못했던 감정을 나만의 방식으로 알게 되는 것, 더 적절히 신체에 반응하고 신체와 소통하는 방식을 알게 되는 것이 중요합니다. 단어를 많이 알아도 관련된 신체 반응을 전혀 인식하지 못할 수도 있어요. 사전에 존재하는 감정 단어가 특정 순간에 경험한 나만의 독특한 감정을 정확히 표현할 순 없으니까요. 나만의 감정 목록을 갖는다는 건 단순히 사전에 있는 감정 단어를 학습하는 것과는 다른 의미입니다.

감정이 발생했을 때 상황을 더 구체적으로 길게 묘사하고 기록하는 방식이 감정 목록을 확장하는 데 도움이 된다고 생각해요. 경험했던 특정 감정에 일대일로 대응하는 단어는 어쩌면 세상에 존재하지 않을 수도 있기 때문에, 최대한 그 상황을 구체적으로 묘사해보는 게 중요합니다.

Q 저는 감정이란 게 '좋다' '나쁘다'라는 두 느낌과 상황이 만나서 생긴 것이라고 생각합니다. 예컨대 분노는 나쁘다는 느낌과 그 느낌을 표출해야 하는 상황이 만나 생긴 감정이고, 수치심은 나쁘다는 느낌과 그 느낌을 숨겨야 하는 상황이 만나 생긴 감정입니다. 하지만 같은 상황에서 분노를 느낄 수도, 수치심을 느낄 수도 있습니다. 모든 사람이 같은 상황에서 같은 감정을 느끼지 않는다면, 우리는 무엇을 분노라 부르고 무엇을 기쁨이라 부르면 좋을까요?

A 감정 단어라는 건 단지 감정에 관해 타인과 소통하기 위해 만들어낸 인간의 도구에 불과하다고 생각해요. 만약

도구가 소통이라는 목적에 잘 들어맞지 않는다면 그 한계성을 자각할 필요가 있습니다. 이 도구에 감정을 억지로 끼워 맞출 필요는 없어요. 목적을 위해 필요하다면 도구의 한계를 깨고 극복하려고 노력하는 게 중요합니다. 핵심은 감정의 소통이니까요. 그러니까 새로운 감정을 더 정확하고 구체적으로 전달할 다른 방식이 있다면 굳이 분노나 기쁨이라는 틀에 박힌 단어로 딱지를 붙이는 것보다 더 적절하고 새로운 방식을 찾으려 노력하는 게 좋겠죠.

Q 제가 느끼는 감정의 원인을 찾지 못해 실수를 범하는 일이 잦습니다. 원인은 알지 못하더라도 순간의 감정이 무엇인지는 스스로 잘 파악하는 편이라 더 큰 감정이 몰려오기 전에 대처하는 편이고요. 자기 감정 인식은 잘 못하지만 감정을 잘 느낀다면 실감정증인가요? 그리고 자신이 느끼는 감정의 원인은 모른 채로 감정을 세세하게 느낄 수는 있다면 이 상태는 무엇인가요?

A 제가 중요하게 생각하는 건 감정이 발생했을 때 그 감정을 인식할 수 있느냐 없느냐의 차이입니다. 오랜 감정 인식 훈련을 통해서만 감정의 원인을 파악할 수 있기 때문입니다. 시도한다고 한 번에 다다를 수 있는 경지는 아니에요. 특히 사춘기라면 감정을 언어화하는 게 좀 서툴고, 아직 활발한 학습 과정 중

행복은 뇌 안에

에 있을 때라서 어려울 수밖에 없습니다.

자기 감정 인식에는 완성이 없다고 생각해요. 내가 이해하고 파악하고 분류해낸 감정이 정확한 감정이라고 확신할 근거는 어디에도 없어요. 정확히 이해했다고 생각해도 그게 정확한 감정으로 계속 남아 도움이 될지는 불확실하죠. 한번 정확하게 이해했던 감정이라도 신체나 외부 상황이 달라지면 더 이상 정확한 감정이 아니게 될 수 있어요. 어쩌면 처음 느낀 모호한 감정을 분류하고 이해하는 것보다 한번 분류하고 이해했던 감정을 깨부수고 새롭게 정의하는 게 훨씬 더 어려운 일일 수 있습니다.

조금 어렵게 들리겠지만 감정 인식이란 일생 동안 끊임없이 시도하고 노력해야 하는 과업이 아닐까 싶어요. 나이가 들면 들수록 정확한 감정 인식이 더 어려워질 수 있습니다. 감정의 원인을 찾기 어렵다고 해서 좌절하거나 불편하게 생각할 필요는 없어요.

Q 어휘를 아는 것보다는 감정을 느끼는 게 더 중요하다고 말씀하셨어요. 그렇다면 무의식적으로만 감정을 느끼는 게 아니라 꼭 의식적인 상황에서 노력해야만 감정 목록이 더 늘어날 수 있는 것인지 궁금합니다.

A 무의식중이라면 대부분 충동적이고 직관적인 방식으로 감정을 해결할 거예요. 하지만 직관적이고 충동적으로 반응한다고 해서 늘 잘못된 거라고 할 수는 없어요. 어쩌면 그 감정이 그 상황에서는 훨씬 더 적절할 수도 있죠. 직관적이고 자동적으로 어떤 감정 반응을 보였다는 건 그 감정이 과거의 많은 상황에 도움을 줬다는 뜻이기 때문이에요. 그게 아니라면 그렇게 직관적이고 자동적으로 반응하지 않아요. 하지만 그런 반응이 안 맞는 경우도 분명히 있을 거예요. 그럴 때는 이 감정이 적절하지 않다는 걸 빠르게 인식하는 게 중요합니다. 인식하면 다른 방법을 찾고자 노력하는 시발점이 될 수 있으니까요.

Q 인정 욕구가 타인을 험담하는 원인이 될 수 있다는 게 놀라웠어요. 인정받고 싶다는 마음이 부정적으로 작용하기까지는 어떤 과정을 거치게 되나요? 그리고 인정 욕구를 감추며 살아온 우리가 이를 인식하는 것은 참 어려울 텐데요, 사회적 상황에서 인정 욕구를 인식한다는 것이 어떻게 가능한지 궁금해요. 인정 욕구를 인식하고 그에 맞춰 행동하는 게 나의 사회적인 평판을 무너뜨리지는 않을까요?

행복은 뇌 안에

A 우리가 일상에서 경험하는 강한 감정은 대부분 타인과의 관계에서 만들어집니다. 그리고 인정 욕구는 타인과 관계를 맺는 핵심적인 동기라고 볼 수 있어요. 인정받지 못하는 것에 대한 두려움, 전보다 더 많이 인정받고 싶은 기대감 등이 타인과의 관계에서 복잡한 감정을 불러일으킵니다.

인정 욕구는 인간의 긴 진화 과정을 통해 만들어진 중요한 삶의 원동력입니다. 타인에게 존재를 인정받는 것이 성공적인 삶을 위해 가장 중요하다는 사실을 파악하고, 존재를 인정받고 싶게끔 해줄 동기를 찾아낸 것이죠. 그래서 많은 이에게 인정받는 누군가를 추종하거나 시기 질투하고, 인정받지 못하는 누군가를 보면 멸시하고 멀리하기까지 하는 거예요. 어쩌면 이것도 인정 욕구가 만들어낼 수 있는 다양한 모습 중 극히 일부에 불과한 거고요.

인정 욕구를 그대로 노출하는 것은 분명 매우 위험할 수 있습니다. 그래서 우리는 인정 욕구를 사회적으로 용납될 수 있는 형태로 포장합니다. 사실 자기 감정 중에서 인정 욕구를 인식하는 게 가장 어렵다고 생각해요. 하지만 적어도 자신한테만큼은 이 감정을 솔직하게 드러내야 합니다. 가장 어려운 동시에 중요한 부분이라고 생각해요.

인정 욕구를 숨기지 말고 타인에게 드러내라는 뜻은 아닙니다. 그보다는 욕구의 강도나 방향을 정확히 이해하고 욕구를 더 효율적으로 사용하기 위해 노력하라는 뜻입니다. 마치 식욕을 정확히 파악하면 식습관이 건강해질 수 있는 것처럼, 인정 욕구를 정확히 인식하면 사회적 관계가 더 건강해질 수 있어요. 그런 목적을 위해서 인정 욕구를 인식하라는 겁니다.

Q 타인과의 관계에서 발생하는, 감정 뒤에 숨은 인정 욕구를 인식하라고 하셨어요. 저는 남들보다 인정에 대한 갈망이 더 큰 사람이라고 생각해서 항상 인정 욕구를 해소하는 방법에 대해 고민해왔는데요, 좀더 구체적인 방법이 있는지 알고 싶습니다.

A 본인이 타인보다 인정 욕구가 강하다고 생각하게 된 근거가 궁금하네요. 우리는 자신의 욕구만 인식할 수 있을 뿐 타인의 욕구는 직접 관찰할 수 없거든요. 상대방이 인정 욕구를 얼마나 느끼는지는 알 도리가 없어요. 내가 다른 사람에 비해 욕구가 강하다는 건 어떻게 보면 본인의 생각일 뿐인 거죠. 인정 욕구는 항상 사회적으로 용납되는 수준으로 모습을 다양하게 바꿀 수 있기 때문에, 겉으로 드러난 타인의 행동만으로 숨겨진 인정 욕구를 파악하기란 매우 어려운 일입니다.

인정 욕구를 해소하는 과정은 인식에서부터 시작될 수 있어요.

그래서 인정 욕구를 해소하는 내 방식이 지속 가능한 것인지 아닌지 끊임없이 점검하고자 노력하는 게 중요해요. 주위 사람들한테 피해를 주거나 장기적으로 생존에 유리하지 않을 때는 계속 방향을 바꿔보는 거죠. 다른 방식으로 인정 욕구를 표출하기 위해서요. 정답은 없습니다. 매번 상황에 맞게 여러 시도를 해봐야 자기한테 가장 걸맞은 방식을 찾을 수 있을 겁니다.

Q 자기 감정을 얼마나 인식하려 하는지에 따라 타인에게 공감하는 능력이 변할 수 있다는 점이 인상 깊은데요, 자기 조절에 관여하는 메타인지 능력과 자기 검열에는 어떤 차이가 있나요?

A 메타인지는 자기 감정 인식과 굉장히 유사한 과정이라고 볼 수 있어요. 그렇지만 자기 검열과는 크게 달라요. 저는 자기 검열에 자기 의식self-consciousness이라는 이름을 붙였습니다. 자기 인식self-awareness과 비슷한 것 같지만 사실 작동하는 방향 측면에서는 완전히 반대입니다. 자기 의식은 타인의 시선을 의식해서 나를 점검하고 관리하는 심리적 과정이라고 볼 수 있는 반면, 자기 인식은 신체로부터 오는 신호들에 주의를 기울이고 새로운 가치를 생성하거나 이미 만들었던 기존 가치를 수정하는 과정

이라고 말할 수 있어요. 자기 의식과 자기 인식 모두 나의 직관적인 가치를 수정해나가는 과정이지만, 수정하기 위한 기준이 다르게 맞춰져 있어요. 자기 인식은 내 신체 신호가, 자기 의식은 타인의 관점과 시선이 기준이에요. 최근 두 과정에 거의 동일한 뇌 부위가 사용된다는 뇌과학 논문이 많이 발표되고 있지만, 작동 방식은 다른 거죠.

태어난 이후 수많은 사람과 만난 경험을 토대로 타인으로부터 긍정적인 평가를 이끌어내기 위해 노력하는 것은 자기 의식이라고 할 수 있습니다. 자기 인식은 반대로 타인을 지나치게 의식해서 만들어내는 직관적인 행동들이 나한테 도움이 되지 않음을 알고 가치들을 수정해가는 과정이에요. 주변 평가에 따라 나를 검열하고 내 행동을 의식하는 과정이 자기 의식이라면, 그 평가에 따라 스스로를 돌아보고 나를 어떻게 변화시킬 건지, 내 가치관이 실제 나의 정체성을 잘 드러내는지 확인해보는 과정은 자기 인식입니다. 건강한 방향으로 행동을 수정하기에는 자기 의식보다 자기 인식이 더 적절한 방식이라고 말할 수 있습니다.

Q 신체가 공감에 미치는 영향이 궁금합니다. 친구의 고민 상담을 해줄 때 슬픔, 분노 등의 감정을 함께 느끼는데요, 공감하기에 좋은 신체 상태라고 할 만한 게 존재할까요? 어떤 상

태가 공감하기에 좋은 상태인지 알고 싶습니다.

A 사실 굳이 신체 상태라고 말할 필요 없이 감정 상태라고
해도 좋습니다. 감정을 느끼는 것은 곧 뇌가 신체에서 오
는 신호들을 감지하는 것이기 때문이에요. 신체 상태를 그대로 인
식하기보다 감정이라는 형태로 변환된 신호를 느끼는 거죠.

슬픔에 빠진 친한 친구를 보고 같이 슬픔을 느꼈다면 그 감정
을 그대로 드러내면 돼요. 저는 그게 도움이 된다고 생각해요. 자
기 감정인 것처럼 슬퍼해주는 누군가가 옆에 있다는 것만으로도
위안이 될 수 있겠죠. 이때 친구의 슬픔에 공감을 표현해주고 싶
어진 원인을 한번 돌아볼 필요는 있어요. 단지 어른스러워 보이고
싶어서, 아니면 친구의 처지가 불쌍해 보여서, 친구의 슬픔에 상대
적으로 안도감을 느껴서 위로나 충고의 말을 건네려는 것은 아닌
지 하고요. 그런 경우 내 표현은 오히려 상대방의 슬픔을 더 심화
시키는 계기가 될 수 있습니다.

내 감정을 인식하려고 노력하는 게 중요하다고 봅니다. 내 감정
의 원인을 정확히 알 수 있다면 슬픔에 빠진 친구에게 어떻게 반
응해야 할지 좀더 정확하게 알 수 있을 거예요.

Q "신체 상태가 준비돼 있지 않으면 타인과 공감하기 어려울 수 있다"는 문장이 아주 와닿았습니다. 최근에 마음이 힘들었는데요, 친구가 공감해달라고 하는데 적절히 반응할 자신이 없어서 "요즘 마음에 여유가 없다"며 직접적으로 거절했어요. 잘한 것 같으면서도 너무 냉정했나 싶기도 해요. 신체(마음) 상태가 준비돼 있지 않은 상황에서 누군가가 공감해달라고 하면 어떻게 반응해야 하는지 궁금합니다.

A 본인의 마음을 솔직하게 표현한 것만으로도 잘 대처했다고 말하고 싶어요. 마음이 굉장히 힘든 상태에서 나오는 공감의 표현은 상대방에게 별로 위안이 안 될 겁니다. 내키지 않는 표현이었다면 특히 더 그렇죠. 공감할 수 없는 상태에서 공감해주기를 요청받고 그걸 거절하는 게 미안하다면, 어려운 상태와 감정을 모두 솔직하게 드러내는 게 오히려 적절한 대응 방식이 아닐까 싶어요. 아이러니하게 느껴질 수도 있지만 우리는 비슷한 어려움에 처한 누군가를 만나면 그것만으로도 그냥 위로를 받아요. 그런 경우 억지로 위로나 공감을 표현하려는 게 오히려 더 부적절한 반응이 되지 않을까 싶습니다.

Q 뇌섬엽에 저장된 신체 반응을 사용하면 타인의 감정에 대해 더 빠르게 시뮬레이션하고 공감할 수 있다고 하셨는데요, 뇌섬엽을 발달시키기 위한 방법으로는 무엇이 있을까요?

A 지금의 뇌과학적 지식으로는 뇌섬엽 기능을 발달시키는 방법을 알 수 없어요. 뇌섬엽이 그런 기능을 담당한다는 연구는 있지만 구체적으로 어떤 활동이나 훈련을 해야 기능이 발달하는지는 밝혀지지 않았습니다. 하지만 지금까지 말씀드린 것처럼 감정 인식을 통해 공감을 확장시킬 수 있다는 근거들이 나오고 있는데, 어쩌면 그런 걸 통해서 뇌섬엽의 기능이 조금은 변하지 않을까 추론할 수는 있죠. 아직 실제로 증거를 찾지는 못했기에 앞으로 많이 연구해서 밝혀내야 할 부분이기도 합니다.

Q 관점 이동과 공감을 나누어 설명하셨는데, 각각이 필요한 상황을 구분할 수 있는지 궁금합니다. 한쪽에 치우치기보다는 조화를 이루는 게 낫지 않나 싶어서요.

A 공감과 관점 이동은 굉장히 다릅니다. 공감은 자신의 익숙한 신체 내부 상태가 그대로 투사되는 과정이고, 관점 이동은 내가 아닌 타인, 외부 환경에 더 집중하는 과정입니다. 그

래서 공감은 상당히 안정적이고 익숙하며 상대적으로 쉬워요. 그렇지만 오류 가능성이 높죠. 반대로 관점 이동은 노력이 많이 필요한 대신 자기중심성에서 좀더 벗어날 수 있고요. 쉬운 건 오류 가능성이 높고, 어려운 건 더 정확할 수 있단 말이죠. 장단점이 극명히 갈려요. 직관적인 공감을 사용하면 타인의 감정에 빠르게 반응할 수 있지만 그게 적절하지 않을 때는 수정이 필요해요. 수정을 위해서는 상황적인 정보와 타인의 신호를 많이 활용하려 노력해야 하죠. 둘 사이에는 긴밀한 상호작용이 필요합니다. 공감을 정교화하기 위해 관점 이동을 활용하는 적절한 상호 보완이 중요하다고 말할 수 있습니다.

Q 타인의 호감을 얻거나 원만한 관계를 회복하려 할 때 관점 이동이 필요하다고 하셨는데, 이외에도 어떤 때에 관점 이동이 필요한지 궁금합니다.

A 사실 관점 이동의 제일 중요한 목적은 생존하는 것 혹은 원하는 바를 얻는 것입니다. 예컨대 비즈니스에서는 성공적으로 협상하기 위해 상대방의 생각과 니즈를 파악하는 능력이 중요할 수 있죠. 특히나 경쟁적인 상황에서는 상대방보다 더 정교한 전략을 세우는 게 관건입니다. 그러기 위해서는 상대방의 의도

행복은 뇌 안에

나 목적을 파악해야 하고, 상대방의 과거 행동, 현재의 맥락과 상황 등을 토대로 정교하게 추론하는 예측 과정이 요구됩니다. 이게 관점 이동이 사용되는 흔한 형태입니다. 그런 까닭에 관점 이동은 우리가 얘기하는 공감과는 다를 수밖에 없는 경우가 많아요.

Q 다른 환경, 상황에 처해 있거나 다른 관점을 가진 사람들에게 공감한다고 생각해왔던 게 사실 공감이 아니라 관점 이동이라고 말씀하셨습니다. 관점 이동이 부정적인 영향을 미치는 경우가 있을까요?

A 관점 이동 자체에 문제가 있다고는 생각하지 않아요. 그보다는 관점 이동의 동기가 무엇인지가 더 중요합니다. 앞서 얘기했던 것처럼 경쟁에서 타인을 누르기 위해 혹은 이익을 극대화하기 위해 타인의 의도를 파악하려 한다면 상대에게 해를 가하는 방식으로 관점 이동이 작동할 수 있다는 거죠. 그래서 동기가 무엇인지를 정확히 파악하려고 노력하는 게 중요합니다.

관점 이동은 타인을 위해서 굉장히 긍정적인 방식으로 작동할 수도 있습니다. 타인과 나의 이익을 모두 높이고 충족시킬 적절한 행동을 찾는 데에도 사용될 수 있어요. 훨씬 지속 가능하고 합리적이며 효율적으로 이타성을 발전시키는 데 관점 이동을 활용하는 겁니다. 쉽진 않지만, 감정적이고 직관적인 공감에 기반한 도움 행동보다는 훨씬 더 지속 가능한 형태로 이타성을 발전시켜나가는 방법이라고 생각해요.

Q 상대와 비슷한 경험을 한 것처럼 느껴지면 공감해주고 싶지만, 한편 비슷한 경험이라고 느낀 게 착각인 건 아닐까 하는 생각도 듭니다. 얼마나 조심하고 어떻게 반응해줘야 할까요?

A 정답은 없다고 생각해요. 당연히 틀릴 수밖에 없고 시행 착오도 많이 필요합니다. 상대의 감정에 딱 맞는 반응을 한 번에 정확히 선택해낸다는 건 굉장히 어려운 일이에요. 상대방의 감정에 즉각적으로 공감을 느꼈다면 그대로 표현하는 게 좋을 수 있어요. 그렇지만 조심해야 할 것 같고 어떻게 반응해야 할지 잘 모르겠다면 억지로 적절한 반응을 찾으려고 노력할 필요는 없습니다. 늘 감정을 솔직하게 표현하려고 노력하는 게 그나마 가장 적절한 반응이 아닐까 싶어요. 의도를 가지고 거짓 공감을 만들어내려 할 때 오히려 상처를 줄 가능성이 클지도 모릅니다. 이 부분은 뇌과학적인 관점에서 제 개인적인 생각을 덧붙인 거예요.

Q 내 딴에는 선의로 하는 행동이 타인에게는 불편할 수도 있겠다 생각돼 멈칫할 때가 종종 있는데요, 이럴 때는 어떻게 하는 게 좋을까요?

A 그런 때는 이미 의식적, 무의식적으로 상대방의 불편함을 감지한 경우일 가능성이 높아요. 중요한 건 그 감정을 느꼈다는 점이에요. 사실 대부분 이걸 인식하지 못하고 넘어가곤 합니다. 만약 인식하고 멈칫했다면 그 감정에 집중할 필요가 있어요. 그다음엔 나중에 비슷한 상황이 벌어졌을 때 좀더 적절한 행동이 있을지 찾아낼 방법을 고민해보면 어떨까요?

Q 저는 공감하기 어려우면 무조건 다른 사람의 상황을 분석하고 깊게 파고드는 식이었는데, 지금부터는 저에게 더 집중할 수 있을 것 같습니다. 혹시 부러움이나 질투의 감정도 공감으로 이어질 수 있을까요? 최근 친구에게 잠깐 안 좋은 감정이 생겼는데, 부러움에서 비롯된 감정인 듯해 마음이 좋지 않았습니다. 어떻게 하면 진심으로 공감하고 성장할 수 있을지 궁금합니다.

A 공감은 대부분 긍정적인 의미로 쓰여요. 누군가 고통받을 때 그 고통을 함께 느끼는 긍정적인 감정을 공감이라고

얘기하죠. 그렇지만 공감이 꼭 긍정적인 맥락에서만 작동하는 건 아닙니다. 타인의 부정적인 감정도 얼마든지 공감할 수 있는데 그걸 공감이라고 부르지 않는 거죠. 잘난 척하는 사람을 강하게 비난하는 친구를 보면 그 비난이 질투심이나 부러움에서 비롯됐다는 걸 알아차릴 수 있어요. 나도 유사한 상황에서 질투와 부러움을 느껴봤기 때문에 바로 공감한 거예요. 나는 과거에 그 감정을 어떻게 해소했는지가 드러나게 되는 거죠. 과거에 질투심을 느낀 나를 감추고 싶고 그때의 내가 싫다면 비난하는 친구를 싫어할 수 있을 거예요. 왜냐하면 그게 그때의 내가 감정을 바라보던 방식이기 때문입니다. 만약 그때 질투심의 원인을 이해하고 좀더 건강하게 해소하는 방법을 찾았다면, 질투심을 표출하는 친구의 마음도 이해할 수 있을 거예요. 그러면서 상황을 좀더 부드럽게 누그러뜨릴 긍정적인 방식을 찾을 수도 있습니다.

질투심이나 부러움 같은 감정은 내가 강하게 원하는 것이 무엇인지 알려주기 때문에 나를 발전시키는 좋은 원동력이 될 수 있어요. 그런 감정을 부정하는 대신 있는 그대로 인식하고 건강하게 표현하면서 더 발전시킬 방법이나 방향을 찾아 고민해보세요. 그것이 부정적인 감정을 느꼈을 때 잘 대응하는 방법이라고 생각합니다.

Q 공감의 자기중심성을 알아가는 과정이 인상 깊었고, 특히 유권자가 내집단과 외집단을 구분하도록 교묘하게 조종하는 현대 민주주의 정치의 선거 캠페인이 떠올랐어요. 관련해서, 공감의 메커니즘을 악용해 민주주의를 위협하는 대표적인 사례는 무엇이 있고 이를 예방하기 위해 유권자는 어떤 태도를 취해야 할지 여쭤봅니다.

A 저는 이런 부분이 우리가 공감에 대해 정확히 알지 못해서 오류를 범하는 대표적인 사례라고 생각합니다. 히틀러와 괴벨스 사례가 있죠? 당시 독일에는 패전 분위기가 팽배했어요. 국민의 자존감이 크게 하락하고 패배감이 만연한 상황이었다고 합니다. 그때 국민의 감정을 정확히 파악하고 분노의 감정으로 전환시킨 인물이 바로 괴벨스죠. 자존감을 회복시키고 전쟁의 동력을 만들어내기 위해 감정을 활용했던 거예요.

정치적인 목적으로 비슷한 전략이 많이 사용될 수 있을 테고, 공감을 통해 목적을 달성하려는 움직임이 분명히 있을 수 있다고 생각해요. 그럴 때 선동에 이끌리지 말고, 다른 정치적 신념을 가진 사람이나 다른 집단의 누군가에 대해 분노를 느끼는 원인이 정확히 어디에 있는지 좀더 이해하고 노력하려는 태도가 매우 중요하다고 봅니다. 이를테면 내가 속해 있는 집단의 정체성 위기를 인식하고 나와 집단을 동일시할 때 느껴지는 어떤 자존감이 있어요. 이 자존감이 낮아져서 분노나 공격성이 생겨난 건 아닌지, 내가 선동에 이끌린 건 아닌지 계속 관찰해볼 필요가 있는 거죠. 그런 것이 정치적 상황에서도 도움이 많이 되는 감정 인식 방법이라고 볼 수 있을 것 같아요.

Q 경험이나 처지에 따라 나와 같은 상황에 놓여 있는 사람들에게 공감하기 쉽다고 말씀하셨어요. 그렇다면 경험이 많을수록 공감 범위가 확장된다거나 공감 능력이 높아진다고 말할 수 있나요?

A 공감을 위해서는 다양한 경험이 필요하지만 그것만으로는 충분하지 않아요. 단지 다양한 경험을 했다고 해서 공감 능력이 확장되는 건 아닙니다. 경험을 얼마나 체화했는지, 경험을 통해서 발생한 감정들을 얼마나 인식하려고 노력해왔는지에 따라 감정 목록은 달라집니다. 오히려 누구나 경험하는 흔한 일상에서 간과하기 쉬운 감정을 더 깊이 파고들어 섬세하게 인식하는 것이 감정 목록을 확장하는 데 도움이 될 수 있습니다. 공감 능력을 확장하는 데도 이런 방식이 더 중요하다고 생각합니다.

최근에 영화 「메이드」를 재미있게 봤어요. 싱글맘이자 청소부였던 여성의 자서전을 기반으로 제작한 영화예요. 대부분의 사람이 외면하고 잊고 싶어하는 불쾌하고 부정적인 감정을 오히려 더 직시하고 섬세하게 파고들어서 많은 독자가 공감했죠. 이처럼, 다양하고 화려한 경험이 꼭 중요하다고 생각하지는 않아요. 새로운 감정과 경험을 얼마나 깊이 파고들어 체화했는지가 훨씬 더 중요합니다.

4장

공감이 주는
혜택

—

조지선

공감은 '먼저 다가가서 건네는 한마디 작은 말'이라고 생각합니다. "요즘 어떻게 지내?"처럼, 가벼운 마음으로 주변 사람들에게 한마디 건네는 작은 행동 습관이라고 말하고 싶어요. 보통 공감이라고 하면 맹자의 측은지심惻隱之心과 같은 감정을 떠올립니다. 공감은 측은지심을 포함하긴 하나 그것과 동의어는 아니에요.

공감에는 세 측면이 있습니다. 첫째는 '인지적 공감'으로, 타인이 어떤 생각을 가지고 있는지 이해하는 것을 말합니다. 둘째는 '정서적 공감'으로, 상대방이 느끼는 감정과 비슷한 감정을 느끼는 것을 이릅니다. 셋째는 '행동적 공감'입니다. 자신의 말을 멈추고 남의 말을 경청하는 것, 서로가 처한 상황을 고려해서 협력하는 것, 타인에게 필요한 도움을 제공하는 것, 이 모두가 공감 행동입니다.

공감은 감정과 생각, 행동을 아우르는 포괄적인 개념인데, 이 중에서 '행동'이 가장 중요하다고 생각해요. 공감하는 마음도 물론 훌륭하지만 그 마음이 행동으로 표현되어야 긍정적인 변화가 시작되겠죠.

거창할 것도 없는 일상 습관이 공감의 출발점입니다. 가까이 있는 사람들에게 가볍게 툭, '먼저 말 거는 습관'이면 충분합니다. 그런데 이 작은 습관이 기대 이상으로 강력한 힘을 발휘하기도 합니다. 습관은 매일 반복되는 행위인데, 반복은 공감의 결실을 맺을 가능성을 높여줍니다. 그리고 별것 아닌 일상적 행동을 통해 얻는 가장 큰 수확 중 하나는 자아 개념의 변화예요. "이번 주에 일이 많은 것 같던데, 힘들지 않아?" 이렇게 타인의 안부를 묻다보면 자신의 공감 능력을 좋게 평가하게 됩니다. 그러면 공감 행동을 점차 더 적극적으로 시도하는 선순환이 일어나겠죠.

심리학 분야에서는 공감을 주제로 많은 연구가 진행되고 있어요. 심리학은 사람의 마음이 어떻게 작동하는지를 다루는 학문입니다. 주어진 환경에서 우리가 왜 그런 식으로 생각하고 느끼며 행동하는지에 대해 답을 찾는 학문이죠. 그런데 사람을 이해하는 데 가장 핵심적인 개념 중 하나는 '사회적 관계'이고, 이를 위해서는 공감 능력이 반드시 필요합니다. 인류의 생존과 번영에 '공감'은 지대한 공헌을 해왔습니다. 원시 밀림 사회에서 생존하기 위해서는 반드시 다른 사람들과 서로 돕는 관계를 맺어야 했어요. 공감 능력으로 건강한 관계를 형성할 수 있었기에 지금까지 잘 살아온 것입니다.

　본격적으로 공감에 대한 이야기를 시작하기 전에 질문이 하나 있습니다. 공감 하면 어떤 생각이 떠오르나요? 흔히 '공감해주다'라는 말을 씁니다. 공감은 남을 위한 행동인 것처럼 느껴지죠. 더 나은 위치에 있는 성숙한 사람이 그렇지 못한 상대를 배려하는 행동인 것 같고요. '왜 나만 공감해줘야 하지? 나도 공감받고 싶은데……' 이렇게 가끔은 억울한 생각도 듭니다. 그런데 공감이 정말 나를 희생하는 행위일까요? 이득 없이 손해만 보는 행동일까요?

　심리학 연구들에 따르면 그렇지 않습니다. 공감은 남을 위한 것이기 전에 나를 위한 것입니다. 나아가, 공감은 해도 되고 안 해도 되는 선택 사항이 아닙니다. 여러분도 이 글을 다 읽어갈 때쯤 여기에 공감할 수 있다면 좋겠습니다. 그럼 지금부터 첫째, 공감은 무엇이며 왜 선택이 아닌 필수 사항인지, 둘째, 공감을 위해 우리의 뇌가 마련한 세 장치는 무엇인지, 셋째, 공감을 통해 얻는 혜택이 무엇인지, 넷째, 공감 습관을 만드는 방법에 대해 살펴보겠습니다.

공감이란 무엇인가 :
공감의 핵심 요소 네 가지

공감을 한마디로 정의하기는 무척 어렵습니다. 심리학자 야코브 에클룬드 등이 공감에 대한 여러 연구를 살펴보았더니[1] 서로 다른 정의가 43가지나 있었어요. 하지만 정의가 제각기 다르더라도 공감 연구들이 공통으로 강조한 핵심 요소가 무엇인지는 알 수 있습니다. 공감은 크게 다음 요소들을 포함합니다.

1. **이해**Understanding 공감은 이해하는 것입니다. 다른 사람이 어떤 생각을 하고 있고 어떤 상황에 처해 있는지, 무엇을 경험하고 있는지를 아는 것입니다. 이 요소는 '인지적 공감'에 해당하며, 뒤에서 설명할 마음 이론과 관련이 있습니다. 이런 종류의 공감을 일상적 용어로 '이해'라고 표현하죠. 상대방과 같은 감정을 느끼지 않더라도, 그의 의견에 동의하지 않더라도 인지적으로 공감할 수는 있습니다.

2. **감정**Feeling 공감은 감정을 느끼는 것입니다. 공감할 때는 감정 상태가 달라집니다. 다른 사람이 처한 상황에 정서적으로 적절하게 반응하는 것을 의미하며, '정서적 공감'에 해당합니다.

3. **공유**Sharing 공감은 공유하는 것입니다. 상대를 인지적으로 이 해하고 적절한 정서 반응을 보이는 것을 넘어서 그와 비슷한 멘털 상태mental state로 들어가는 것을 뜻합니다. 상대의 경험을 시뮬레이션하면서 그가 느끼는 감정을 함께 느끼는 것인데, 앞 으로 소개할 거울 뉴런(거울 신경세포)과 관련이 있습니다.

4. **피아**彼我 **구분**Self-other differentiation 공감은 피아를 구분합니다. 다른 사람의 경험과 나의 경험 사이에는 분명한 차이가 있음 을 아는 것이 공감의 또 다른 요소입니다. 즉, 공감이란 다른 사람의 생각을 이해하고 그와 비슷한 감정을 느끼면서 적절 하게 반응하되, 동시에 그의 경험과 나의 경험이 동일하지 않 다는 점을 인지하는 과정입니다. 이 점이 참 흥미롭습니다. 공 감은 다른 사람에게 가까이 다가가는 것이지만, 피아 구분이 안 될 정도로 '내가 그 사람이 되는 것'은 아닙니다. 진정으로 공감하는 사람은 타인에게 가까이 다가가면서도 적절한 거리 를 유지합니다.

우리는 가끔 '좀더 공감하려 애써야 하나? 맡은 일만 잘하면 되 는 거 아닌가?'라고 생각합니다. 그런데 공감이 선택 사항일까요? 많은 연구가 내린 결론은 스스로를 위해서도 공감은 꼭 필요하다 는 것입니다. 공감은 생존을 돕고 번영을 가져다줍니다.

공 감 과 생 존 :
공감 없이는 생존도 없다

인간은 혼자서 생존할 수 없는 존재입니다. 혼자 있을 때보다 여럿이 함께 있을 때 생존 가능성이 훨씬 더 높아집니다. 현대 사회도 그렇지만 아주 옛날엔 혼자 살아가기가 정말 힘들었습니다. 사회적 고립은 곧 죽음을 의미했어요. 살아남으려면 타인들과 함께 있어야 하는데, 큰 문제가 하나 있습니다. 집단생활은 생존 측면에서 분명히 많은 혜택을 주지만, 먹을 것이 차고 넘치는 천국이 아닌 이상 자원을 나누는 과정이 언제나 평화롭지는 않죠. '더불어 살기'는 고도의 지능을 요구합니다. 누가 친구이고 누가 적인지 알아야 집단생활에서 살아남을 수 있어요. 어떤 사람과 친하게 지내야 할지, 어떤 사람의 말을 믿어야 할지, 어떤 사람과 거리를 둬야 할지 잘 판단해야 삶을 이어갈 수 있습니다.

생존을 위해서는 다른 사람의 마음속으로 들어가서 생각을 이해하고 감정을 헤아리는 능력이 절대적으로 필요했어요. 이것이 바로 '공감'입니다. 공감 능력 없이는 생존 자체가 불가능했던 것이죠. 인류는 눈에 보이지 않는 사람의 마음을 읽는 일을 멈춘 적이 없습니다. 긴 역사를 거치면서 지속적으로 연습해온 덕분에, 우리의 뇌는 공감에 최적화되어 있습니다.

행복은 뇌 안에

저명한 뇌과학자이자 심리학자인 마이클 가자니가는 일생을 바친 연구를 통해 다음과 같은 결론을 냈습니다. "우리는 뼛속까지 사회적인 존재다. 우리가 이렇게 커다란 뇌를 가진 이유는 사회생활을 잘하기 위함이다. 이 사실을 부인할 방법이 없다."[2]

초등학교 시절부터 배운 인간의 사회성에는 바로 이런 의미가 있습니다. 생존을 촉진하기 위해 마련된 사회성, 그 중심에 공감이 있습니다. 사회생활을 잘하라고 뇌가 준비해놓은 장치가 세 가지 있는데, 이것도 결국 공감을 위한 장치들입니다.

공 감 을   위 한   장 치 :
거   울   뉴   런

즉각적으로 공감하는 데 가장 효과적이고 쉬운 방법은, 타인이 경험하는 것을 직접 비슷하게 경험해버리는 거예요. 그의 경험(행동과 감정)을 시뮬레이션하는 겁니다. 아주 간단하게 설명하자면 거울 뉴런mirror neuron이 하는 일은 타인의 뇌 상태를 복사해서 우리 뇌에 붙여넣는 것입니다. 말하자면 '복붙'(복사해서 붙여넣기)이죠. 어떤 사람이 힘들어하는 모습을 지켜보는 뇌는 그 사람의 뇌와 비슷한 상태가 됩니다. 이때 그의 움직임을 자동으로 모방하고 비슷한 정서 경험을 공유하게 되는데, 거울 뉴런 덕분에 가능한 일입니다. 이것이 뇌가 사회생활을 위해 준비해놓은 첫 번째 장치입니다.

시뮬레이션은 상대를 '쳐다볼 때' 일어납니다. 공감하기 위해서 해야 하는 일은 사실 무척 간단해요. 상대방을 잘 쳐다보는 것입니다. 그러면 그의 경험 속으로 들어갈 수 있어요. 이때 비슷한 감정이 느껴질 뿐만 아니라 행동도 일치됩니다. 거울 뉴런 연구의 대부분이 타인을 쳐다보는 상황에서 진행됐어요. 고통받는 사람을 보면 나도 모르게 얼굴 표정을 찌푸리고 몸에 힘을 줍니다. 눈물을 흘리는 사람을 보면 따라 울면서 슬픈 표정을 짓게 됩니다. 또한 상대와 유사한 감정을 느끼게 되는 정서 일치affect matching가 일어납니다. 두 사람의 마음을 이어주는 연결 통로가 생기는 것이죠.

궁금한 점이 하나 있습니다. 상대를 쳐다볼 때, 얼굴 근육이 잘 움직이지 않는다면 공감 능력이 달라질까요? 안면 표정 근육을 마비시키는 보톡스 주사를 맞으면 어떻게 될까요? 2016년 학술 저널 『톡시콘Toxicon』에 발표된 연구에 따르면 보톡스는 공감을 방해합니다.[3] 강한 정서 처리는 영향을 받지 않지만 미세한 감정 차이를 간파하는 능력은 손상됩니다. 상대의 표정을 보고 거울 뉴런이 활성화되면 표정이 서로 비슷해지면서 정서 일치가 일어나는데, 표정을 짓지 못하니 제대로 공감할 수 없는 것이지요. 감정 경험에는 마음의 변화뿐만 아니라 행동, 표정 등 몸의 변화가 포함되어 있습니다. 타인의 어려움에 공감하고 사회문제를 해결하고 싶다면 미용을 위한 보톡스 주사를 참아야 할지도 모르겠네요.

공감을 위한 장치 : 마음 이론

그런데 진정한 공감이 일어나려면 정서 일치만으로는 충분하지 않아요. 울고 있는 사람을 보면 저절로 따라 울게 되지만, 이것만으로는 부족합니다. 올림픽에서 금메달을 따서 기뻐서 우는 것인지, 연인을 잃어버려서 슬퍼서 우는 것인지 그 이유를 알아야 해요. 상대방이 왜 이렇게 행동하는 것인지, '왜'라는 질문에 대답할 수 있어야 합니다.

이 과정이 가능한 이유는 우리가 마음 이론theory of mind을 가지고 있기 때문이에요. 마음 이론은 다른 사람의 멘털 상태를 추론하고 앞으로의 행동을 예측하는 인지적 능력을 이릅니다. 이것이 타인을 잘 이해할 수 있도록 뇌가 준비해놓은 두 번째 장치입니다. 왜 이걸 이론theory이라고 부를까요? 다른 사람의 생각은 눈에 보이지 않습니다. 숨겨져 있는 마음을 이해하려면('왜 그러는 거지?')

마음의 작동 원리를 설명하는 나름의 이론 체계('이러저러한 이유로 그러는 거야')를 가지고 있어야 합니다.

예를 들어, 미안한 표정을 짓고 있는 아버지에게 아들이 언성을 높여 이렇게 말합니다. "아니, 왜 얘기를 안 하셨어요. 어쩐지…… 내가 이럴 줄 알았어요. 다음엔 바로 얘기하겠다고 약속해주세요. 보청기가 망가졌는데 그걸 계속…… 아휴……" 이 장면을 보면 우리는 마음 이론을 사용해서 상황을 해석하고 아버지와 아들의 상태를 추측합니다. 비록 아버지에게 화를 내고 있지만 좋은 아들이라고 생각하게 되죠.

'아버지가 망가진 보청기를 끼고 다니다가 들켜버렸네. 근데 이번이 처음은 아닌가봐. 아들에게 부담을 주기 싫었겠지. 보청기가 어지간히 비싸야 말이지. 빠듯한 아들 주머니 사정을 더 걱정했겠지. 아들이 이렇게 속상해하는 것을 보니 아버지가 소리를 잘 못 들어서 크게 다친 적이 있었던 건 아닐까? 그런데 아마 아버지는 다음에도 얘기 안 할 것 같아. 서로 애틋하네. 누가 싸고 좋은 보청기를 만들어주면 좋을 텐데.'

아버지와 아들의 모습을 보는 순간 두 사람의 마음을 헤아리는 과정이 저절로 일어납니다. 무척 쉬워 보이지만 결코 쉬운 일이 아니에요. 아들의 몇 마디 말, 아버지의 작은 몸짓, 두 사람의 표정 등 관찰한 몇몇 사실을 토대로 보이지 않는 생각과 감정, 소망과

의도, 미래 행동을 아주 짧은 시간 안에 추론하는 고도의 작업입니다. 이 어려운 일을 우리는 물 흐르듯 순식간에 해치웁니다. 우리 안에는 어려움을 겪는 사람들이 처한 상황과 그들의 일상적 경험의 본질을 이해함으로써 공감하는 능력이 있습니다.

공감을 위한 장치: 디폴트 모드 네트워크

우리 안에 있는 공감 장치 두 가지를 이야기했습니다. 거울 뉴런을 통해 정서 일치가 일어나고, 마음 이론을 통해서 '왜' 그렇게 행동하는지 이유를 설명할 수도 있어요. 그런데 세 번째 장치가 없다면 소용이 없어요. 사람에게 관심이 없다면 두 장치를 쓰지 않을 테니까요. 뇌가 마련한 또 다른 장치는 바로 디폴트 모드 네트워크DMN, Default Mode Network입니다. 이 장치 덕분에 우리는 항상 사람에 대해서 생각합니다.

　어떤 과제를 수행할 때, 예를 들어 수학 문제를 풀거나 글짓기를 할 때 각각 활성화되는 뇌 영역이 있습니다. 그렇다면 아무것도 안 하고 쉴 때 뇌는 어떤 상태가 될까요? 휴식하는 동안 뇌가 불을 다 끄는 건 아닙니다. 이럴 때 불을 켜는 뇌 영역이 있으며 이를 디폴트 모드 네트워크라고 합니다. 즉 어떤 과제에도 집중하지 않을 때 활성화되는 영역이죠. 다시 수학 문제를 풀거나 글짓기를 시작하면 해당 영역이 활성화되고 디폴트 모드 네트워크는 불을 끕니다.

그런데 흥미로운 점은 휴식할 때 불이 켜지는 디폴트 모드 네트워크가 앞서 언급한 '마음 이론' 네트워크와 아주 비슷하게 생겼다는 사실입니다. 마음 이론 네트워크는 다른 사람의 마음을 헤아릴 때, 즉 다른 사람을 생각할 때 활성화되는 뇌 영역입니다. 옥스퍼드대학의 심리학자이자 뇌과학자인 로지어 마스 연구 팀이 분석해보았는데, 디폴트 모드 네트워크가 마음 이론 네트워크와 상당히 겹친다는 점을 발견했어요.[4]

무슨 말이냐면, 우리는 쉴 때 사람 생각을 한다는 거예요. 여러분은 멍하니 있을 때 무슨 생각을 하나요? 아프리카 코끼리나 남극의 펭귄을 생각하진 않지요? 근의 공식 같은 걸 생각하진 않잖아요? 아마 사람 생각을 할 겁니다. '하아, 오늘 명수가 왜 그런 말을 했을까?' '다음 주엔 수정이한테 놀러 가자고 해야겠다.' 이렇게 흔히 잡생각이라고 부르는 생각은 대부분 사람 생각입니다. 인간은 정말 뼛속까지 사회적인 존재입니다. 과제를 멈추는 순간 사람을 생각하는 네트워크에 불이 들어오니, 사람에 대해 지극한 관심을 가질 수밖에요.

행복은 뇌 안에

사회생활을 잘하라고, 즉 공감을 잘하라고 뇌가 준비해준 세 장치에 대해 이야기했습니다. 비슷한 경험을 하게 해주는 거울 뉴런, 상대방을 인지적으로 이해하게 해주는 마음 이론, 그리고 쉴 때도 사람 생각을 하게 만드는 디폴트 모드 네트워크. 그렇지만 여기서 끝나면 아쉽습니다. 왜냐하면 행동이 없으니까요.

인간이 이타적인 행동을 하 는 이 유

남을 돕는 이타적 행위, 친사회적 행동은 공감의 가장 중요한 요소 중 하나입니다. 그런데 궁금한 점이 하나 있습니다. 사람은 대체 왜 이타적인 행위를 시작하게 되었고 여태까지도 서로를 도우며 사는 것일까요? 계속 이기적으로 선택하는 것이 생존 가능성을 높이는 가장 효율적인 방법인 것 같은데 말이죠.

인간이 집단생활을 하면서 배운 것 중 하나는 이타적으로 행동하는 것이 생존에 유리하다는 사실입니다. 협력하지 않고 개인적인 이득만 지나치게 따지면 고립될 수 있다는 것을 깨달았죠. 이기적으로 굴면 집단에서 배척당하고 위험에 처하며, 남을 돕는 것이 곧 나를 돕는 것임을 오랜 시간에 걸쳐 배웠습니다.

두 집단이 있어요. 첫 번째 집단은 협력하기를 좋아하는 개인이 모인 집단이고요, 두 번째 집단은 나만 혼자 잘 살면 된다고 생각하는 개인이 모인 집단이에요. 전자가 더 행복하게 살 가능성, 살아남을 가능성이 더 높았습니다. 그렇다면 질문이 하나 더 생겨요. 우리는 내심 타인을 돕기 싫은데 억지로 도와주는 걸까요? 아니면 속으로 정말 기쁨을 느끼는 걸까요?

남을 도울 때의 뇌를 보면 '보상센터'가 활성화되어 있습니다. 이것이 뇌가 이타적 행동을 촉진하고자 마련해놓은 또 다른 장치입니다. 생존에 중요한 행위는 보상센터의 활성화와 연결되어 있습니다. 예를 들어 맛있는 음식을 먹을 때면 보상센터에 불이 들어오죠. 우리가 먹는 것을 좋아하는 이유입니다. 뇌는 이렇게 생존을 촉진하도록 설계되어 있습니다. 음식을 먹을 때마다 보상센터가 아닌 고통센터의 불이 들어온다고 생각해보세요. 그럼 다 굶어 죽었을 거예요. 남을 돕는 행위도 마찬가지입니다. 이타적 행위가 생존 가능성을 높이는 기능을 한다면, 남을 도울 때 보상센터가 불을 켜도록 뇌가 설계되어야 마땅합니다. 우리는 이타적 행위를 할 때 긍정적 정서를 느끼도록 설계된 존재입니다.

정리하자면, 뇌는 정서적, 인지적, 행동적 측면에서 타인에게 공감할 수 있도록 만반의 준비를 하고 있어요. 그러니 자신에 대한 오해를 좀 풀면 좋겠어요. 우리는 공감 능력을 가지고 있습니다.

행복은 뇌 안에

자신만을 위하는 존재가 아닙니다. 우리 안에는 선함이 있어요. 남을 도울 때 보상센터에 불을 켜면서 진정한 기쁨을 느끼는 존재입니다.

생 활 속 에 서
공 감 이 주 는 혜 택

이제부터는 공감이 주는 좀더 실질적인 혜택에 대해 이야기해보려고 합니다. 잘 살펴보면 학교나 조직에서 '리더감'으로 여겨지는 사람들이 있어요. 아마 첫째로 떠오르는 특성은 똑똑함일 거예요. 인지 능력이 높은 사람, 어려운 과제를 잘 수행해내는 사람이죠. 우리는 그런 사람들을 보면 일을 잘 해내는 리더십, 즉 '과제 리더십'이 있을 거라고 기대해요. 그러나 '리더감'으로 인정받는 데 있어 똑똑함보다 더 강한 힘을 발휘하는 특성이 있습니다. 바로 공감 능력입니다. 똑똑한 사람과 공감 능력이 뛰어난 사람 중 누구를 리더라고 여기는지 물어보면 사람들은 후자라고 대답합니다.

연구에서도 입증된 사실입니다. 예를 들어 경영학자 재닛 켈럿 등의 연구에서 공감력이 좋은 사람은 두 종류의 리더십을 모두 보유한 사람으로 인식되고 있었습니다.[5] 사람들을 잘 이끄는 '관계

리더십'뿐만 아니라 일을 잘 해내는 '과제 리더십' 또한 가진 것으로 평가받고 있었고요. 리더십 이론 중 변혁적 리더십이란 게 있는데, 가장 설득력 있다고 알려진 리더십 이론입니다. 이 이론이 제시하는 훌륭한 리더십의 가장 큰 특징이 공감력이에요. 공감은 여러분을 강력하게 만듭니다. 동료와 상호작용할 때 공감력을 발휘하면 리더로 부상하게 됩니다. 이것이 공감의 첫 번째 혜택입니다.

공감력이 있으면 속된 말로 '일잘러'가 됩니다. 경영학자 골나즈 사드리 등이 38개 국가의 리더 6731명을 대상으로 대규모 연구를 수행했습니다.[6] 그들의 부하 직원들에게 이런 질문을 했죠. '당신의 리더는 얼마나 공감하는 사람입니까? 이를테면 당신이 힘들어할 때 이를 바로 알아채던가요?' 그리고 이 리더들의 상사들에게도 질문했습니다. '이 사람, 일을 얼마나 잘하나요? 회사 밖에 있는 다른 리더들과 비교했을 때 리더십 점수를 얼마나 줄 수 있나요? 이 사람이 앞으로 5년 동안 업무 수행을 잘 못해서 쫓겨날 가능성이 얼마나 있을까요?' 연구 결과, 부하 직원들로부터 '정말 공감력 있는 사람'이라는 평가를 받은 리더는 상사에게서도 '업무를 잘 수행해내는 사람'이라는 평가를 받았습니다. 냉혹한 비즈니스 세계에서 최고의 성과를 내려면 한눈팔지 않고 일에만 모든 관심과 에너지를 쏟아부어야 한다는 생각은 흔한 오해 중 하나입니다. 그렇지 않습니다. 사람에게 관심을 갖고 공감 능력을 발휘해야 일을 잘할 수 있고 리더로서 인정받을 수 있습니다.

아이러니는 리더가 되면 공감력을 상실한다는 것입니다. 이 역설을 어떻게 이해할 수 있을까요? 권력과 공감의 얄궂은 관계는 영장류 동물의 세계에서도 관찰돼요. 영장류 동물학자인 프란스 드발이 침팬지 무리를 연구하면서 누가 리더가 되나 봤더니, 다른 침팬지들을 돌봐주는 침팬지가 리더가 되었어요.[7] 먹을 것을 나눌 줄 알고 관대함을 갖춘 침팬지가 리더로 부상한 거죠. 그런데 리더가 된 후에도 공감 능력을 유지해야 권좌를 지킬 수 있었습니다.

인간 본성에는 선함이 있어요. 공감 능력도 있고 남을 돕고 싶어하며 도움을 줄 때 기쁨을 느끼는데, 정작 권력자가 된 후에는 그 선함을 잃어버리죠. 이 패러독스에 대해 오랫동안 연구한 사람은 심리학자 대커 켈트너예요. 다양한 조직, 학교나 기숙사, 회사 조직을 살펴본 뒤 그는 이렇게 말했어요.

"권력은 내가 쟁취하는 것이 아니라 구성원들로부터 부여받은 것이다."[8]

리더로 부상하는 사람들의 특성은 자기만 생각하지 않는다는 것입니다. 다른 사람 입장에서 생각하고, 친절하며, 관대해요. 즉, 다른 말로 하면 공감하는 사람이에요. 그런데 얄궂게도 리더가 된 후에는 공감 능력을 점차 잃어버리게 돼요. 권력의 심리학적 속성을 크게 두 가지로 보는데, 하나는 규범을 무시하고 지나치게 낙관하며 과잉 확신을 갖는 탈억제disinhibition 현상이에요. 인간에게 억제 능력은 중요합니다. 적절하게 행동을 조절하면서 위험한 행동을 삼갈 수 있어야 합니다. 그런데 리더가 되면 다른 사람들의 의견을 무시하고 과도한 자신감으로 무리하게 선택할 가능성이 높아집니다. 권력의 심리학적 속성 중 두 번째는 공감 능력의 저하예요. 권력감이 충만한 사람을 기능적자기공명영상 기기에 넣고 뇌 활동을 살펴보면 거울 뉴런이 덜 활성화된다는 점을 관찰할 수 있습니다. 타인과 감정을 공유하기 힘든 상태가 된 것이죠.

정리해볼게요. 공감력은 나를 '일잘러'로, 리더로 만들어줍니다. 나에게 권력을 가져다주지요. 그런데 리더가 되면 공감력을 잃어버리기 쉽습니다. 여러분도 권력을 얻었을 때 이 사실을 잊지 말고 공감 능력을 점검하면서 권력을 지킬 수 있으면 좋겠습니다. 그래야 오랫동안 리더로 남을 수 있으니까요.

공감이 주는 두 번째 혜택을 살펴볼게요. 공감을 잘하면 연애도 잘합니다. 혹시 '나는 성격이 이래서 연애를 잘 못해' '아는 사람이 있어야 소개라도 받지'라고 생각하나요? 걱정 마세요. 좋은 방법이 있습니다. 심리학자 올가 스타브로바 등의 연구에 따르면 성격이 어떻든, 얼마나 마당발이든 관계없이 한 해 동안 친사회적으로 행동한다면 이듬해에 연애할 가능성이 높아집니다.[9] 친사회적 행동은 공감의 중요한 요소입니다. 그런데 타인을 돕는 행위는 얼핏 보기에 비용만 들어가고 혜택은 별로 없는 것처럼 느껴집니다. 바로 이 점이 굉장히 중요한 신호예요. 특히 이성한테는요. 남을 돕는 것은 자원이 있을 때 가능한 행동입니다. 건강하고 행복하고 가진 것이 많아야 남을 도와줄 수 있지요. 그래서 누군가가 타인을 돕는 장면을 목격한 사람은 '저 사람은 참 좋은 유전인자를 가지고 있구나' '자원이 많구나'라고 해석합니다. 호감을 갖게 되는 것이죠. 다시 말해 이타적으로 행동하면 이성의 호감을 사게 되고, 내년에 좋은 연애를 할 가능성이 높아집니다!

이성애자 남성들에게 조금 도움이 될 만한, 심리학자 대니얼 패럴리의 연구를 소개할게요.[10] 여성의 눈에는 어떤 남성이 매력적일까요? 잘생긴 외모를 가진 남성일까요? 이타적인 특성을 가진 남성일까요? A와 B가 있어요. A는 정말 잘생겼고, 높은 신체적 매력 점수를 가지고 있어요. 반면 이타성 점수는 좀 낮아요. 남을 보살피는 능력이 별로 없어요. B는 정말 이타적이에요. 그런데 외모가 썩 훌륭하지 못합니다. 이럴 때 여성은 누구를 선택할까요? 연구에 따르면 B예요. 다만 조건이 있어요. 여성이 장기적인 관계를 고려할 때, 즉 '이 사람과 오래 사귀고 싶어'라는 마음을 먹을 때는 특히 이타성을 매우 중시해요. 그런데 잠깐 사귀다 말 사람이라면 어떨까요? A와 B가 박빙의 승부를 벌입니다. 그러니까 이타적인 행동은 어떤 경우에도 혜택을 주는 것이죠.

혹시 '난 외모가 좀 별로야'라고 생각하는 남성분 있나요? 그러면 이타적으로 행동해보세요. '이 사람 오래 사귀고 싶은데?'라며 여성들이 당신을 매력적으로 여길 겁니다. 스스로 잘생겼다고 생각하는 남성들에게는 이렇게 말씀드리고 싶어요. 이타적으로 행동하면 안 그래도 높은 호감도가 더 높아집니다. 그러나 이타성을 버리면 빛나는 외모가 소용이 없습니다. 여성들의 호감을 얻을 수 없어요. 자, 공감하면 행복하게 연애하고 좋은 관계를 유지할 수 있답니다.

공 감 습 관 :
어떻게 공감할 수 있는가

지금까지 공감이 무엇인지, 공감이 왜 선택이 아닌 필수 사항인지, 어떤 혜택을 주는지에 대해 이야기했습니다. 이제부터는 어떻게 공감할 수 있는지, 그 방법을 알려드리겠습니다.

첫 번째 방법으로 대화 전문가들이 이야기하는 공감 언어 습관을 제시하겠습니다. '유재석 따라하기'라고 이름을 붙여봤습니다. 유재석씨의 명언을 두 가지만 소개할게요. 첫째는 "말을 독점하면

적이 많아진다"입니다. 축구에 볼 점유율이 있듯이 대화에는 말 점유율이 있습니다. 한 팀이 독보적으로 점유율을 확보해버리는 경기는 재미가 없는데, 대화도 마찬가지예요. 나와 상대의 말 점유율이 비슷해야 흥미롭게 대화할 수 있거든요. 유재석씨의 말 점유율은 추측건대 30퍼센트 이하일 것입니다. 공감 대화를 하고 싶다면 70퍼센트 이상의 점유율을 상대가 가져갈 수 있도록 작정하고 배려해보세요.

그리고 한번 말할 때 얼마나 길게 얘기하는지도 중요합니다. 예를 들어 농구에는 24초 룰이라는 게 있어요. 24초가 지나면 공을 상대에게 넘겨줘야 합니다. 이 규칙이 없었을 때는 한 팀이 공을 빙빙 돌리면서 계속 잡고 있는 바람에 다른 팀이 공을 빼앗기 위해서는 심한 반칙을 해야 했대요. 경기가 난장판이 되었겠죠. 대화도 마찬가지입니다. 한 사람이 대화를 독점하면 그 자리는 공감의 측면에서 난장판이 될 가능성이 있어요. 얘기를 나눈 후 많이 지칠 때가 있지요. 예를 들면 상대가 끊임없이 혼자 떠들고, 나는 별 흥미를 못 느낀 채 듣기만 하는 경우죠. 말 점유율 혹은 말의 길이를 습관적으로 확인해보세요. 대화 상대방이 나를 공감력 있는 사람으로 편안하게 받아들이기 시작할 거예요.

유재석씨의 두 번째 명언은 "혀로만 말하지 말고 눈과 표정으로 말해라"입니다. 만약 어떤 대화에서 공감받는 느낌이 든다면 그건 말의 내용 때문이 아니라 목소리의 톤, 매너, 표정 때문일 거예요. 말의 언어적 요소와 비언어적 요소가 부딪치면 비언어직 요소가 이겨요. 심리학자 앨버트 머레이비언이 제시한 법칙이 있습니다. 어떤 사람에 대한 태도는 언어보다 비언어적 요소에 의해 결정된다는 것입니다. 언어적 요소는 7퍼센트의 비중만을 차지하고 비언어적 요소가 93퍼센트를 차지합니다. 그런데 사실 우리는 자신이 어떤 표정과 몸짓을 하고 있는지를 잘 모릅니다. 나는 볼 수 없고 상대방만 볼 수 있는 정보예요. 상대방이 볼 수 없는 정보는 내 머릿속 생각입니다. 그건 나만 알고 있죠. 여기 정보의 비대칭성이 보이나요? 마음이 통하는 대화를 하고 싶을 때 더 집중해야 할 것은 상대방이 볼 수 있는 정보입니다. 따라서 자신이 어떤 표정을 짓고 있는지, 어떤 톤으로 말하는지 모니터링할 필요가 있습니다.

자, 이제 두 번째 방법으로 '협상 전문가 따라하기'를 제시하고 싶습니다. 「유퀴즈」라는 프로그램 아시지요? 한 에피소드에서 협상 전문가 이종화님이 인질범과 협상하는 방법을 소개했습니다. 상대가 극도로 흥분하고 분노한 상태일 때는 특히 공감 대화가 필요한데, 이런 상황에서 활용할 수 있는 중요한 질문 하나를 알려주었죠. 사실 이는 심리 전문가들이 정말 많이 하는 질문이기도 해요. 마구 화를 내는 사람에게 "이해합니다" "진정하세요"라는 말은 금기어라고 합니다. 대신 "무슨 일이 있었나요?" "당신에게 무슨 일이 있었는지 듣고 싶어요"라고 말하는 거죠. 속상할 때면 누군가에게 이런 질문을 받는 것만으로도 울컥 눈물이 나고 위로가 되기도 합니다. 이 질문들을 기억해보세요.

세 번째 방법은 상담 전문가와 코치들을 따라하는 겁니다. 그들이 하는 질문을 잘 들어보면 공통된 특성을 발견할 수 있는데, 바로 개방형 질문이라는 점이에요. 즉 네, 아니오로 대답할 수 없는 질문입니다. 예를 들어 "너 그때 화났어?"라고 물어보면 "응" "아니"라고 대답할 수 있잖아요. 이렇게 묻지 않고 "그때 어떤 마음이었어?"라고 묻는 거죠. 심리 전문가들이 많이 하는 질문을 세 가지 소개해 드릴게요. 첫째는 "진심으로 원하는 게 무엇입니까?"입니다. 이 질문은 굉장히 강력해요. 일상에 매몰된 채 살다가도 이 질문을 받으면 삶을 돌아보게 됩니다. 사실 이런 질문을 받을 기회가 별로 없지요. 이 질문을 받으면 '상대가 나에게 관심을 가지고 있구나'라고 느껴요. 둘째는 질문이라기보다 요청인데, "좀더 이야기해주세요"입니다. 사람들은 피상적인 이야기만 하고 입을 닫는 경우가 많아요. 사실은 마음을 더 드러내고 싶지만 익숙하지 않기 때문이에요. 그런데 이렇게 요청하면 마음을 열고 반응할 가능성이 커집니다. 셋째는 "어떻게 도와드릴까요?"입니다. "이렇게 해봐" "나라면 그렇게 하지 않겠어"라며 섣부른 조언을 먼저 건네지 않는 것입니다. 원하지 않는 조언만큼 부담스러운 것이 있을까요? 상대가 원하는 방식으로 돕겠다는 의지를 전달하면 자연스럽게 공감대가 형성됩니다.

그러면 어떻게 공감 '습관'을 가질 수 있을까요? 말 점유율과 비언어적 행동, 개방형 질문을 강조했는데, 어떻게 이를 습관적으로 실천할 수 있을까요? '이프-덴If-Then 기법'이란 게 있습니다. '이 조건에서 나는 이것을 할 거야'라는 공식으로, 심리학에서 습관을 만들 때 많이 쓰는 기법이에요. 가령 '누군가와 마주 앉아 이야기를 시작하는 순간(if), 점유율 30퍼센트를 떠올릴 거야(then)' 같은 공식을 만들 수 있습니다. 이프-덴 공식을 만들고 회의나 일대일 면담을 할 때, 자녀와 대화할 때 적용해보세요. 그렇다고 그냥 듣기만 하는 건 아닙니다. 말의 점유율이 낮아도 여러 방법으로 신호를 보낼 수 있어요. 표정, 말투, 추임새, 적절한 질문으로요. 사실 공감은 탁구나 배구와 비슷해요. 말도 공처럼 두 사람 사이를 왔다 갔다 하는 것이니까요.

덧붙여, 공감력을 기르기 위해 할 수 있는 일을 두 가지만 더 소개할까 합니다. 아주 간단한 방법이 있는데요, 혹시 「소셜 딜레마」라는 다큐멘터리를 보셨나요? 다큐멘터리는 이렇게 제안합니다. "SNS 추천을 꺼라." SNS는 구미에 맞는 정보만 추천해줍니다. 거기에 익숙해지면 작은 세계 안에 갇히게 되죠. 더 큰 세상이 바깥에 있지만, 적어도 나에게는 존재하지 않는 것입니다. 이런 상태에서

행복은 뇌 안에

는 다른 생각을 가진 사람과 공감 대화는커녕 일상적인 상호작용조차 하기 힘들어집니다. 다양한 삶의 양식과 가치관, 아이디어를 접하기 위해 심지어 정반대의 신념을 가진 사람들을 팔로할 수도 있어야 합니다.

공감 능력을 기를 수 있는 또 다른 활동이 있습니다. 지금 여러분이 알고 있는 사람들을 한번 종이에 쭉 써보세요. 그리고 이 사람들이 어떤 사회 집단에 속하는지 생각해봅시다. 만약 당신이 20대 남자 대학생이라면 대부분의 지인이 동양인, 한국 사람, 남성, 20대 학생일 것입니다. 이제부터 결이 다른 누군가와 교류해보면 어떨까요? 그와 '절친'이 될 필요는 없습니다. 그저 느슨한 관계를 만들어보는 것입니다. 문화적 배경이 다른 사람, 세대가 다른 사람, 생소한 분야를 전공하는 사람 등 다 좋습니다.

이렇게 새로운 사람들과 교류해보면 공감 능력이 확대될 뿐만 아니라 다른 부가적인 혜택도 누릴 수 있습니다. 새로운 분야에서 추가적인 정보를 얻게 되는 것이 첫 번째 혜택인데, 두 번째 혜택은 더 실질적이에요. 사회학자 마크 그라노베터는 '약한 연결의 힘'이라는 개념을 제시했어요.[11] 실질적인 도움은 나와 직접적으로 연결된 사람이 아닌 몇 다리 건너 약하게 연결된 사람에게서 온다는 이야기입니다. 내가 아는 건 친구도 알고 내가 모르는 건 친구도 모를 가능성이 많습니다. 그 친구가 아는 사람은 나도 알지요.

그래서 실제로 '찐친'은 결정적인 순간에 도움이 안 될 때가 많아요. 그라노베터가 구직활동을 살펴봤더니, 아는 사람의 아는 사람, 즉 나와 약한 연결로 이어져 있는 사람의 소개로부터 취직할 기회가 찾아왔다고 합니다. 지인 네트워크를 다양하게 만들면 이렇게 공감력도 향상되고 실질적인 도움도 받을 수 있습니다.

노력한다고 공감 능력이 높아질까?

이제부터 할 얘기가 어쩌면 가장 중요한 것일 수 있어요. 공감에 관해 이런 의문이 들 수 있습니다. '나는 과연 공감할 수 있는 사람가?' '노력한다고 공감 능력이 높아질 것인가?' 심리학자 캐럴 드웩은 마인드셋 두 가지를 제시했어요.[12] 하나는 '능력은 타고난 지능처럼 고정되어 있어서 어떤 노력을 해도 변하지 않아'라고 생각하는 고정 마인드셋입니다. 다른 하나는 '노력 여부에 따라서 능력은 강화되고 확대될 수 있어'라고 생각하는 성장 마인드셋이에요. 고정 마인드셋을 가진 사람은 어떻게 행동할까요? 어려움이 닥쳤을 때 별로 노력하지 않아요. 포기가 빨라요. 능력의 한계에 부딪혔다고 생각하니까요. 반면 성장 마인드셋을 가진 사람은 계속 노력하면서 어려움을 극복하고자 해요.

드웩 교수는 공감을 주제로도 같은 연구를 했어요.[13] 공감 영역에서도 성장 혹은 고정 마인드셋이 작동했습니다. 공감하기 어려운 상대를 만나도 '공감력은 성장할 수 있어'라고 믿으면 좀더 노력하고 이야기를 듣는 데 더 많은 시간을 할애하며 상대에게 더 적절하게 반응해줍니다. 여러분 혹시 '타고난 성품이 이 모양인데 무슨 공감이냐'라고 생각했나요? 성장 마인드셋을 장착해보면 어떨까요? 그러면 좋은 일이 많이 생길 것입니다. 존경받는 강력한 리더가 될 것이고, 높은 성과를 내는 '일잘러'가 될 것입니다. 성공적인 연애 경험을 할 수도 있고 다른 사람들과 행복한 관계를 이어나갈 수도 있을 거예요. 여러분을 응원합니다.

공감에 대한 이런저런 질문들

많은 독자가 궁금해할 몇 가지에 대해 의견을 덧붙여봅니다. '공감은 비슷한 경험을 한 사람들 사이에서 일어나는 것 아닌가'라고 생각하는 분들이 있어요. 물론 맞는 말입니다. 나와 같은 문화적 배경을 가지고 있고 비슷한 일을 하고 비슷한 연령대면 더 쉽게 공감하겠죠. 그런데 우리는 TV에서 소개되는 다양한 이야기를 듣고

울기도 하잖아요. 가령 아프리카에 있는 어린이나 러시아의 침략을 받은 우크라이나 민간인들과 우리 사이에는 공통점이 적을 거예요. 그렇지만 인간이라면 보편적으로 느낄 수 있는 감정이 있어요. 서로를 이해할 수 있는 보편적인 토대가 우리 안에 마련되어 있다고 생각해요. 나에게 생소한 영역에 있는 사람이라고 해서 공감할 수 없는 건 아니라고 생각합니다.

그러면 이런 공감 능력은 어디에서 오는 걸까요? 타고나는 것일까요? 배움을 통해 확보하는 것일까요? 예를 들어, 무인도에서 동물과 자란 아이도 공감 능력을 갖고 있을까요? '사람은 공감을 위한 기본적인 토대를 장착한 채 태어난다'는 말도 맞고 '공감은 사회화 과정을 통해 배우는 것이다'라는 말도 맞습니다(성장 마인드셋을 가지고 있다면 심지어 어른들의 공감 능력도 더 자랄 수 있는 것이니까요). 앞서 말했듯이 뇌는 거울 뉴런, 마음 이론, 디폴트 모드 네트워크를 통해 우리가 공감하며 세상을 살 수 있도록 사전 준비를 해놓았습니다. 그만큼 공감 능력이 생존에 중요하기 때문입니다. 무인도에서 자란 아이도 공감 장치들을 가지고 있습니다. 그러나 공감 능력은 사회적인 상호작용을 통해 강화되는 것이기 때문에 아이의 공감력은 제한된 상태일 겁니다. 유전자에 입력된 프로그램에 따라 영양분을 섭취하면서 몸이 성장하듯, 아이들의 마음 이론도 자랍니다. 세 살 때 모르던 것을 다섯 살 때는 알게 되는

데 사회적 상호작용이 중요한 역할을 합니다.

그렇다면 이런 공감 능력으로 사회문제를 해결하는 데까지 나아갈 수 있을까요? 여기서 문제는 '고통 포인트pain point'예요. 사람들은 다양한 종류의 고통 포인트를 가지고 있어요. 그런데 공감할 수 없다면 아마 그게 고통인지조차 인식하지 못할 거예요. 사회문제를 해결하려면 일단 문제부터 인지해야 하잖아요. 그리고 인지적으로 이해할 순 있지만 상대와 비슷한 감정을 느끼는 수준까지는 이르지 못할 수도 있어요. 세상 구석구석에 존재하는 고통의 포인트들에 예민하게 반응하려면 정서적인 공감 능력도 필요하겠죠. 우리가 공감 능력을 조금씩 잃어가고 있다는 사실을 많은 연구가 지적하고 있습니다. 교육의 변화를 통해 이를 되찾아야 하지 않을까 싶어요. 학생들이 다양한 고통 포인트를 인지할 수 있도록, 사회문제를 해결하는 유의미한 경험을 할 수 있도록 기회를 제공하면 좋겠습니다.

사실 이 글을 쓰면서 '나는 이런 말을 할 자격이 있는가'라는 생각을 했어요. 공감에 대한 논문을 읽고 여러분께 내용을 전달하고 있지만, 과연 '나는 얼마나 공감하고 있나? 어떻게 노력하고 있나?'라고 스스로에게 질문을 던져봅니다. 작은 행동부터 시작해야겠어요. 주변 사람들에게 "요즘 어떻게 지내?"라고 안부 인사를 전해보려 합니다.

Q "정말로 원하는 게 뭐야?" "그래서 어떻게 하고 싶어?"라는 개방형 질문에는 "잘 모르겠어"라는 대답이 돌아오는 경우가 많은 것 같아요. 그럴 때면 이것저것 하나하나 물어봐야 하는 건가요? 저는 "그래서 원하는 게 뭐야?"라는 물음이 부담스럽거든요. 차라리 "이렇게 해보는 건 어때? 나는 이렇게 했어"라고 조언해주면 더 안정감을 느껴요. 어떻게 하는 게 좋을까요?

A 그럴 수도 있어요. 제가 질문 하나 드릴게요. 사람의 마음을 다루는 심리 전문가들은 주로 어떻게 할까요? "이렇게 해보는 게 어떨까요?"라는 식으로 조언할까요? 아니면 "정말로 원하는 게 무엇인가요?"라는 질문을 많이 할까요? 후자가 많네요. 왜 그렇게 생각하는지 의견 주실 수 있을까요?

무작정 대책을 마련해주는 것보다 먼저 상대방 의견을 경청하고 공감한 다음 조언해주는 게 듣는 사람 입장에서 더 와닿을 것 같아요. '더 이해해주려고 노력하는구나, 더 도우려고 하는구나'라고 생각할 것 같고요.

그래요, 내가 제시한 해결 방법이 상대에게는 도움이 안 될 수도 있죠. 먼저 공감해주고 생각을 자극하는 질문도 해준 다음에 필요한 조언을 하면 더 좋을 것 같아요. 다른 의견도 들어볼까요?

저는 대화가 계속 이어지는 게 좋은데, 상대방에게 질문을 던지지 않으면 대화가 자주 끊어지더라고요. 그래서 저는 질문을 계속 던지는 쪽이 더 낫지 않을까 생각해요.

말씀처럼 대화가 끊기면 불편해지기도 하지만, 때로는 상대가 생각할 시간을 충분히 갖도록 기다릴 수도 있겠죠? 서로 아무 말 없이 잠시 침묵하는 상태를 조금씩 견디다보면 나름대로 괜찮아지더라고요.

둘 다 너무 좋은 의견이에요. 강의에서는 조언하기에 앞서 질문하라고 말씀드렸지만, 일반적인 원칙일 뿐이에요. 조언이 필요할 때도 물론 있습니다. 다만 내가 조언만 하고 있는 건 아닌지 돌아봐야 한다는 거죠. 그리고 "정말로 원하는 게 무엇이냐?"라는 질문이 부담스러운 건 아마 내가 원하는 게 뭔지 진짜 모르기 때문일 수도 있어요. 질문을 받고 나서야 생각하기 시작했다면 당황스럽겠죠.

어조도 중요합니다. 딱딱한 말투로 물으면 "도대체 네가 원하는 게 뭐야?"라는 식으로 들릴 수 있어요. 전달하고 싶은 뉘앙스는 사실 "원하는 게 뭔지 같이 생각해볼까?"인데 말이에요. 그래서 '톤 앤매너'를 신경써야 한다고 말하고 싶어요. 눈빛이나 손짓, 몸의 기울기 같은 비언어적 표현이 훨씬 더 중요할 때가 많아요. 그리고 조언한답시고 자기 얘기를 더 길게 늘어놓지 않도록 조심하면 되겠죠. 예를 들어 "야, 말도 마. 나는 어땠는지 알아? 그건 내가 겪은 일에 비하면 아무것도 아니야" 같은 식으로 이야기가 전개되지 않게요.

Q 눈만 잘 봐도 절반은 공감에 성공한 거라고 하셨습니다. 그런데 이야기를 하다보면 남이 나를 쳐다보는 것이 부담스럽고 힘들기도 해서 눈을 피하거나 허공을 바라보곤 하잖아요. 어떤 때는 제가 계속 쳐다보고 있으면 상대가 시선을 피하더라고요. 쳐다보는 것 자체를 부담스럽게 생각하는 것 같아요. 이럴 때 어떻게 해야 하는지 궁금합니다.

행복은 뇌 안에

A 누구나 가끔은 다른 사람의 시선이 부담스러울 때가 있
죠. 상대방이 시선을 부담스러워한다는 느낌을 받을 때는
눈 대신 눈 주변 얼굴을 쳐다보세요. 대화하는 시간 중 반만 눈을
쳐다보고, 나머지 반은 얼굴을 쳐다보는 거예요. 너무 빨리 시선을
이동하면 불안해 보이니까 자연스럽게 천천히 시선을 옮기면 돼
요. 저는 대화할 때 눈을 집요하게 응시하지는 않아요. 하지만 상
대방 쪽으로 몸을 돌리고 얼굴을 쳐다보려고 노력하는 건 중요합
니다.

강렬한 인상을 남기고 싶다면 상대의 눈을 더 길게 응시해보세
요. 제가 아는 어떤 선생님이 있는데요, 그분과 이야기할 때면 대
화 속으로 빨려 들어가는 느낌을 받곤 해요. 그분이 눈을 맞추는
방법 때문이에요. 따뜻하게 웃는 눈으로 제 눈을 길게 응시하는
행동 때문에 그런 인상을 받았다고 생각해요.

상황에 따라 적절한 방식으로 시선을 교환하면 되지 않을까요?
상대가 부담스러워하면 눈 주변 얼굴을 쳐다보고, 강렬한 인상을
줄 필요가 있을 때는 따뜻한 표정을 지으며 집중해서 눈을 응시해
보세요. 레이저를 쏘진 말고요.

Q 좋은 사람보다 도도한 매력이 있는 이성에게 끌리는 경우
가 많습니다. 이건 공감과는 거리가 먼 것 같은데, 왜 그런

것인가요?

A 연애가 시작된 이후에는 서로 공감해주는 게 중요해요. 그런데 사귀기 전, 서로 탐색하는 단계에서는 다를 수 있어요. 소위 '썸'을 타는 시기에는 '불확실성'이 이성에 대한 호감을 높여줍니다. 연구에 따르면, 연애에 성공하기 위해서는 얼굴에 '나너 좋아해'라고 써놓은 것처럼 행동하면 안 된대요. 자기를 좋아하는지 안 좋아하는지 조금은 헷갈리게 해야 한답니다. 도도한 사람은 나에게 잘해줄 때도 있고 아닐 때도 있잖아요. 나를 좋아하는지가 확실하지 않으니 더 애를 태우게 되고, 그래서 더 끌리는 것 같아요.

이런 이유로 도도한 사람 혹은 까칠한 사람이 매력적으로 느껴질 수 있겠지만, 정말 공감 능력이 떨어지는 사람이라면 피해야 해요. 그리고 강의에서 말했듯이, 연애에 성공하고 싶다면 평소에 주변 사람들을 향해서 조금씩 공감 능력을 발휘해보세요. 즉, 공감 능력으로 매력을 발산해보는 겁니다. 그러면 이성이 여러분에게 호감을 갖게 될 가능성이 더 높아질 거예요.

Q 힘든 일이 있는 친구가 혼자 있고 싶다며 자꾸 사람들의 손길을 뿌리치고 도망가는 경우에도 계속 공감하려 하는

것이 옳을까요? 저도 혼자 있고 싶어서 일부러 사람을 피하려고 한 적이 있거든요. 그런데 그럴 때 진짜 마음이 뭔지 잘 모르겠어요. 사람들의 손길을 원하는 것인지 아니면 혼자 있고 싶은 것인지요.

A   그렇군요. 우선 다른 분들도 조언해볼까요?

친한 친구 중에도 그런 경우가 있었는데, 혼자만의 시간이 필요한 것 같으면 다가가지 않다가 얼마간 시간이 지나면 다가가서 다시 얘기해보는 식으로 접근해온 것 같아요.

저도 힘들어서 혼자 있으려고 숨은 적이 있거든요. 그런데 혼자만의 시간이 필요했던 건 맞지만 감정이 정리되고 나서는 외로움이 너무 크게 다가왔어요. 그럴 때 친한 친구나 가족이 다가와주면 큰 위로를 받았던 것 같아요.

무엇을 고민하고 있는지를 처음부터 직접적으로 묻는 것이 아니라, 먼저 가볍게 근황 얘기로 대화를 시작하고 나중에 자연스럽게 고민 이야기로 넘어가는 식으로 다가왔을 때가 저는 좋았어요.

좋은 조언들이네요. 혼자 있고 싶다고 말할 때, 우리가 진짜 원하는 건 무엇일까요? 만약 한 달 내내 정말 단 한 명도 연락을 주지 않는다면 정말 외로울 거예요. 양가적인 감정이죠. 우리는 혼자만의 시간이 필요하면서도 동시에 누군가가 돌봐주기를 원하기도 해요.

그런 상태에 있는 사람에게는 이런 메시지를 전달할 수 있을 것 같아요. "그래, 조용히 지내고 싶을 때가 있지. 그럼 난 그냥 기다리면서 여기 있을게. 알지? 네가 손짓만 하면 언제든지 내가 바로 뛰어간다는 걸." 그리고 며칠에 한 번 툭 문자를 보내보는 거죠. "오늘 하늘 되게 파랗다. 밥은 먹었어?"라는 식으로요. 굳이 뭐가 문제인지 질문하거나 조언하지 않아도 된다고 생각해요. 그저 내가 네 곁에 있고 나에겐 네가 소중한 사람이라는 사실을 가끔씩 전달하면 어떨까요?

Q 선배나 상사처럼 저보다 직급이 높은 분께 공감하는 것이 오지랖 같아 보이지는 않을까요? 상급자에게 공감해야 할 때 주의할 것이 있을까요?

A 저는 오늘 여러분 앞에 강연자로 나섰어요. 여러분이 학생이니까, 어쩌면 저는 지금 선생님과 비슷한 자격이라고 할

수 있겠죠. 그런데 저는 이 순간 여러분이 제 말에 공감해주기를 간절하게 바라고 있어요. 침묵이 길게 이어지면 당황하고, 여러분이 끄덕여주고 웃어주면 안심해요. 여러분은 저에게 엄청나게 큰 영향을 미치고 있어요. 지금 여러분은 매우 강력한 존재예요.

직장에서도 마찬가지입니다. 부하 직원들로부터 공감을 얻지 못하면 상사들이 얼마나 슬퍼하는데요. 아마도 상사에게 공감을 표현하면 아부하는 것으로 오해받을까봐 염려하는지도 모르겠어요. 그런데 거짓으로 그러는 게 아니라면 걱정할 필요가 있을까요?

상사와도 성공적으로 관계를 형성할 수 있도록 노력해야 합니다. 이런 걸 매니지업manage up(상사와 성공적인 관계를 쌓다)이라고 해요. 매니지업 과정에서 공감이 큰 힘을 발휘합니다. 공감에는 위아래가 없어요. 상대가 아무리 경험이 많고 직급이 높은 사람이더라도 공감대 형성에 있어서는 여러분이 강한 힘을 가지고 있다는 것을 인정하면 좋겠어요. '상사에게도 이런 고민이 있었겠다. 불안했겠다.' 이렇게 공감해주면 그를 좀더 이해할 수 있고, 스트레스도 좀 줄어들 것 같아요.

그리고 부모님이야말로 여러분의 공감을 그 누구보다 원하는 사람들이에요. 부모님에게도 여러분처럼 어린 시절이 있었고, 여러분을 처음 낳아 기를 때는 육아의 경험이 없는 어리숙한 어른이었어요. 지금도 인생에서 처음으로 겪는 일이 많을 거예요. 대학생의 부모 역할은 처음 경험해보는 중일 테죠. 부모님이지만 한 사람으로 바라볼 수 있어요. 개인으로서 어떤 감정, 경험, 고민을 하고 있을지 생각하면요.

Q 제 마음속에는 공감해주고 싶은 사람과 그렇지 않은 사람이 구분되어 있었습니다. 편애하지 않고 온전하게 공감하려면 어떻게 해야 할까요? 그리고 공감은 선택이 아니라 필수라고 하셨는데, 상대가 공감해줄 만한 사람이 아닐 때가 있습니다. 좋은 인간관계만 유지할 수는 없을 텐데 어떻게 해야 하나요?

A 나와 생각이 너무 달라서 뭘 공감해줄 수 있을지 전혀 이해가 안 되는 사람이 있죠. 가까이 지내기 싫은 사람마저도 공감해줘야 하는지 고민될 때도 있고요. 공감대를 형성하기에 어려운 상황 같아요. 이럴 때는 도망가야 할까요? 관계를 끊어야 할까요? 불협화음이 심각한 관계는 고통스러울 수도 있어요. 어릴 때부터 폭력적인 언행을 계속해온 사람이 부모일 수도 있고요, 직장에 들어갔는데 상사로부터 괴롭힘을 당할 수도 있고요. 그러면 어떻게 해야 하는 걸까요?

'그래도 공감해야지. 어떤 관계도 포기하지 않고 다 유지해야지.' 나를 파괴하는 사람이라 도저히 공감할 수 없고 관계를 지속

할 수 없을 때에도, 공감 교육을 많이 받은 여러분은 이런 부담을 갖는 것 같아요.

그렇게 하지 않아도 됩니다. 파괴적인 관계는 그만둬야 합니다. 그러나 그런 결론에 이르기 전에 얼마나 노력해야 하는 것인지 숙고할 필요는 있겠지요. 예를 들어, 공감하기 어려운 사람이라고 마음속으로 분류한 어떤 이와의 관계에서, 적어도 몇 번은 상대가 '충분히' 공감받고 있다고 느낄 만큼 먼저 다가가려 노력하겠다고 마음먹을 수도 있어요. 앞서 강조했듯이, 누군가에게 공감해주면 상대뿐만 아니라 자신도 혜택을 받습니다. 공감해주고 싶은 사람에게만, 즉 마음이 가는 사람에게만 공감하고 나머지 사람들은 쉽게 포기한다면 결국 내 손해입니다.

그래서 대부분의 관계에서 '적절하게' 공감해주고자 노력하는 것이 좋습니다. 여기서 요점은 '적절함'입니다. 자신과 타인의 행복과 성장을 고려해서 적절하게 공감하면 됩니다. 모든 사람과 친하게 지내야만 공감을 잘하는 사람일까요? 상대가 어떻게 행동하든 무조건 공감해야 하는 것일까요? 그렇지 않다고 생각해요.

'저 사람에게는 공감해주기 싫다'라는 마음이 드는 첫 번째 이유가 뭐냐면, 자신이 상처받았기 때문이에요. 예를 들어, 누군가 화를 내면서 나를 비난한 상황을 생각해봅시다. 그럴 때는 '내가 이렇게 형편없는 사람인가' '나는 못났구나' 하며 스스로를 향해 비난의 화살을 쏘게 돼요. 그런데 바로 그때 화살표를 반대로 돌려서 상대를 봐야 합니다. 저 사람은 어떤 상처를 입었기에, 지금 얼마나 불안하기에, 어떤 성장 과정을 거쳤기에, 뭐가 그렇게 절박하기에, 어디가 그렇게 아프기에 나에게 저런 말을 하는 것일까? 이렇게 화살표를 돌려서 상대에게 집중해보세요. 그러면 '내가 모르는 어떤 일을 겪었나보다' 하고 상대를 인지적으로 이해할 가능성이 커져요. 그의 생각에 동의하지 않아도 '그럴 수 있겠다'고 이해할 수는 있어요.

여러분, 이 점을 분명히 기억해주세요. '나를 비난하는 말이 곧 나를 규정하는 것은 아니다!'라는 사실이요. 상처받은 마음은 공감 능력을 잃어버려요. 나로부터 빠져나와서 상대를 보면 좋겠어요. 그러면 힘세 보이던 어른도 달리 보여요. '부장님은 지금 승진 때문에 엄청 예민해져 있어. 잘하고 싶은 마음에, 이것저것 다 마음에 걸리는 모양이야' 하고요. 전에는 자신을 책망하며 '나는 바보인가? 부장님은 나를 싫어하나봐'라고 생각했을지도 모르지만, 이제부터는 상사의 마음 상태를 보려고 해보세요.

Q 습관적으로 공감하면 진심을 충분히 담지 못할 수도 있지 않을까요? 진정으로 공감을 습관화한다는 게 어떤 것인지 알고 싶습니다.

행복은 뇌 안에

A 매우 중요한 질문 같아요. 습관적으로 공감하는 게 좋은 걸까요? 저는 그렇게 생각합니다. 습관은 에너지를 절약해줘요. 공감이 습관이 되면 공감할까 말까 고민할 필요도 없고요, 공감해줘야 한다고 기억할 필요도 없어요. 고민하고 기억하려면 에너지가 많이 들어갑니다. 공감 습관을 가지고 있다면 인지적으로 노력하고 감정을 소모할 필요도 줄어들어요. 물 흐르듯이 자연스럽게 공감하게 되거든요. 공감이 필요한 상황이 얼마나 많나요? 그중 일부라도 습관을 통해 자동화하는 거죠. 기본적인 공감 행동이 최소한의 에너지로 저절로 수행되니 얼마나 편할까요? 나아가 이런 토대 위에 새로운 습관을 하나씩 더 쌓을 수도 있을 거예요.

'습관적으로 영혼 없이 공감한다'고 생각하기보다는 '효과적인 공감 습관을 가지고 있다'고 자부하면 좋겠어요. 빈말을 하는 건지 아닌지는 스스로 판단할 수 있겠죠.

Q 힘든 일이 있을 때 혼자서 '내가 원하는 건 뭐지?' '해결할 방법은 뭐지?'라고 스스로 많이 묻는 편이었어요. 그런데 한편으로는 이게 맞는 방법인지, 오히려 나를 해치고 있는 건 아닌지 고민하기도 했어요. 강연을 듣고 나니, 이대로 계속하면서도 자신을 조금 더 너그럽고 친절하게 대할 수도 있을 것 같아요. 스스

로에게 좀더 잘 공감해줄 방법이 있을까요?

A 남이 아닌 자신에게는 어떻게 공감해줄 수 있을까요? 다른 사람들에게 하는 질문이나 말을 나에게도 할 수 있어요. '뭐가 제일 힘든 거야?' '네 마음을 이해할 수 있어.' '한번 얘기해봐.' 이렇게 스스로에게 말을 걸어줘도 되잖아요.

공감 피로empathy fatigue 혹은 동정 피로증compassion fatigue이라불리는 개념이 있어요. 공감의 부작용이죠. '더 노력해서 상대에게공감해줘야 돼.' '공감하지 못했으니 나는 나쁜 사람이야.' '훈련을많이 받았는데도 아직 멀었어.' 이런 식으로 부담을 느낄 수 있어요. 실제로 다른 사람의 이야기를 경청하고 공감을 표현해주다보면 에너지가 소진되어 아무 소리도 듣기 싫을 때가 있죠. 주로 남얘기를 들어주는 전문가들이 그런 어려움을 겪습니다.

우선 '나는 내 얘기에 공감하고 있나? 혹시 나를 습관적으로 비난하는 건 아닌가?'라고 스스로 질문해봅시다. 우리는 자신에게너무 인색한 것 같아요. 타인에게 공감하려면 일단 '나'와 잘 지내야 해요. 우리가 배운 공감 표현을 스스로에게도 해봅시다. '그럴수도 있지.' '힘들었구나.' '잘했어!' 자신에게도 이렇게 말해주면 어떨까요.

5장

인류가 공룡처럼
사라지지 않으려면

—

조천호

우측의 QR코드를 통해
티앤씨 APoV 콘퍼런스
'우공이산' 강연 영상을
시청하실 수 있습니다.

저는 대기과학자 조천호입니다. 국립기상과학원에서 30년 동안 일했고요, 지금은 경희사이버대학에서 기후변화를 가르치고 있습니다. 현재 전 세계적으로 닥친 가장 큰 지구 환경 재앙은 바로 코로나19 팬데믹이라고 할 수 있겠죠. 하지만 코로나19와는 비교할 수 없을 정도로 더 큰 재앙이 기다리고 있는데요, 바로 기후위기입니다. 저는 기후위기 대응을 위해 왜 공감이 중요한지를 이야기해보겠습니다.

기 후 위 기 와   공 감

우리는 지구가 인간에게 한량없이 베풀어줄 역량을 지녔다고 여겨왔습니다. 지구는 잘살겠다는 우리의 욕망을 실현해주기 위한 착취 대상일 뿐이었습니다. 하지만 인간의 욕망은 무한하고 지구는 유한합니다. 인류가 지금까지 살아왔던 방식대로 계속 산다면 지구 환경이 큰 위험에 빠지게 됩니다. 기후위기를 일으키고 생물을 멸종시키면서도 현실적으로 그걸 멈출 수도 없기에 곤혹스럽기까지 합니다. 현재 세계는 인류가 과거부터 선택해온 것들이 축적되어 만들어졌습니다. 마찬가지로 미래 세계 역시 이 순간부터 우리가 선택하는 것들이 축적되어 만들어질 것입니다. 그렇다면 '미래는 어떻게 될까?'라고 질문할 것이 아니라 '미래를 어떻게 만들고 싶은가?'라고 자문해야 합니다. 기후위기로부터 벗어나 새로운 미래로 나아가려면 공감이 필요합니다. 모두가 함께해야 새로운 세상을 만들어낼 수 있기 때문입니다.

문 명 의 기 후 조 건

인류 역사는 역동적으로 쉴 새 없이 발전해왔습니다. 하지만 그렇게 발전할 수 있었던 건 안정적인 기후 덕이었습니다. 현재 세계 인구 80억 명을 먹여 살리고 현대사회를 지탱해줄 수 있는 유일한 기반은 안정된 기후입니다. 그런데 화석연료로 공기 중 온실가스 농도가 높아져서 기후가 변화하려 합니다. 1850년 이후 최근까지

지구 평균기온은 상승하고 있습니다. 바로 이 기온 상승으로 기후 위기가 일어나는 것입니다. 기후위기는 문명을 붕괴시킬 정도로 커다란 위험이 되고 있습니다.

과거 역사에서 기후가 인류에 어떤 영향을 미쳤는지를 살펴보 겠습니다. 호모 사피엔스라는 현생인류는 20만~30만 년 전에 지 구상에 등장했습니다. 3만~5만 년 전에는 동굴 안에 멋진 짐승 그 림을 그릴 수도 있었고, 동물 뼈를 갈아 바늘을 발명해서 옷을 꿰 매 입기 시작하기도 했죠. 이 정도면 뇌가 우리와 거의 동일한 수 준이라고 봐야 하는데, 수만 년 동안 현생인류는 구석기시대를 벗 어나지 못했습니다. 오늘날 우리는 몇십 년 만에 온 세상을 다 뒤 집을 능력을 가진 존재인데, 현생인류는 왜 수만 년 동안 세상을 변화시키지 못하고 구석기시대에서 벗어나지 못했을까요?

그림 1은 그 이유를 과학적으로 설명해줍니다. 이 그래프는 지 난 10만 년 동안의 기온 변화를 나타냅니다. 1만2000년 이전이 빙 기입니다. 빙기는 물론 추웠지만, 빙하가 지구를 다 둘러싼 것은 아니었습니다. 빙하가 가장 많이 확장되었을 때도 육지 면적의 4분의 1 정도만 덮었습니다(현재는 빙하가 육지 면적 10분의 1을 덮고 있습니다). 그러니까 빙기에도 한반도에는 생태계가 있었고 사람도 살았습니다. 그런데 왜 농사를 못 지었을까요?

빙기는 기온 변동이 굉장히 심했습니다. 기온 변동이 심하면 극

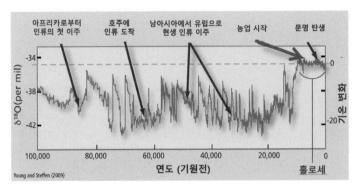

그림 1 그린란드의 빙하에서 산출한 지난 10만 년 동안의 기온.
산업혁명 이전 기온을 0도로 설정했다. 기온은 10만 년 전부터 1만2000년 전까지
크게 요동치다 이후 안정되었다. Young and Steffen(2009).

단적인 날씨가 많이 발생합니다. 빙기에는 현재보다 극단적인 날씨가 열 배 정도 더 많이 발생했다고 추정됩니다. 우리나라에서 가장 극단적인 날씨 하면 태풍이 있겠죠. 태풍이 평야 지대를 쓸고 지나가도 벼 세우기를 하면 추수는 어떻게든 가능합니다. 그런데 해마다 태풍이 평균 열 개씩 지나간다면 아무도 농사를 짓지 않을 겁니다. 허리가 아프도록 농사를 지었는데도 가을에 얻을 게 거의 없는 상황이라면 인간은 농사를 짓지 않습니다. 그래서 빙기에는 수렵과 채집이라는 구석기시대의 생존 방식을 택할 수밖에 없었던 것입니다.

2만 년 전부터는 천문학적인 조건이 변해 지구가 따뜻해지기

행복은 뇌 안에

시작했습니다. 약 1만2000년 전에 지금과 같은 기후 조건이 갖추어졌습니다. 기후가 안정되자 농업이 시작되었고, 특히 강어귀는 물도 많고 상류로부터 퇴적층이 내려와 쌓여 농업 생산량이 많았습니다. 그런 지역에 많은 사람이 몰려와 살게 되어 문명이 출현한 것입니다. 1만 년 전부터 갖춰진 안정적인 기후 조건, 다시 말해서 농사를 지을 수 있는 기후 조건이 바로 오늘날 문명의 가장 기본적인 조건입니다.

거 대 한   가 속

1750년 산업혁명이 일어났습니다. 그 이후 사회와 경제는 아주 빠르게 성장하고 있습니다. 그림 2는 바로 그 모습을 보여줍니다. 1900년부터 최근까지 생물 총량(식물, 동물 등 지구상에 살아 있는 모든 것의 무게)은 일정한 수준으로 유지되고 있습니다. 한편 인간이 만든 물질인 콘크리트, 자갈, 골재, 아스팔트, 벽돌, 금속, 플라스틱은 총량이 급속도로 증가하고 있죠. 1900년도에는 인간이 만든 물질의 양이 생물 총량의 3퍼센트 정도였어요. 그랬던 게 2000년에는 생물 총량의 절반 정도가 되어버렸고, 2000년 이후에는 20년 만에 두 배가 되어 생물 총량을 넘어서려는 수준이 되었습니다.

이런 추세는 생물 실험실의 배양접시에서 미생물이 증식하는 모습과 같습니다. 한 마리가 두 마리, 네 마리, 여덟 마리, 열여섯 마리 식으로 증식하는 것을 기하급수적 증식이라고 하는데, 산업혁명 이후 지구상에서 인간이 만든 물질이 늘어나는 모습과 동일합니다. 미생물이 배양접시 절반을 채울 때까지는 시간이 제법 걸립니다. 그런데 거기서 한 번만 더 증식이 일어나면 미생물이 배양접시에 꽉 차고, 그 안에 있던 영양분을 다 빨아먹은 다음 멸절해버립니다. 미리 제한하지 않으면 마지막 단계에서는 손을 쓸 시간이 없습니다. 성장이 빠를수록 한계에 부딪히는 시간도 그만큼 빠르고 그에 따른 부작용도 커질 것입니다.

경제성장은 에너지와 물질의 증가와 불가분의 관계에 있습니다. 현재 전 세계적인 경제성장률은 3퍼센트입니다. 3퍼센트씩 매년 성장한다면 23년 후 경제 규모는 두 배가 됩니다. 인간의 두뇌와 근육의 힘만으로 이뤄낼 수 있는 일일까요? 어림도 없는 소리입니다. 그만큼 지구로부터 에너지와 자원을 빼 쓰고, 온실가스와 오염 물질을 내뿜고 쓰레기를 쌓아둬야 경제 규모가 그렇게 커집니다. 2000년을 시작으로 매년 3퍼센트씩 성장한다면 경제 규모는 2100년에 20배, 2200년에 370배, 2300년에는 7000배에 이르게 됩니다. 성장하려면 그만큼 대가를 치러야 합니다. 경제가 지속적

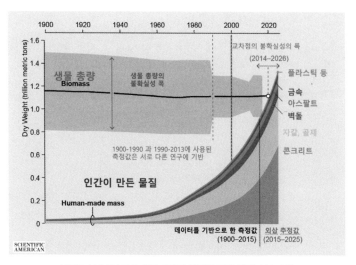

그림 2 1900년 이후 생물 총량과 인간이 만든 물질의 양 변화.
Stephanie Pappas(2020).

으로 성장하려면 계속 팽창하는 풍선 같은 행성이 필요합니다. 그러나 그런 행성은 언젠가는 터져버릴 위험을 안고 있습니다. 기술 혁신에 힘입어 기후위기를 극복하고 계속 성장할 수 있을 것이라는 생각은 망상에 불과합니다. 우리는 존재할 수 없는 세상을 만들려 하고 있는 것입니다.

　인간이 만든 세상이 물질적으로 유한한 지구의 한계를 넘어서게 되면, 지구는 인류 진보를 위한 착취 대상이 아니라 인류 문명을 붕괴시킬 수 있는 주체가 됩니다. 우리가 숨 쉬는 공기, 마시는 물, 먹는 식량, 살아가는 거주지가 지구로부터 공격받는 것이죠. 이것이 바로 기후변화를 통해 드러나게 될 오늘날 지구 위기의 본질입니다.

회복 불가능한 기후위기

지난 100만 년 동안에는 10만 년 주기로 빙기, 간빙기가 반복되는 등 기후가 자연적으로 변했습니다. 1만 년 전부터 간빙기 혹은 홀로세라고 부르는 완전히 새로운 지질 시대가 시작되었습니다. 우리는 홀로세의 안정적 기후 조건, 농업이 가능한 조건에서 문명을 만들어왔습니다. 그런데 산업혁명 이후 화석연료를 태우고 온실가스를 배출하면서 기후를 변화시켜, 이제는 홀로세에서 벗어나려 하고 있습니다.

오늘날 인간 활동에 의한 기후변화를 파악하기 위해 설립된 유엔 기후변화에 관한 정부 간 협의체IPCC, Intergovernmental Panel on Climate Change에서는 1990년부터 5~7년 간격으로 연구 결과를 모아 분석한 평가 보고서를 발행하고 있습니다. IPCC 평가 보고서의 핵심은 '기후변화가 과연 인간 때문인가?'라는 질문에 대한 대답입니다. 1990년 1차 보고서에서 지구 평균기온의 상승이 관측

되었지만, 그때는 자연 변동 때문인지 인간 때문인지 확신하지 못했습니다. 1995년 2차 보고서는 기온 상승 원인에 인간의 영향이 포함되어 있다고 분석했습니다. 그 결과 1997년 정책 결정자들이 참여하는 유엔기후변화협약UNFCCC 당사국총회COP에서 교토의정서가 채택되었습니다. 기후변화에 인간이 영향을 미쳤을 확률은 2001년 3차 보고서에서 66퍼센트, 2007년 4차 보고서에서 90퍼센트, 2013년 5차 보고서에서는 95퍼센트 이상으로 나타났습니다. 5차 보고서는 지구 평균기온 상승을 2도 이내로 제한하지 않으면 파멸적인 위험이 찾아올 것이라고 전망했습니다. 이에 따라 2015년 파리 유엔기후변화협약 당사국총회에서 기온 상승을 2도 이내로 막자는 합의가 이루어졌습니다. 2018년 인천에서 열린 IPCC 총회에서는 1.5도 상승도 위험하다고 결론을 내려, 이를 막기 위해 2050년에는 탄소 중립Carbon Neutral에 도달해야 한다는 '1.5℃ 지구온난화' 보고서를 채택했습니다. 2021년에 발간된 6차 보고서는 산업화 이후로 인류가 지구를 가열한 것이 명백하며(확률 99퍼센트) 이것이 갈수록 심해지는 극단적인 날씨와 뚜렷하게 연관되어 있음을 밝혔습니다. 이처럼 IPCC 보고서는 관측과 연구가 쌓이면서 인간 때문에 기후위기가 점점 더 빠르고 강하고 명백해진다는 것을 일관되게 보여주고 있습니다.

　인류는 지구상에 등장한 이래 수많은 위험을 겪었죠. 기후위기는 지금까지 인류가 경험한 위험과 어떻게 다를까요? 자연 재난, 감염병, 전쟁, 최근 들어서는 금융위기까지, 이러한 위험 속에서 많은 사람이 죽고 다쳤으며 엄청난 피해를 입었습니다. 그런데 인류 전체 차원에서는 위험을 하나하나 극복해왔고, 또한 그 과정에서 더 나은 세상을 만들어내기도 했습니다. 다시 말해 지금까지 인류가 경험했던 모든 위험은 '회복 가능한 위험'이었습니다. 그런데 지금까지 내달려온 방식을 유지한다면 인류는 찜통 지구라는 계곡에 빠지게 됩니다. '회복 불가능한 위험'에 들어서는 것입니다.

예를 통해 그 이유를 설명해볼게요. 지금 캐나다나 시베리아 북쪽에 가면 동토 지대가 있습니다. 이곳에는 식물이 수만 년 동안 얼어붙어 있습니다. 지구가 가열되면 이 식물들이 녹겠죠. 그러면 이산화탄소보다 30배나 강력한 온실가스인 메탄이 나오게 됩니다. 메탄이 나왔으니 기온이 높아질 것이고, 기온이 높아졌으니 동토 지대가 녹을 것이며, 동토 지대가 녹았으니 다시 메탄이 나오겠죠. 인간이 온실가스를 배출하는 것과는 상관없이 기온 변화가 스스로 증폭되는 것입니다. 마이크를 스피커 앞에 갖다 대면 작은 잡음이 점차 증폭되면서 귀를 찢는 듯한 소리가 나잖아요. 이렇게 자기 증폭적인 기후변화를 일으키는 요소가 여러 가지 있습니다.

지난 5억4000만 년 동안 발생한 다섯 번의 대멸종은 결국 기후가 자기 증폭적으로 변화한 결과입니다. 지구는 생명을 풍요롭게

할 능력이 있지만 생명을 멸종시킬 능력도 있습니다. 현재 기후위기는 지구의 대멸종 능력이 깨어나도록 인간 스스로 방아쇠를 당기는 것과 마찬가지입니다. 방아쇠를 당겨서 찜통 지구에 빠져버린다면 인간은 물도 식량도 부족해 고통스러운 삶을 살아가게 될 것입니다. 그런 상황에서는 온실가스를 배출하지 않으려 노력해도 아무 소용 없습니다. 지구 스스로 기후를 변화시키는 상황에 진입했기 때문입니다. 그래서 본격적으로 기후위기가 일어나기 전에 안정적인 기후 조건을 지키는 것이 바로 기후위기 대응의 최대 목표가 됩니다.

통제 불가능한 기후위기

기후위기의 또 다른 특징은 통제 불가능성입니다. 지난 80만 년 동안 빙기와 간빙기가 10만 년 주기로 반복됐습니다. 이는 인간이 일으킨 100년 동안의 변화와는 달리 10만 년에 걸쳐 일어난 변화이기에 자연스럽죠. 이때 자연에서 기온이 가장 빠르게 상승한 것이 1000년에 약 1도였습니다. 인간은 화석연료를 태워 100년 만에 약 1도를 상승시켰습니다. 자연보다 10배나 빠른 것입니다. 이처럼 인간에 의한 기후변화는 크기보다 속도가 문제입니다. 앞서 빙기에는 기온 변동이 심해서 극단적인 날씨가 많이 발생한다고 했죠. 오늘날 기온 변화 속도가 커진다는 것은 기온 변동이 심해 진다는 것을 의미합니다. 즉, 극단적인 날씨가 잦아져서 통제 불가 능한 위험이 커지고 있습니다.

그림 3은 1950년부터 2100년까지의 지구 평균기온 변화를 보 여줍니다. SSP5 시나리오는 인간이 극단적으로 온실가스를 배출 해서 금세기 말에 기온이 섭씨 5도 가까이 상승하는 경우를 나타 냅니다. SSP1 시나리오는 지구 평균기온 상승 폭을 1.5도나 2도 이내로 안정시켜 인류가 지속될 수 있는 경우입니다. 산업혁명 이 후 배출된 온실가스로 인해서 기온은 섭씨 1.1도 상승했습니다. 지구 평균기온은 체온과 비슷합니다. 체온이 정상보다 1도 정도 높으면 머리가 좀 띵하고 컨디션도 안 좋아지는 등 이상 징후를 감지하게 되죠. 현재 전 세계 여기저기서 기후위기가 일어나고 있 지만, 전 지구적 위기가 찾아왔다고 보지는 않습니다. 그저 기후위 기가 감지되고 있는 수준입니다. 여기서 1도가 더 올라 상승 폭이 2도 이상이 되면 통제 불가능한 파국 상황에 진입합니다.

지구 평균기온이 올라가면 올라갈수록 기온 변동이 커져 극단 적인 날씨가 더 잦아집니다. 물이 부족하여 가뭄과 기근이 발생하 고, 생물 다양성이 붕괴되며, 빙하가 녹아 해수면이 상승해 연안 도시들은 침수를 당하고 해안 근처 농토는 바닷물이 들어와서 못

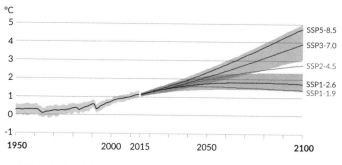

그림 3 전 지구 지상 평균 기온의 변화(1950~2100년). IPCC 6차 보고서(2021).

쓰게 됩니다. 이산화탄소가 증가하는 만큼 바다가 이산화탄소를 더 많이 흡수합니다. 이산화탄소는 탄산이 되어 해양을 산성화시킵니다. 그러면 해양 생태계가 붕괴되죠. 바다로부터 얻을 수 있는 식량이 그만큼 더 적어집니다. 그런 까닭에 지구 평균기온이 올라갈수록 기반은 점점 더 무너지는 것입니다.

아무리 장마가 길고 폭염이 길어도 학생한테 학교에 가지 말라고 하지는 않죠. 가게 문을 일찍 닫으라고 하지도 않고, 해외여행을 못 가게 막지도 않습니다. 물론 많은 사람이 불편해하고 사회 취약 계층은 굉장히 고생하지만, 사회 전체적인 차원에서 일상성이 무너지지는 않습니다. 다시 말해서 회복력, 즉 사회적 탄성력이 무너질 정도는 아니라는 것이죠. 그런데 앞서 기후위기는 회복 불가능한 위험이라고 했습니다. 예를 들어 처음에는 1년에 한두 번

정도 식량을 구하기 어렵겠지만, 그다음은 한 달에 한두 번씩, 일주일에 한두 번씩, 결국에는 항상 식량을 구할 수 없는 상태가 됩니다. 그러면 정부가 재난지원금을 풀어도 먹을 것을 못 사겠죠. 궁극적으로 무질서한 위험 상태에 진입하는 것, 바로 이것이 기후위기입니다.

급 변 적 인   기 후 위 기

기후위기는 점진적으로 조금씩 다가오는 게 아니라 어느 날 느닷없이 급변적으로 다가올 수 있습니다. 젖은 도로에서 차를 몰 때, 도로 표면 온도가 영상 1도에서 영하 1도로 변하면 약간 미끄럽던 도로가 순식간에 치명적인 도로로 바뀌죠. 이처럼 전체 균형이 깨져버리는 시점을 티핑포인트tipping point라고 합니다. 전과 후가 완전히 달라져 돌이킬 수 없게 되는 순간을 의미합니다. 지구가 가열될수록 결과가 원인이 되어 더 큰 결과를 낳는 되먹임 현상이 증폭되고, 이로 인해 복합적이고 극단적인 기후위기가 가속됩니다. 이러한 조짐이 지금 전 세계 여기저기서 감지되는 중입니다.

먼저 얼음이 녹는 문제가 있습니다. 앞서 동토 지대가 녹고 있다고 이야기했죠. 그린란드나 남극의 빙하들도 녹고 있습니다. IPCC

는 극단적으로 온실가스를 배출할 경우 이번 세기 말에 해수면이 약 1미터 상승할 것이라고 예측하고 있어요. 그런데 이 예측은 빙하가 표면부터 차분하게 녹는 경우를 가정한 것입니다. 사탕을 입 안에서 깨뜨리지 않고 녹여 먹으면 오래가듯이, 천천히 녹는 경우를 가정하고 계산한 거죠. 그런데 사탕을 이빨로 깨뜨리면 순식간에 사탕이 녹아버립니다. 지금 그린란드와 남극의 빙하 여기저기에 금이 가고 있습니다. 금방 깨질 수 있다는 것이죠. 그린란드 빙하가 다 녹으면 해수면이 7미터 상승합니다. 남극 빙하가 다 녹으면 60미터 상승하고요. 서울의 평균 해발고도가 38미터예요. 빙하가 전부 녹으면 서울도 바다가 될 정도입니다. 물론 다 녹지는 않겠지만 일부가 깨져서 녹는 건 충분히 가능해요. 인류 문명의 대부분은 해안 가까이 건설되어 있죠. 해수면이 높아지면 문명이 붕괴될 수 있어요. 그런데 급변적으로 빙하가 깨지는 경우는 과학자들이 정확하게 계산할 수 없습니다. 동토 지대도 마찬가지고요. 동토 지대가 지역별로 갖고 있는 탄소의 양을 정확하게 모르기 때문입니다. 과학에서는 잘 모르면 빼놓고 계산합니다. 그러니 지금 IPCC의 미래 전망도 보수적인 거예요. 실제 미래 기후위기는 IPCC 전망보다 훨씬 더 심각할 수 있습니다.

생태계도 급격하게 변화하고 있습니다. 최근 캐나다와 시베리아에 자주 산불이 납니다. 아마존에서는 사람들이 농토를 만들기 위해 계속 산불을 내고 있고요. 시베리아와 캐나다, 아마존의 숲은 광합성으로 공기 중에 있는 이산화탄소를 크게 흡수하는 곳입니다. 그런데 산불이 나다보니 이산화탄소를 흡수하는 곳이 아니라 이산화탄소를 배출하는 곳으로 바뀌어버리려 해요.

현재 배출량을 그대로 유지한다면 산호초도 이번 세기 안에 완전 멸종할 것입니다. 산호초가 멸종하면 어떤 문제가 일어날까요? 산호초를 구경하지 못한다고 안타까워할 정도의 상황이 아닙니다. 전 세계 어류의 4분의 1 정도가 산호초에서 어린 시절을 보냅니다. 그러니까 산호초가 없어진다는 것은 그만큼 바다로부터 얻을 수 있는 식량이 줄어든다는 것을 의미해요.

바다 순환도 변화하고 있습니다. 바다에서 가장 큰 순환은 멕시코만에 있는 따뜻한 물이 유럽 쪽을 향해 흐르는 멕시코만류입니다. 유럽이 위도가 높은데도 따뜻한 이유입니다. 이 순환 덕에 위도 51도인 런던이 위도 38도인 서울보다 겨울에 훨씬 더 따뜻하죠. 그런데 그린란드의 빙하와 북극해 해빙이 녹아서 북대서양에 민물이 유입되는 거예요. 빙하는 민물이므로 바닷물 밀도가 변해서 바다의 흐름이 변하기 시작했습니다. 이렇게 되면 전 세계적으로 극단적인 날씨가 잦아집니다.

몬순에도 변화가 일어나고 있습니다. 몬순은 우기에 한꺼번에 내리는 비입니다. 아시아 몬순이라고도 하며, 우리나라에서는 장

마라고 부릅니다. 아시아에서는 이 빗물을 가둬서 쌀농사를 하죠. 전 세계 인구의 절반이 아시아에 살고 있으니, 몬순에 변화가 일어나면 수억 명의 사람이 기근에 시달릴 위험이 있습니다.

급 변 적 인   사 회   전 환

기후는 왜 이렇게 급변할까요? 인간이 대기에 온실가스를 배출했기 때문이죠. 이 위기로부터 벗어나려면 화석연료에 기반한 문명을 바꿔야 합니다. 기후위기가 급격히 다가오고 있으니, 화석연료에 기반해온 지금까지의 문명도 급격하게 전환시켜야 하는 상황인 것이죠. 작은 양적 변화로도 사회가 자기 증폭적으로 빠르고 비선형적인 변화를 일으킬 수 있는 지점을 사회 급변점이라고 부릅니다. 이 지점에서 사회가 질적으로 다른 상태로 넘어가는, 불가피하고 돌이킬 수 없는 메커니즘이 작동합니다. 작은 변경이나 개입으로도 거시 수준에서 큰 변화를 일으켜 새로운 사회 시스템을 만들 수 있습니다. 사회 급변 요소에는 여섯 가지가 있습니다. 바로 에너지 생산과 저장, 거주지, 금융시장, 규범과 가치, 교육 시스템, 정보 피드백입니다.

첫째, 에너지의 생산과 저장 시스템을 바꿔야 합니다. 현재 화석연료에 들어가고 있는 보조금을 철폐하고 그 공적 자금을 재생에 너지에 투자해야 합니다. 화석연료 에너지의 이점을 약화시키고 재생에너지 수익을 높이는 것이죠. 이를 위해서는 전기 생산과 공급이 '중앙 집중' 구조에서 탈피해 '지역 기반 분산' 구조로, 즉 각 지역에서 태양광과 풍력으로 전기를 생산하고 소비하는 구조로 전환되어야 합니다.

둘째, 거주지를 혁신해야 합니다. 현재 전 세계 사람들의 절반이 도시에 살고 있습니다. 2050년에는 전 세계 인구의 4분의 3이 도시에 살게 될 것입니다. 우리나라는 이미 도시화율이 90퍼센트가 넘습니다. 기후위기에 대응하려면 도시에서 결판을 내야 하는 것이죠. 그러기 위해서는 탄소 중립 도시를 만들어야 합니다. 전 세계 온실가스 배출량의 20퍼센트 정도는 건물에서 발생합니다. 전 세계적으로 도시가 확장되고 있어, 도시는 온실가스를 절약할 수 있는 큰 잠재력을 가지고 있습니다. 건물과 공공기반시설의 평균 수명을 늘리고 화석연료를 사용하지 않는 기술을 최우선으로 고려해야 탄소 중립 도시를 만들 수 있습니다. 이미 세계적 도시들은 기후위기에 대응하기 시작했습니다. 몇 년 전 뉴욕에서 기후 대응법이 통과됐죠. 앞으로 짓는 건물은 에너지 효율을 최대한 높여야 하며, 기존 건물들도 2050년까지 효율을 높여야 합니다. 2020년에 프랑스 파리의 시장이 낸 선거 공약은 파리 시내에 있

행복은 뇌 안에

는 9만 개의 주차장 가운데 6만 개를 없애버리겠다는 것이었습니다. 그리고 그 자리에 자전거 주차장과 자전거 도로를 만들겠다고 했죠. 자신의 임기가 끝날 때면 자가용을 끌고 파리를 동에서 서로 통과하는 일은 없게 될 것이라고 했습니다. 파리 도심 안에서는 대중교통, 자전거, 아니면 사람의 두 발로만 이동할 수 있게 만들겠다는 것이죠. 자전거 도로가 완벽하다면 아무리 천천히 가도 1시간에 10킬로미터는 갈 수 있습니다. 도시에서도 자전거로 출퇴근이 가능하다는 거예요. 그렇게 되면 여유롭고 건강한 도심을 만들어낼 수 있습니다.

셋째, 금융 분야입니다. 석탄 발전에 투자한 자산은 앞으로 좌초 자산이 될 거라고 예상하고 있어요. 10년 전에는 태양광 에너지가 가장 비싼 에너지였습니다. 그런데 지난 10년 동안 가격이 90퍼센트 떨어졌어요. 풍력 에너지는 가격이 70퍼센트 떨어졌습니다. 이 분야에서 가격이 큰 폭으로 떨어진 것은 바로 기술 혁신과 대량 생산 때문입니다. 이렇게 현재 가장 싼 에너지는 재생에너지이고, 앞으로도 가격이 더 내려갈 거라 보고 있습니다. 화석연료 산업은 가치를 잃게 될 것입니다. 그렇기 때문에 화석연료 사업에 대한 투자와 보험 지원을 철회해야 합니다. 투자자의 약 9퍼센트가 매각을 하면 나머지 사람들은 뒤처져 돈을 잃을까 두려워 따라한다고 합니다. 처음에는 이유가 중요하지만, 나중에는 덜 중요해지는 것이죠. 투자 기관이 기후위기를 확신한다면, 화석연료에 대한 투자 철회가 자체적으로 증폭될 수 있습니다. 금융 분야에서 기후위기에 개입하면 1년 이내로 빠르게 효과가 나타날 것입니다.

넷째, 규범과 가치를 바꿔야 합니다. 오늘날 우리가 문명을 누리는 것은 화석연료 덕분입니다. 그런데 앞으로는 화석연료 사용에 대한 인식을 도덕적 관점에서 재고해야 합니다. 사회와 문화는 소비 확대를 부추기고 경제는 성장에 대한 열망에 사로잡혀 있습니다. 이것이 기후위기 대응을 위한 사회적 변화를 억제합니다. 이제 화석연료 사용은 공동체와 생태계에 심각한 피해를 입히기 때문에 분명히 비도덕적입니다. 기후 보호를 최우선 사회 규범으로 인식할 필요가 있습니다.

또한 교육 시스템을 전환해야 합니다. 우리가 지금까지 경험했던 모든 위험은 눈에 보이는 위험이었습니다. 그런데 기후위기는 당장 우리 눈에 보이지 않는 위험입니다. 다시 말해 지성을 통해 인식해야 합니다. 초·중등 교육에서 기후 교육의 양과 질을 높여야 합니다. 기후위기 대응을 강요로 이끌어낼 수는 없죠. 배워야 알 수 있고, 알아야 행동할 수 있습니다. 교육은 규범과 가치의 전환을 지원하고 확장하여 개인과 사회를 빠르게 변화시킬 수 있습니다.

마지막은 기후 정보의 피드백입니다. 온실가스 배출 정보를 공

행복은 뇌 안에

개하는 것입니다. 이 작은 개입으로도 비교적 쉽고 빠르게 사회를 변화시킬 수 있습니다. 식품의 영양 정보와 유사하게, 제품 제조 과정에서 발생한 온실가스 배출량에 대한 정보를 포장지에 표시하는 것이죠. 이를 통해 시민들은 기후위기를 막는 방향으로 소비할 수 있습니다. 그리고 소비자, 기업과 정부가 온실가스의 흐름을 명확히 파악할 수 있어 기후위기 대응이 용이해집니다.

이렇게 사회를 급변시켜야만 탄소가 배출되지 않는 세상으로 진입할 수 있습니다. 각 사회 급변 요소는 독립적으로 작동하지 않습니다. 이 요소들은 서로를 강화하고 확대시켜, 기후위기에서 벗어나기 위한 급속한 탈탄소화를 이뤄낼 수 있습니다.

담 대 한 전 환

지구는 물질적으로 유한한 세계입니다. 우주로부터 들어오는 것은 태양 에너지뿐입니다. 태양 에너지로 온기가 보존되고, 햇빛으로 식물이 광합성을 해서 생태계가 유지되며, 이에 의존해 80억 인구가 먹고사는 것입니다. 그런데 태양 에너지가 들어오기만 하고 우주로 빠져나가지 않는다면 지구는 지글지글 끓게 됩니다. 산업화 이후 화석연료 때문에 온실가스 농도가 높아졌는데, 바로 이 온실가스가 우주로 빠져나가려는 열을 붙잡은 것이죠. 온실가스는 한번 배출되면 수백 년, 수천 년 동안 없어지지 않고 대기에 남아 있습니다. 다시 말해, 붙잡힌 열은 계속 축적됩니다. 1998년부터 인간이 배출한 온실가스로 인해, 히로시마에 투하되었던 원자폭탄 30억 개가 터진 만큼의 에너지가 우주로 빠져나가지 못하고 지구에 잡혀 있습니다. 이로 인해 기후위기가 일어나고 있습니다. 우리는 왜 이런 세상을 만들었을까요? 대량 생산을 위해서입니다. 그걸 위해 자원과 에너지를 엄청나게 빼 쓰고 있습니다. 이를 소비하고 폐기하는 과정에서 온실가스와 오염 먼지를 내뿜고 쓰레기를 쌓아두고 있습니다. 한쪽은 고갈시키고 다른 한쪽은 쌓아두는 거죠. 지구는 이러한 상태를 견뎌내지 못합니다. 지구는 에너지와 물질이 순환되는 곳이기 때문입니다. 한쪽은 고갈되고 다른 한쪽은 쌓이면 자연의 법칙에 의해 반드시 붕괴가 일어날 수밖에 없습니다.

만족할 줄 모르는 인간의 욕망 때문에 변화하는 것은 지구 환경뿐만이 아닙니다. 현대사회 자체도 변하고 있습니다. 이웃과 동료를 경쟁에서 이기지 못하면 불행해진다는 불안이 삶을 짓누르고 있습니다. 지금 우리 삶의 원동력은 행복이 아니라 불행입니다. 경쟁으로 피폐해진 삶과 공동체가 자연을 급속도로 파괴하고 있습니다.

기후위기는 대량 생산, 대량 소비와 대량 폐기를 더는 지속할 수 없다는 것을 깨우쳐줍니다. 버려지는 음식물과 쌓이는 쓰레기 더미를 보면서도 어떻게 세상의 온갖 문제가 결핍 때문이라고 주장할 수 있습니까? 넘치도록 생산하는 이 세상에서 부족한 것이 있다면, 우리 공동체가 서로 돌보고 아끼고 나누지 않고 있다는 것을 의미할 뿐입니다. 이제 자원은 순환되어야 하고 에너지는 재생되어야 하며, 공동체는 서로 베풀기 위해 존재해야 합니다. 경제는 지구 환경을 지키고 공동체의 가치를 실현하는 수단이 되어야 합니다. 지금까지는 경제가 우리 목표였지만, 앞으로는 경제가 수단이 되도록 담대한 전환을 이뤄내야만 합니다.

인간은 자연의 일부이므로, 자연을 해치는 문명은 결국 인간을 해칩니다. 인간에게 기후위기보다 더 지배적인 조건은 없어요. 기후위기는 세상 전부를 바꿔놓을 것입니다. 지금껏 달려왔던 세상을 바꾸지 않는다면, 기후위기가 세상을 바꿀 것입니다. 기후위기는 문명 자체의 위기이므로 지금까지의 방식으로는 지속 가능한 미래로 갈 수 없어요. 화석연료 기반의 문명에서 벗어나는 과감한 전환이 필요한 시점입니다.

이제 미래 기후는 자연에 의해 결정될 수 없습니다. 인간이 어떤 세상을 만드느냐에 따라 미래 기후가 결정되고, 기후에 의해 인류의 지속 가능성이 결정될 것입니다. 현재 배출량을 그대로 유지한다면 21세기 중반 즈음에는 회복 불가능하고 통제 불가능하며 급변적인 위험에 빠지게 됩니다. 지금 책임 있는 세대가 기후위기를 막을 수 있는 마지막 세대입니다. 그만큼 우리 세대의 책임이 큽니다.

기후위기에 대응하기 위한
공   감   과   연   대

개인이 일회용품, 화석연료, 플라스틱을 덜 쓰고 채식 습관을 들이는 것은 공동체를 위해 자신의 삶을 좀 불편하게 만드는 것이죠. 기후위기를 막으려는 귀한 마음입니다. 하지만 선한 감수성에서만 끝난다면 그냥 개인이 좋은 사람이 되는 데 그칠 뿐입니다. 그것만으로는 기후위기에 대응할 수 없습니다. 좋은 세상을 만들어내야 합니다. 선한 감수성으로 연대해서 기후위기 대응 법안을 만들어낼 의원들을 뽑아야 합니다. 또한 기후위기에 적극 대응할 시장, 도지사, 대통령을 뽑아야 합니다.

파리기후협약에서는 기온이 2도 넘게 상승하면 위험에 진입한다고 했지만, 곧바로 사람들이 죽어나가고 생명이 멸종하는 것은 아닙니다. 파국적인 위험이 일어나기 전에 물, 식량과 생태 등 삶의 여건이 나빠질 것입니다. 이미 전 세계 80억 명이 골고루 나눈다면 넘쳐날 만큼 식량을 생산하고 있지만, 약 8억 명은 기아에 시달리고 약 20억 명은 비만에 시달립니다. 실제 기후위기가 오면 식량이 10퍼센트 이상 부족해질 것입니다. 세상이 정의롭다면 함께 나누어 어려움을 극복할 수 있겠지만, 식량이 넘쳐나도 굶는 사람이 있는 정의롭지 못한 세상을 그대로 둔다면 극도로 혼란스러워질 것입니다. 기후위기가 본격화되기 전에 우리의 부정의로 인해 스스로 붕괴되는 셈입니다.

기후위기는 세대 간에 불평등한 영향을 미칩니다. 나이가 어릴수록 더 심한 기후위기를 감당해야 합니다. 어른 세대는 화석연료를 사용해서 엄청난 편익을 누렸죠. 그런데 그 결과로 배출된 온실가스는 없어지지 않고 누적되어 기후위기를 계속 악화시킵니다. 미래 세대는 이전 세대가 배출한 온실가스로 인해 편익 하나 없이 기후위기를 고스란히 감당해야만 합니다. 어린 세대는 정책 결정자들에게 당장 세상을 바꾸라고 요구해야 합니다. 스웨덴의 청소년 툰베리는 바로 지금 의사당 안에 있는 의원들이 기후위기에 대응하는 법을 만들어야 한다고 주장했습니다. 자신이 어른이 되면 세상은 기후위기로 인해 너무나 위험해져 있을 것이고, 훌륭한 사람이 된다 해도 이미 문제를 해결하기에는 늦었을 테니까요. 위험한 미래에서 살 수 없으니 미래를 결정할 현재를 바꿔달라고 강력하게 요구한 것이지요.

인간의 무한한 욕망이 지구의 유한함을 넘어서는 순간 지구는 인류를 없애버릴 것입니다. 우리는 지구에 의존적이지만, 지구는 우리에게 의존할 이유가 없죠. 이제 지구 환경은 경제 성장을 위하여 자원과 에너지를 공급해주는 '부차적인' 위치가 아닌 '최우선적인' 위치에 놓여야 합니다. 지구가 위험에 빠지지 않도록 회복력을 확보해야 합니다. 그래야만 경제도 사회도 지속될 수 있기 때문입니다. 이런 세상은 인류가 한 번도 살아보지 않았던 새 세상이기에, 우리 대부분은 그 실현 가능성에 대해 회의적입니다. 이처럼 곤혹스럽고 복잡한 상황은 인류 역사에서 세계관이 바뀔 때마다 반복되었습니다. 인간은 불이 나면 달리기 시합 때보다 훨씬 더 빨리 뛸 수 있죠. 위험 속에서 강한 힘을 발휘할 수 있는 존재입니다. 위험은 새로운 세상을 만들어낼 수 있습니다.

소비와 물질에 대한 갈망을 줄이고 지구를 지키고자 하는 공감의 가치를 키워야 합니다. 그래야 자연과 조화롭게 관계 맺을 수 있습니다. 새 세상은 홀로 만들 수 없으므로, 함께 연대해야 합니다. 공동체의 연대가 필요한데, 대한민국의 문제가 여기에 있습니다. OECD 사회 보고서에는 어려움에 처했을 때 함께할 수 있는 사람의 수를 조사하는 항목이 있습니다. 여기에 우리나라 사람들은 OECD 국가 중 가장 적은 숫자를 써 낸다고 합니다. IMF 외환

행복은 뇌 안에

위기 이후 우리 사회는 끊임없이 분열되고 쪼개졌죠. 그러다보니 각자도생의 불안한 삶 속에서 어려움을 함께할 사람이 거의 없는 사회가 되어버렸습니다.

기후위기가 무서운 게 아닙니다. 기후위기를 극복해내면 훨씬 더 멋진 세상에 갈 수 있는데, 우리에게는 그것을 가능케 하는 연대의 힘이 없다는 점이 무서운 것입니다. 인류 역사는 위험을 극복하는 과정에서 진보해왔습니다. 우리는 진보와 무너짐의 갈림길에 서 있습니다. 특히 미래 세대는 친구에게 이기는 것이 아니라 친구와 함께 있는 것에 기뻐해야 합니다. 그래야만 기후위기를 극복하고 좋은 세상을 향해 함께 나아가는 공감과 연대를 불러일으킬 수 있을 것입니다.

Q 선생님께서 기후위기에 관심을 갖고 목소리를 내게 된 계기가 궁금합니다. 그 과정에서 예상치 못한 난관이 있었는지, 그리고 지금의 선생님을 이끄는 중요한 원동력이 무엇인지 여쭤보고 싶습니다. 앞으로 사람들과 함께하고 싶은 일이 있다면 그것도 이야기해주세요.

A 1980년대 초반에 기상학과를 다녔어요. 요즘은 대기과학과라고 하죠. 기상학과에서 날씨 예측을 위한 물리학을 주로 공부했는데, 당시에는 기후변화 과목이 없었습니다. 기후학도 선택 과목이었고요. 졸업 후에는 슈퍼컴퓨터로 날씨 예측 프로그램 짜는 일을 했습니다. 2005년에는 안면도 기후감시센터에 발령받았어요. 거기서 온실가스를 측정하면서 그 변화가 예사롭지 않다는 걸 처음 알았습니다. 굉장히 신기했어요. 기상학과 출신인데도 기후변화가 일어난다는 걸 2000년대 초반에서야 처음 인식한 거죠.

행복은 뇌 안에

그런데 이산화탄소 농도가 증가해서 기온이 상승하고 문명이 붕괴된다는 게 납득이 잘 안 되는 거예요. 우리나라 새벽과 낮의 일교차가 10~15도 이상이고, 북쪽 추운 나라 사람들도 잘 살고 있고, 더운 나라에서도 에어컨 있고 선풍기 있으면 살 만한데, 기온이 2도 올라간다고 세상이 무너진다? 도무지 이해하기 어려웠어요. 변화가 일어난다는 건 알았지만, 그게 왜 위험한지는 알지 못한 것이죠.

그래서 스스로 이해해보려고 자료를 찾기 시작했고 조금씩 알게 되었습니다. 새로운 걸 알게 되면 옆 사람한테 이야기해주고 싶은 충동을 느끼잖아요. 사명감 이전에 제가 찾은 사실을 전달하고 싶은 욕망이 더 큽니다.

저는 다 함께 행복한 새 세상이 오면 좋겠다고 생각해요. 그런데 인류는 역사적으로 배부르고 살 만할 때 새로운 세상을 만들어본 적이 없어요. 위험에 처했을 때에야 전에 없던 세상을 만들었거든요. 우리는 불이 나야 달리기 시합 때보다 더 빨리 뛸 수 있죠.

기후위기는 의도적으로 만든 위험이 아니잖아요. 다들 열심히 살고 애썼을 뿐인데 생긴 위험이죠. 즉, 우리 문명 자체에 속한 위험이기 때문에 새 세상을 만들어야 거기서 벗어날 수 있죠. 결국 기후위기에 대응하자는 건 새 세상을 꿈꾸자는 이야기이기도 해요. 세상을 혼자서 꿈꿀 수는 없잖아요. 그래서 함께하자고 이야기하는 거예요.

Q 지속 가능한 공동체에 대해 이야기해주신 부분이 인상 깊
었습니다. 지금 세상은 효율을 향하고 있다고 느껴집니다.
내일의 몫을 끌어다 쓰는 오늘의 편리함이 너무나 걱정되고요. 정
의로운 전환을 위해 중요한 마음가짐 중 하나는 '얼마나 편리해질
수 있을까'가 아니라 '어떻게 불편해질 수 있을까'를 함께 고민하는
것이 아닐까 싶습니다.

그런데 공존하고 연대하기 위해 감수성을 확장해나가자고 제안
하는 과정에서 어려움을 참 많이 겪네요. 어떻게 하면 공존을 잘
제안할 수 있을까요?

A 저한테도 굉장히 어려운 질문이에요. 위험을 인식했으면
변해야 하는데, 쉽지 않죠. 공동체를 위해 스스로 불편함
을 감수하고 에너지를 아끼려는 감수성은 중요하죠. 그렇게 하면
좋은 사람이 될 수는 있습니다. 그런데 기후위기를 막으려면 좋은
세상을 만들어야 해요. 개인의 감수성이 사회 전체에 드러나야 한
다는 거예요.

저는 개인의 감수성을 증폭시킬 방법이 정치라고 봅니다. 기후
위기에 대응할 법을 만들 의원, 그 법을 집행해낼 선출직 공무원

행복은 뇌 안에

을 뽑아야 해요. 결국 개인의 감수성이 사회적 연대까지 나아갈 때 기후위기에서 벗어날 수 있다고 봐요.

앞서 얘기했듯이, 2020년 프랑스 파리 이달고 시장이 시내 주차장 9만 개 중 6만 개를 없애버리겠다는 기후 공약을 걸고 재선에 성공했어요. 지금 한국 도심은 차 중심이어서 보행자가 차를 피해 다녀야 하죠. 반면 유럽의 좋은 도시는 건널목에 신호등도 없습니다. 사람이 건널목에 들어서면 차는 무조건 서야 하는 거예요. 나아가 이제는 도로에 사람이 들어서면 차를 무조건 정지시키는 시스템을 만들려고 해요. 이런 게 바로 사람이 대접받는 세상이고 기후위기에 대응하는 세상이에요. 개인의 착한 마음과 감수성만 갖고 되는 게 아니라, 이를 정치적으로 실현하여 법을 만들고 행정적으로 집행할 때 변화가 일어나는 것이죠.

Q 정부가 에너지 효율에 대한 방침을 내리는 동시에 화석연료에 대한 보조금도 지급하고 있는 모순적인 양상을 어떻게 해석할 수 있을까요? 에너지를 낭비하지 말자면서 소비를 줄이지는 않는 현대인들의 모습도 모순적으로 여겨지고요.

A 그건 정치 문제이니, 제대로 일하는 정치인들을 뽑아야죠. 그러지 않고 있기 때문에 모순이 생기는 것이죠. 개인

의 각성이 투표로 드러나야 합니다.

기후위기에 관심 많은 사람은 텀블러를 쓰고 전구도 LED로 바꾸잖아요. 사실 자가용을 없애고 대중교통만 이용하는 게 텀블러를 쓰는 것보다 열 배 이상 효과가 커요. 그런데 캠페인에서는 만만한 텀블러 얘기만 하지 차를 없애자고는 안 해요. 불편한 진실에 대해서는 눈 딱 감고, 만만한 것을 가지고 요란스럽죠.

인간은 자기 모순을 극복하기 굉장히 어려운 존재예요. 우리가 완벽하게 윤리적이거나 도덕적이지 않다고 해도 기후위기에는 대응해야 하는 거죠. 세상 사람들이 다 윤리와 도덕성으로 무장한 성인이라면 세상에 무슨 문제가 있겠습니까? 그냥 천국이 될 텐데요. 행여 모두 성인이 됐다고 쳐도, 정부가 어딘가에 석탄발전소를 하나 딱 지으면 개인의 노력은 한 방에 무력화됩니다.

개인은 모순적이고 무력한 존재죠. 그럼에도 공동체는 좀더 좋아져야 하며 기후위기도 막아야 해요. 바로 이런 마음이 모여 정치를 통해 실현될 때, 다시 말해 기후위기에 대응할 정치인과 공무원을 뽑아낼 때 희망이 있을 거예요. 모순은 모순대로 받아들이면서도 희망을 잃지 말고 실현해야죠.

Q 기후위기를 극복하기 위해 청소년 세대가 당장 실천할 수 있는 공감에는 무엇이 있을까요?

행복은 뇌 안에

A 기후위기에 대응하는 건 곧 새로운 세상을 만드는 거라고
했잖아요. 혼자서는 안 되고, 함께 공감하고 연대할 수 있
는 세상을 만들어내야 해요.

청소년들이 학교에서 경쟁에 시달리는 게 너무 당연한 것처럼
받아들여지잖아요. 사회에서도 경쟁에 끊임없이 내몰리죠. 심지어
옆 동료랑 경쟁해서 이기지 못하면 불행해진다고 여기고요. 이런
상황에서 어떻게 함께 공감하고 연대할 수 있나요?

청소년들이 기후위기에 대응하는 것은 중요해요. 텀블러를 쓰
는 것처럼 감수성을 키우는 일도 굉장히 중요하고요. 그런데 가장
중요한 건 친구와 함께하는 거예요. 동료의 머리 위에 올라타려고
함께 사는 게 아니잖아요. 서로 베풀고 아끼고 나누기 위해서 함
께 사는 거거든요. 그렇게 공감하고 연대하는 것, 바로 이것이 아
름답고 멋진 세상을 만들고 마침내 기후위기로부터 우리를 구해
줄 거라 봅니다.

Q 우리나라도 탄소 중립을 선언했고 이를 이뤄내야 한다고
하셨습니다. 2050년까지 정말 가능할까요? 가능하다면
세계, 국가, 개인 차원에서 어떤 노력을 해야 할까요?

A   2050년 탄소 중립은 우리나라가 스스로 만든 의제가 아니죠. 탄소 중립은 국제 협약이에요. 할 수 있냐 없냐를 따질 상황이 아니라는 겁니다.

선진국들은 탄소 중립을 위해 산업 시스템을 전환시키는 정책을 광범위하게 실행하고 있어요. 애플, 구글, 마이크로소프트 등 글로벌 대기업들은 납품 기업에 100퍼센트 재생에너지로 만든 상품을 요구하려 하죠. 유럽연합과 미국은 화석연료를 사용하여 생산된 상품에 부과할 탄소 국경세를 준비 중이고요. 재생에너지로 제품을 생산하지 못하면 결국 수출을 할 수 없게 되거나 해외로 공장을 옮겨야 합니다. 선진국들은 앞선 재생에너지 기술력으로 이른바 '사다리 걷어차기'를 하겠다는 것이죠.

우리나라는 영토에서 식량, 자원, 에너지를 자급할 수 있는 나라가 아니잖아요. 대한민국은 세계 주류 시장에 속해 있어야만 지속 가능한 삶을 누릴 수 있어요. 이제 탄소 중립은 세계 주류 시장에 참여하기 위한 전제 조건이 되고 있어요. 이를 따라가지 않으면 세계 주류 시장에서 벗어날 것이고, 그러면 생존이 굉장히 어려워지겠죠. 화석연료를 포기하면 이것저것이 어렵다는 둥 한가한 소리를 할 때가 아니에요. 변화하는 세상에서 우리 스스로 먼저 바뀌어야 하는 거죠.

기존의 틀로는 미래를 바꾸기 어려워요. 이미 이해관계로 꽉 짜여 있기 때문이지요. 앞서 얘기한 툰베리는 질문의 방향을 바꿔버렸어요. '미래를 살아갈 세대가 맞닥뜨릴 위험 앞에서 현재를 어떻게 바꿔야 할 것인가?'라고요. 여기에 많은 사람이 공감해서, 2019년 봄 전 세계 청소년 기후위기 비상행동에 자그마치 150만 명이나 되는 청소년이 모였습니다.

인간은 이렇게 새로운 세상에 대한 이야기를 만들어내고 함께 공감하는 존재입니다. 공감은 세상을 변혁시킬 힘으로 이어질 수 있어요. 청소년 여러분이 자신의 미래를 위해 새 이야기를 만들어야 할 때예요. 청소년들이 기성세대의 틀에 얽매이지 않으면서 새 세상을 꿈꾸고 실현할 때 기후위기로부터 벗어날 수 있을 거라 생각해요.

Q 선생님은 연대감을 강조하셨는데요, 시스템이나 정책을 바꿀 만큼의 연대감을 갖기 위한 조건으로는 어떤 것이 있고 연대감을 가진 이후 우리가 실천할 수 있는 행동으로는 어떤 것이 있을까요?

A 위험을 먼저 인식해야겠죠. 탄소 중립에 도달하려면 화석연료에 기반하는 지금의 문명 자체를 완전히 바꿔야 하거든요. 만약 바꾸지 않는다면 기후위기가 세상에 파국을 가져

올 거 아닙니까? 파국이 오기 전에 우리 스스로 세상을 바꿔내야 해요.

지금까지 누려온 삶은 모두 화석연료를 기반으로 하고 있으니, 이걸 버리고 새로운 세상으로 간다는 건 어떤 면에서는 불가능해 보이죠. 하지만 기후위기 앞에서는 불가능에 도전하는 것이 가장 현실적이라는 점을 인식해야 합니다. 그만큼 기후위기가 심각하기 때문이에요. 불가능에 도전하지 않는다면 결국 상상도 못 할 위험 속에 빠지게 돼요. 그런 측면에서, 연대하기 위한 첫 조건은 위험에 대한 인식입니다.

지금 인간은 80억 명이 먹고살 수 있는 것보다 훨씬 더 많은 식량을 생산하고 있어요. 골고루 나눠 먹는다고 했을 때 100억 ~120억 명이 먹을 수 있는 양입니다. 생필품도 80억 명이 골고루 쓰고도 남을 양을 생산하고 있고요. 이렇게 식량이 넘쳐나는데도 8억 명은 굶주림에 시달리는 세상이에요.

기후위기가 찾아와도 금세기 안에 식량 생산이 극단적으로 줄어드는 건 아니에요. 평균 온도가 지금보다 섭씨 1도 정도 올라가면 식량 생산이 10퍼센트 정도 줄어들 거라 보고 있어요. 다시 말해 식량이 정의롭게 잘 분배된다면 위험은 없습니다. 하지만 세상은 정의롭지 못하기 때문에, 생산이 조금 줄어들어서 발생하는 피해를 가장 약한 곳이 다 뒤집어쓰겠죠. 독박을 쓰는 건데, 바로 거

행복은 뇌 안에

기서 위기가 일어날 겁니다. IMF 때 대한민국의 GDP가 5퍼센트 줄었어요. 5퍼센트 감소에 따른 위험을 전 국민이 골고루 분담했다면 나라가 그렇게까지 위기에 처할 일은 아니었습니다. 가장 만만하고 약한 곳에 오롯이 위험을 씌워버렸기 때문에 당시 사회가 혼란으로 빠져든 거죠.

이번 세기에 기후위기는 세상을 물리적으로 무너뜨리는 게 아니라, 인간이 만든 불의를 부추기는 방아쇠를 당길 거예요. 그래서 저는 궁극적으로 연대를 통해 정의로운 세상을 만들어야만 비로소 기후위기에서 벗어날 수 있다고 봅니다.

Q 여러 국가가 공동선을 위해 탄소배출협약에 가입하는 걸 봤습니다. 그 와중에 협약에 가입하지 않는다는 이유로 외교나 국가 이미지에 타격을 받는 모습을 보면서, 오히려 이러한 협약을 맺도록 강요하는 것이 국제사회에서 특정 국가를 도태시키고 배제시킬 수도 있다는 생각이 들었습니다.

A 국제 협약에서는 그런 경우가 있지만 기후변화협약은 그렇게 생각할 문제가 아니에요. 교토의정서와 파리기후협약도 강대국인 미국이 정치적 입장 때문에 탈퇴했잖아요. 그러니 기후변화협약을 따르지 않는다고 소외시키는 게 문제가 아니에요.

가장 큰 책임을 져야 하는 최강대국이 책임을 지지 않으려 하는 것이 국제적으로 더 문제가 된다고 봅니다.

Q 기후위기의 국제적 원인은 특정 선진국에 집중돼 있지만 막상 큰 피해를 입는 나라는 개발도상국들이라는 내용을 본 적이 있습니다. 저는 이런 현상이 실제로 일어나고 있다면 일부 국가에만 너무 폭력적이고 옳지 않은 것 같다고 생각하는데요, 이런 현상이 실제로 일어나고 있는 게 맞는지, 그렇다면 선진국이 개발도상국에게 피해를 보상해야 하는 것은 아닌지 궁금합니다.

A 기후위기로 피해를 보는 나라는 대부분 열대지방이에요. 열대지방은 자연변동 폭 자체가 작아 기후변화가 빠르게 나타납니다. 온대지방의 잘사는 나라는 사계절이 뚜렷하잖아요. 우리나라도 여름철 최고 기온과 겨울철 최저 기온의 차가 섭씨 50도 정도예요. 이렇게 변동 폭이 큰 지역을 두고 흔히 회복력이 좋다고 해요. 회복력이 좋으면 기후변화라는 외부 충격이 있다 해도 원래대로 되돌아올 수 있어요. 그런데 열대지방은 워낙 자연변동 폭 자체가 작으니까 기후변화의 충격이 가해지면 바로 그 영향이 나타나죠.

행복은 뇌 안에

그런데 외신은 가난한 나라들의 고통을 많이 전하지 않아요. 우리는 주로 선진국인 호주, 미국(캘리포니아), 남유럽의 피해 소식을 많이 접하죠. 원래 이런 지역은 자연적인 기온 변동 폭이 작아 기후변화의 영향이 금방 드러납니다. 가뭄이 몇 개월씩 지속되고 산불이 몇 달씩 이어져요. 언론에서도 많이 다뤄지고요. 예전에는 기후의 변동 폭이 작아 살기 좋은 지역이라고 했는데, 오늘날 기후위기의 영향이 이런 곳에서 먼저 나타나고 있는 거죠.

기후위기는 바로 선진국, 즉 온대지방의 나라들이 주로 일으켰는데, 정작 열대지방의 가난한 나라들이 피해를 거의 다 뒤집어쓰고 있어요. 태평양 섬나라들은 해수면이 상승해 나라가 없어지려고 해요. 저지대 국가인 방글라데시는 바닷물이 농토에 들어와 땅을 쓸모없게 만들어요. 사실 섬나라와 방글라데시 사람들이 온실가스 배출이랑 무슨 상관이 있겠습니까? 오늘날 기후위기는 이 세상이 얼마나 정의롭지 않은지를 보여줘요. 그러므로 기후위기에 대응한다는 것은 곧 정의로운 세상을 만든다는 걸 의미하고요.

이에 따라 유엔에서는 기후위기로 피해를 보는 가난한 나라를 지원하기 위해 부자 나라가 매년 1000억 달러를 모으자는 협약을 준비 중입니다. 그런데요, 가난한 나라를 지원하는 것에 기후위기 대응이라는 대의가 있긴 하지만, 잘사는 나라들이 과연 착한 마음으로만 지원하는 걸까요? 가난한 나라의 재생에너지를 위해 선진국에서는 태양광이나 풍력발전소 등을 지어줄 거예요. 재생에너지 발전은 새 기술이 필요해요. 가난한 나라에 선진국이 개발한 기술이 깔린다는 의미죠. 처음에는 원조 비용이 들지만 훗날전력 시스템을 유지하는 데 선진국 기술이 계속 영향을 미칠 수있으므로, 장기적으로는 선진국에 경제적 이익이 되는 겁니다.

Q 2021년 11월 영국 글래스고에서 개최된 제26차 유엔기후변화협약 당사국총회COP26 결과를 어떻게 보셨는지 궁금합니다. 저는 정책과 행동을 강화하자는 세계적 합의, 국경을 넘어선 연대와 공감을 기대하고 관심 있게 지켜봤습니다. 선생님께서는 이번 회의에서 인상 깊었던 점 혹은 아쉬웠던 점이 무엇인지요? 한국이 2022년 COP27까지 서둘러 준비해야 할 것은 무엇일지, 한국에서 발표한 2030 국가 온실가스 감축 목표NDC 상향안을 어떻게 보시는지도 궁금합니다.

A COP26에서는 석탄의 완전 퇴출이 아닌 단계적 감축을합의했어요. 중국, 특히 인도가 적극 반대해서 퇴출이 아닌 감축으로 정해졌죠. 그래서 아쉬움이 많은 회담이었습니다.
2022년에 이집트에서 COP27이 열려요. 여기에서 핵심 이슈는잘사는 나라들이 1000억 달러를 매년 모을 구체적인 방법이 될 거라고 보고 있습니다.

NDC 상향안에 관련해, 우리 정부는 온실가스를 2030년까지 2018년 대비 40퍼센트 감축하겠다고 발표했습니다. 탄소 중립 목표의 국제 기준을 따르자면 2030년까지 총배출량 55퍼센트를 줄여야 해요. 지금 사용하는 에너지에는 과잉 부분이 있기 때문에 처음에 많이 줄이자는 것이죠. 우리나라처럼 지금 많이 줄이지 않고 나중에 많이 줄이겠다는 것은 책임져야 하는 세대가 다음 세대한테 책임을 전가하는 셈이어서, 제대로 대응하고 있는 게 아니죠.

Q ESG^{Environment, Social, Governance} 경영 트렌드와 관련해서, 기후위기 극복을 위해 기업은 어떻게 더 노력해야 할까요?

A 기업은 사회봉사 기관이 아니죠. 그렇다 해도 기업 또한 궁극적으로 공동체에 속하기 때문에, 공동체를 더 건강하고 지속 가능하게 만드는 범위 안에서 이윤 창출을 모색해야 합니다. 기후위기가 일어나면 사회가 무너지죠. 사회가 무너지면 기업도 활동할 수 없잖아요. 병든 지구에서는 이윤을 추구할 수도 없다는 걸 기업도 인식해야 합니다.

Q 모든 생산물의 온실가스 배출량 표기를 의무화해야 한다
고 하셨는데, 다큐멘터리 「씨스피라시」에 나오는 것처럼
담당 기업이나 단체에 비용을 주면 기준에 못 미쳐도 인증 마크나
정보 표기를 허가받기도 한답니다. 그래서 기후위기에 열심히 대
응한 기업이라고 소비자가 속아 넘어가는 일이 생기지 않을까 싶
은데요.

A 온실가스 배출량을 표기하자는 것은 인증 마크와는 달라
요. 과자나 약품에 적힌 성분은 인증 마크가 아니잖아요.
소비자가 스스로 판단하면서 물건을 사라고 적혀 있는 겁니다. 온
실가스 배출량을 표기하는 것도 마찬가지예요. 모든 물건에 온실
가스 배출량을 표기하자는 것은 바로 시민이 스스로 판단할 수
있게 하자는 것이죠. 탄소를 추적할 사회적 시스템을 갖추자는 것
이기도 하고요. 이렇게 되면 정부에서 탄소를 통제, 관리하는 데
도움이 되죠.

Q 그린뉴딜 이후 시장에서 환경의 가치가 계속 중시될 수
있을지, 그린뉴딜이 유행으로 끝나지는 않을지 우려됩
니다.

행복은 뇌 안에

A   기후위기 때문에 그린뉴딜이 시작된 거죠? 기후위기가 사라지면 그린뉴딜도 유행처럼 한번 떴다가 없어지겠죠. 지금 온실가스 배출량이 줄지 않고 있기 때문에 기후위기는 점점 빨라지고 강해지고 훨씬 더 명백해질 겁니다. 그러니 그린뉴딜보다 훨씬 더 강력한 기후위기 대응 체계가 만들어질 거예요.

Q   화석연료 산업을 급하게 중단시키면 엄청난 인원의 업계 종사자가 일자리를 잃을 수밖에 없는데, 이에 대한 추가적인 대책은 없을까요?

A   그래서 그린뉴딜에는 '정의로운 전환'이 반드시 포함됩니다. 화석연료 기반 산업을 바꾼다고 수많은 종사자를 내버려두면 안 될 일이죠. 기후위기에 대응하는 것은 공동체의 지속 가능성을 위해서인데, 사회의 한 부분을 무너뜨린다는 건 있을 수 없는 일입니다. 전환 시대에 소외되거나 일자리를 잃을 수밖에 없는 사람들이 잘 적응할 수 있도록 정의로운 사회 시스템을 만들어가야 합니다.

Q   아마존 산불 관련 예시에서, 이산화탄소를 품은 나무가 많이 불타면서 이산화탄소를 다시 방출한다고 하셨습니

다. 그런데 어린나무를 새로 심는 게 이산화탄소를 흡수하는 데 유리할 수도 있다는 글과, 오히려 나이 많고 오래된 나무가 탄소를 더 많이 흡수할 수 있다는 글을 봤어요. 이렇게 상충되는 견해에 대해 어떻게 생각하시나요?

A 정부는 기존 산림의 나무를 싹 베어내고 새로 조림하여 기후위기에 대응하겠다고 하죠. 반면, 자연을 그대로 보존하는 것이 이산화탄소 흡수에 훨씬 더 유리하다고 주장하는 쪽이 있어요.

어린나무는 늙은 나무에 비해 광합성이 훨씬 더 활발해요. 그래서 어린나무를 새로 심어 이산화탄소를 더 많이 흡수해야 한다는 건 맞는 말이에요. 하지만 나무를 심을 때 이산화탄소 흡수만 고려할 수는 없어요. 나무는 토양에 탄소를 많이 저장해놔요. 그런데 나무를 다 베어내면 토양에 있는 미생물들의 호흡 때문에 이산화탄소가 오히려 더 많이 배출될 수도 있어요. 한 종류의 나무로만 식목을 하면 생태계 다양성이 파괴될 위험도 있고요.

지금 우리나라의 조림 사업은 좀더 살펴봐야 할 것 같습니다. 과학은 항상 명확하지만 않고 이렇게 애매한 구석도 있어요. 그러니 늘 열린 자세로 공부해야겠죠.

공감을 재발견하는 뇌과학

_장동선, 김학진

공 감 의   진 실

장동선 김학진 교수님의 『이타주의자의 은밀한 뇌구조』 잘 읽었습니다. 최근에 개정증보판이 나왔더라고요. 그중에서도 공공재 게임의 이타적 처벌자altruistic punisher와 반사회적 처벌자antisocial punisher 이야기가 기억에 남네요. 협동 상황에서 무임승차자가 생기면 스스로를 희생해서라도 처벌하는 이타적 처벌자들, 어떤 이유에선지 그런 이타적 처벌자들을 처벌하는 반사회적 처벌자들. 이타주의라고 해서 다 이타주의인 것이 아니라, 특정 목적을 가진 행동을 이타주의로 포장할 수도 있다는 이야기였죠.

저도 최근에 영화 「더 배트맨」과 병적 이타주의pathological altruism에 관해 유튜브에 올린 콘텐츠가 있거든요. 병적 이타주의에도 종류가 있는데요, 먼저 유사 이타주의pseudo altruism는 남에게 보여주기 위해 이타적으로 행동하는 자아도취적 이타주의예요. 그다음은 조력자 증후군helper syndrome으로 분류되는 이타주의로, 트라우마 때문에 이타적 행동 자체에 병적으로 집착하는 경우죠.

이 얘기를 왜 하냐면, 공감에 대해 이야기할 때도 우리가 아는 공감이 다 같은 공감이 아니라는 게 재밌는 요소가 될 것 같아서입니다. 이타주의자도 다 같은 이타주의자가 아닌 것처럼요. 그래야 '공감을 안다고 생각했는데, 뭐가 더 있나?' 하고 책을 열어볼 기회를 만들 것 같아요. 사실 그게 교수님의 3장 내용이죠.

그중에서도 관점 이동perspective taking(조망 수용)과 공감은 다른 것이며 각각 측두-두정엽과 뇌섬엽에서 따로 관장한다는 사실이 주된 메시지였죠. 이 얘기를 한국 사회나 세대, 최근의 디지털 환경과 관련해 좀더 풀어주실 수 있겠고요, 공감이라고 포장되었지만 공감이 아닌 것들은 어떤 게 있을지도 재밌는 대담 주제가 될 수 있을 것 같아요. 어떻게 생각하세요, 교수님?

김학진 공감에 대해 우리가 알고 있는 상식은 좀 피상적이죠. 왜곡된 부분들이 있다고 생각해요. 타인의 감정에 공감할 때 그 사람도 정말로 나랑 똑같이 느낄 거라고 생각하는데, 사실 그렇지 않은 경우가 너무 많잖아요. 어쩌면 그런 공감의 자기중심성을 인식하는 게 타인의 감정에 공감하기 위한 첫 단계가 아닌가 싶어요. 내 감정이 과연 저 사람 감정과 같을 것인지 먼저 질문해봐야 출발점이 생겨날 수 있다고 생각하거든요.

장동선 저도 자주 쓰는 예인데, 샐리-앤 테스트를 언급하셨잖아요. 5~6세 이하 아이들은 자기 지식이 업데이트되면 상대방의 지식도 업데이트된다고 가정해요. 예를 들어 자기가 본 TV 프로그램이나 겪은 경험을 막 엄마 아빠한테 이야기하는데, 사실 엄마 아빠는 알 수가 없는 거죠. 어떻게 보면 이것도 공감으로 묶을 수 있겠지만, 저는 공감이 아니라고 봐요. 아이 때는 상대가 다른 시각으로 세상을 볼 수 있다는 구분이 아직 없다는 걸 테스트로 보여준 예잖아요. 감정과 지식의 차원에서 나와 타인이 분리되지 않은 아이의 상태를 넘어서는 것이 성인으로서 거쳐야 할 필수적인 발달 단계인데, 그럴 능력과 시각이 있는데도 '모두가 알고 있는 거 아니야?' '모두가 나처럼 느껴야 하는 거 아니야?'라며 굉장히 직관적으로 반응하는 경우가 의외로 많은 것 같아요.

저는 특히 한국 사회에서 이런 반응이 집단을 통해서 아주 빠르게 증폭된다고 느껴져요. 예를 들어 심각한 범죄가 생기면 모두가 가해자를 악마화하고 분노하죠. 여러 연구를 보면 문제가 다시 생기지 않게 할 방법을 찾는 게 좀더 생산적이고 성숙한 반응인데, 분노로 인해 '가해자도 똑같은 경험을 해야 해' '똑같이 처벌해야 해'라고 반응해요. 그 아픔을 겪은 건 내가 아닌데도 공감으로 인해서 내가 가해자를 처벌해도 된다고 생각하는 것은 잘못된 비약적 공감의 예 중 하나가 아닌가 해요.

이런 집단적인 증폭에는 또 하나가 섞여 있는 것 같아요. 바로 평판 관리reputation management에 대한 욕구, 다른 사람들에게 특정 방식으로 보이고 싶은 욕구예요. 어떻게 보면 이기적인 욕구인데, 이게 1차적이고 직관적인 공감과 섞여버린 것 같아요. '너무 아프겠다' '어떻게 인간이 저럴 수 있지?' 하고 화가 나는 상태와 '이럴 때 분노를 표출하고, 가해자가 나쁘다고 강하게 말해야지'라는 생각이 섞인 거죠.

김학진 사실 근본적인 기저에 그런 인정 욕구가 있는 거겠죠. 선한 행동을 해서 좋은 인상을 얻고자 하는 욕구, 집단 속에서 내 사회적 위치를 높이고자 하는 욕구에서 비롯되는 공감이 있는 것 같아요.

장동선 교수님 책에 나오는 이타적 처벌자도 비슷한 메커니즘이죠. 3만 원씩 받은 네 명이 있고, 각자가 돈을 냄비에 넣으면 그 합의 다섯 배를 돌려받아 똑같이 나눠 가지는 공공재 게임이라 합시다. 서로 얼마를 넣었는지는 알 수 없고요. 한 사람은 돈을 하나도 안 넣고 나머지는 3만 원을 다 넣었다면, 다섯 배인 15만 원을 나눠 가져요. 돈을 안 낸 사람도 다른 사람이 낸 돈에 따라 보상을 받고 무임승차할 수 있는 거죠. 이때 누가 얼마를 냈는지 알 수

행복은 뇌 안에

있게 되고, 손해를 보더라도 자기 돈을 활용해서 무임승차자를 처벌할 수 있는 선택지가 주어지면, 무임승차자를 처벌하는 이타적 처벌자가 생깁니다.

재미있는 건, 이 이타적 처벌자를 처벌하려 하는 반사회적 처벌자도 생긴다는 거예요. 이타적 처벌자는 손해를 보면서 무임승차자를 처벌했으니 사회적 위상이 올라갑니다. 그런데 흥미롭게도 열 명 중 한두 명꼴로 나타나는 반사회적 처벌자는, 스스로를 희생하는 이타적 처벌자가 무임승차자보다 더 꼴 보기 싫어서 이타적 처벌자를 처벌합니다. 반사회적 처벌자는 경제학, 신경경제학 쪽에서 오랫동안 미스터리였어요. 사회에 도움을 주고 있고, 이득을 얻겠다는 것도 아니고, 스스로를 희생해서 무임승차자를 처벌하고 있는데, 반사회적 처벌자는 대체 무슨 이유로 이타적 처벌자를 처벌하는 걸까요?

최근의 이론은 이렇게 설명합니다. 교수님이 말씀하신 것처럼, 알고 보면 이타적 처벌자는 스스로를 희생하는 퍼포먼스로 본인의 사회적 위상을 계속 올리려 하는 거예요. 그리고 뇌가 계산할 때 사회적 위상이나 이미지는 돈과 대체 가능하기 때문에, 반사회적 처벌자는 '너만 잘났냐?' '위선자 아냐?' '좋은 소리 들으려고 그러는 거냐?'라며 이타적 처벌자가 위상을 얻는 걸 더 미워하는 거죠. 돈이 문제가 아니고요.

김학진 그걸 값비싼 신호costly signaling 이론이라고 해요. 타인을 돕기 위해 들인 비용이 결국 그 사람의 사회적 위치를 높이는 효과와 비례한다는 거죠.

장동선 생태학적으로 살아남기에 불리한 외형을 가진 동물이 많다는 것도 값비싼 신호 이론으로 설명할 수 있죠. 예를 들어 공작새의 날개는 너무 화려해서 도망가기에 정말 불리하지만, 그만큼 엄청난 에너지를 썼다는 걸 보여줌으로써 말하자면 '있어빌리티('있다'와 'ability'를 결합한 신조어)'가 올라가는 거죠. 인간의 경우에도 희생하면서까지 타인을 돕겠다고 나서는 사람, 이타적 행위를 하는 사람들은 비용을 쓰는 만큼 사회적 매력도가 올라가는 거고요.

정치에도 대입할 만한 현상이 많아요. 소수자의 입장을 지지하는 이유를 설명할 때도, 결국 이기주의와 이타주의 사이에서 순수하지 못한 공감을 보인 경우가 있는 거죠. 문제 해결을 위한 진실된 공감이 아니라 '내가 이렇게 공감하는 존재다'라는 퍼포먼스를 위한 공감이었을 수도 있어요. 그래서 처음부터 대놓고 공감하지 않은 쪽보다 공감하는 퍼포먼스를 하다가 들킨 쪽이 더 큰 분노를 유발하는 거고요. 사실 합리적으로 생각하면 처음부터 공감하지 않았던 쪽을 비난해야 하지만, 오히려 퍼포먼스를 더 부정적으로 보는 것 같아요.

행복은 뇌 안에

김학진 사람들은 어쨌든 자신에게 공감하는 사람을 좋아하기 마련이죠. 의식적이건 무의식적이건 간에, 누군가에게 공감하는 말이나 제스처는 자기도 모르게 항상 보상받아왔어요. 그러니까 점점 내재화되고 자동화될 수밖에 없는 거죠. 그런데 어떤 경우엔 그게 사회적 압력이 될 수도 있는 거고 공감의 말이나 제스처를 보이지 않는 사람을 비난하는 동기도 될 수 있는 거죠.

최근 연구 중에는 도덕적이지 않은 사람을 비난하는 게 자기의 도덕적 뛰어남을 알릴 가장 좋은 방법 중 하나라는 연구도 있어요. 내가 도덕적인 사람이라고 얘기하는 것보다 도덕적이지 않은 사람을 비난하는 게 더 효과가 좋아요. 부도덕한 사람을 비난하는 행동의 이면에는 나의 도덕성을 과시하고 싶다는 굉장히 강력한 동기가 있어요. 사실 세대 간 갈등, 다른 집단에 대한 혐오, 아니면 굉장히 큰 범죄를 저지른 누군가에 대한 과도한 공격성, 그런 모든 것 이면에 인정 욕구가 있을지도 모른다고 생각해요. 위축된 자존감 같은 것들을 회복하기 위한 전략인 거죠.

장동선 의식적으로 그러는 걸까요, 무의식적으로 그러는 걸까요?

김학진 사실 의식하면 굉장히 불편한 감정이에요. 내 자존감을 높이기 위해서 이런 행동을 한다고 의식하는 순간 나는 비도덕적인 사람이 돼요. 그래서 다른 식으로 포장하고 싶은 욕구가 생길 거예요. 저는 그런 게 결국 자기 의식이라고 생각하거든요. 불편한 감정을 외면하기 위해 계속 다른 방식으로 포장해가는, 그러면서 불균형이 점점 더 심해지는 상태가 자기 의식인 것 같아요. 평판을 계속 의식하기보다는 왜 이 감정을 느꼈는지 원인을 파악하려고 하는 건 자기 인식이라고 볼 수 있거든요. 자기 인식을 통해 원인을 파악하면 훨씬 더 쉽게 해결할 수 있는 문제들인데, 원인을 부정하고 무조건 덮으려고만 하다보니 불균형이 눈덩이처럼 불어나는 게 자기 의식의 결과가 아닌가 싶어요.

장동선 스스로 인지하는 순간 불편해지는 거군요. 예를 들어 가해자를 욕하는 건, 사실 나도 똑같은 짓을 하고 있다는 죄책감을 덮기 위해서일 수도 있죠. 똥 묻은 개가 겨 묻은 개 나무란다는 속담처럼, 스스로 찔리는 게 없다면 공격적으로 행동하지 않을 텐데요. 내가 가진 흠이 남에게서 보일 때 더 공격적으로 행동한다는 연구 결과도 있습니다.

그런데 누군가 그걸 알아차리게 해줬을 때 생기는 반응이 요즘 온라인상에서 관측되는 것 같아요. '사이버 레커wrecker'라는 신조어 들어보셨어요? 어떤 이슈만 터지면 유튜버들이 콘텐츠를 만들고, 사람들이 댓글을 달고 욕하고 과잉 반응하는 게 마치 교통사고가 나면 차선을 어겨가면서까지 달려드는 레커차 같다고 해서 사이버 레커 현상이라고 얘기해요. 흐름을 보면, 분노하는 목소리

행복은 뇌 안에

가 하나씩 나오다가 점점 커져 어느 선을 넘으면 또 거기에 대해서 비판의 목소리가 나와요. '이것도 사이버 레커다'라고요. 그러면 '그런가? 내가 지금 이슈 몰이를 하고 있나?' 하며 사그라들죠. 그런데 거꾸로 보면 계속 반복되는 것처럼 느껴지는 게, 사이버 레커라고 욕하는 것도 또 다른 의미에서는 마찬가지로 이슈몰이인 거예요. 인정 욕구 때문에, 처음부터 비난에 동참하지 않았던 걸 무마하려는 심리일 수도 있는 거죠.

이렇게 보면, 공감에서 나온 행동이라고 해도 정말 순수한 공감에서 시작한 건지 또는 공감의 결과물이 공감 대상에게 실제로 긍정적인 결과를 가져다주는지 잘 고민해봐야 할 것 같아요.

김학진 인정 욕구가 완전히 배제된 형태의 '순수한 공감'이 있다고 해도, 그것만으로는 이타성을 만들어내는 원동력이 안 될 거라고 생각해요. 남이 고통을 겪는 상황에서 나도 정말 똑같이 그 고통을 생생하게 경험한다면, 그 순간 가장 적절한 행동은 그 상황으로부터 도망치는 거죠. 상황에 완전히 몰입해 있기 때문에, 피하는 게 제일 맞는 행동일 거예요. 그게 완전히 순수한 공감이라고 생각해요. 고통을 겪는 사람이 취할 행동을 나도 똑같이 하는 것. 어떻게 보면 돕고자 하는 행동은 공감 이후에 오는, 상황을 해결하고자 하는 별개의 전략들인 거죠. 그런데 남을 돕고자 할 때면 이미 여러 다른 동기가 들어가 있는 게 아닐까 생각해요. 사실 공감하고 도와야 한다는 사회적 규범을 일생 동안 학습해온 사람은 공감을 도움으로 연결시키지 않을 때 죄책감을 느끼게 되죠. 이런 죄책감을 공감으로 착각할 수도 있어요.

장동선 핵심적인 말씀 같아요. 피해자와 가해자가 있는 경우라면 공감이 피해자를 향하는 게 정상적이고 직관적인데, 만약 공감이 가해자를 향하고 있거나 가해자에 대한 가해의 형태로 표현된다면 순수한 공감의 영역을 떠난 거라고 볼 수 있겠네요.

김학진 그렇죠. 약자가 약자에게 더 많이 공감하는 건 굉장히 자연스러운 행동이라고 생각해요. 다른 사람의 감정을 경험하기 위해서는 내 안의 과거 경험을 재료로 써야만 하니까요. 이전에 비슷한 경험을 했으면 재료가 많은 거고, 굉장히 강한 동기가 만들어질 수밖에 없죠. 그런데 거기에 몰입하게 되면 스스로를 지나치게 희생하고, 동참하지 않는 사람들에 대한 분노가 생기고, 약자한테 피해를 준 강자에 대한 공격성이 나올 수 있는 거예요. 결국 공감 이후에 상황을 바꾸고자 하는 의도, 욕구가 들어가는 거죠.

그런 식으로 약자들에게 공감하는 건 자기 문제와 감정을 아직 해결하지 못했기 때문이라고 생각해요. 상황에 깊이 몰입해서 거대한 공격성이나 분노가 생기는 것도요. 감정을 스스로 들여다보면 더 좋은 방향으로 더 강력한 에너지를 만들어낼 수 있는데, 그러지 못하면 계속 감정을 지나치게 소모하는 거죠. 겉보기에는 상대방에게 공감하는 것 같지만 사실은 자기 안의 문제에 사로잡혀 있는 거예요.

장동선 공감을 이르는 단어 중에는 compassion도 있어요. 보통 '연민'으로도 많이 번역되는데, 어원을 보면 공통된[com] 고통[passion]이에요. 누군가의 고통을 함께 느낄 줄 아는 능력이거든요. 그런데 연민이 생겨날 조건 중 하나가 자기 연민[self compassion]이래요. 내 고통과 감정을 이해하지 못하면 다른 사람의 고통을 이해하고 공감하기가 어렵다는 거예요.

방금 말씀하신 맥락과 비슷한 것 같아요. 자신의 아픔을 제대로 이해하는 과정이 없으면 그 아픔이 자칫 분노나 공격성으로 표현될 수 있는 거고, 자신의 고통이나 감정을 명확하게 인지했을 때에야 상대방을 고통에서 구해내고 한 편이 되어줄 수 있는 거죠. 공감은 자기 이해에서부터 시작돼야 하는 것 같아요.

뇌의 메커니즘에서도 자신에 대한 이해와 남에 대한 이해가 서로 구분될 수 없다고 주장하는 연구가 많아요. 예를 들어 신체에서 오는 감각과 관련된 뇌 부위들이 마비되어 있으면 거의 필연적으로 다른 사람에게 공감할 수 없게 되죠.

김학진 실감정증[alexithymia]이 대표적인 예죠. 감정을 언어로 정확히 표현해내지 못하는 증세인데, 전체 인구 중 10퍼센트 정도에게 그런 증세가 있다고 알려졌어요. 다른 사람이 고통받는 장면을 볼 때는 뇌섬엽에 반응이 나타나야 하는데, 실감정증이 있는 사람들에게서는 반응이 굉장히 작게 나타난다고 해요.

과 공 감 사 회

김학진 지금까지 이야기한 것처럼, 공감에 섞이는 의도와 욕구가 최근에는 공감을 과도하게 강제하는 사회적 분위기로도 나타나는 것 같아요. 아까 레커차 얘기도 그렇고, 어떤 사안이 생기면 거기에 공감하는 모습을 보여야만 살아남을 수 있는 사회가 된 듯해요. 공감은 지능이라고까지 얘기하니까요. 그래서 다른 감정이나 생각에 대해 이야기하는 게 사회적으로 점점 더 어려워지고 있어요.

장동선 바로 떠오르는 연구가 하나 있어요. 공감이 가장 먼저, 원초적으로 이루어지는 관계는 어떻게 보면 엄마와 아이의 관계잖아요. 유대가 만들어지는 유아 발달 단계에서 주로 분비되는 호르몬이 옥시토신이에요. 그런데 옥시토신은 파트너들 사이, 친구들 사이에서도 신뢰 호르몬으로 작용해요. 혈액-뇌장벽blood brain barrier을 통과해 뇌에 바로 들어갈 수 있어서 실험하기도 되게 좋은 호르몬인데, 실험해보면 옥시토신이 분비될 때 확실히 연대감

행복은 뇌 안에

이나 공감 능력이 올라가요. 상대방에 대한 신뢰도 올라가서, 게임 같은 걸 하게 되면 묻지도 않고 베팅하거나 상대방을 도와주는 행동이 늘어나고요.

그런데 최근 옥시토신의 부작용에 대한 연구가 나왔어요. 내가 속한 집단에만 과하게 공감하고 다른 집단은 배척할 때도 옥시토신이 분비될 수 있다는 거예요. 한국 사회가 다름을 인정하지 않고 배척하는 과도한 공감 사회로 가고 있다는 것도 어쩌면 연관이 있을 것 같아요. 예를 들어 단체로 행군할 때처럼 서로 긴 시간 동안 몸의 동작을 맞추면 심박수와 뇌파가 동기화되고, 유대감 증진 호르몬이라고 알려진 옥시토신의 분비량도 늘어나요. 종교 집단과 군대에서 많이 이용하는 메커니즘이죠. 이렇게 옥시토신이 인위적으로 과도하게 분비되면 타 집단을 더 배척하게 되는 부작용이 일어나요. 공감이 덜 일어나는 쪽으로 가는 거죠.

그래서 공감의 밸런스가 중요해요. 애착 형성이 지나치면 타 집단에 대한 공감 능력이 떨어져요. 우리나라는 학연, 지연, 혈연, 군대를 통해 학습된 경험으로서의 집단주의가 상당히 강한 사회 같아요. 그래서 과공감 사회의 부작용이 나타난 것이라 생각합니다.

저는 자기 집단에게만 공감이 생기는 걸 꽤 많이 경험한 것 같아요. 독일에서 태어났고, 한국에서도 살았고, 미국 등 세 대륙을 왔다 갔다 했어요. 어릴 때 이사도 많이 다니고 전학도 많이 가다보니 새로운 사람들을 계속 만났고요. 그러니 기본적으로 태도가 열렸고, 서로를 나누는 선을 깨고 공통점을 찾아 관계를 만드는 데 되게 익숙해졌어요. 그런데 이런 경우가 있었어요. 5~6명끼리 친하게 지내다가 다른 그룹과도 연결을 만들려고 했는데, 저는 좋은 의도였는데도 양쪽 집단에서 싫어하고 배척하는 거예요. 한 집단에 대한 높은 공감이 타 집단에 대한 배척으로 상당히 자연스럽게 이어진 거죠.

지금의 디지털 세대는 더 이상 깊은 연결을 만들지 못한다고 하지만, 저는 오히려 젊은 세대의 문화가 좀더 열려 있고 새로운 연결을 인정하는 문화라고 생각해요. 예를 들어 이전처럼 학교나 회사 중심으로 모임을 만드는 게 아니라 트레바리라든지 프립이라든지 남의집 프로젝트 등을 통해, 취미를 공유하는 낯선 사람들과 너무 깊지 않은 연결을 만들어나가고 있죠. 젊은 세대는 디지털 문화 때문에 서로 실제로는 접촉하지 않아서 폐쇄적이라고 이야기하지만, 긍정적으로 해석하면 디지털을 통해 또 다른 연결들이 만들어지면서 기존의 폐쇄성이 무너지는 효과가 있다는 생각이 들어요. 물론 둘 다겠죠. 일부 커뮤니티를 중심으로 폐쇄성이 강해지는 경우도 있긴 하지만, 전체적으로 개방될 여지가 더 많아진 것 같아요.

김학진 다름을 인정하지 않는 사회는 뇌에서 제한적인 가치만을 추구하게 되는 일종의 중독 메커니즘과도 관련이 있을 것 같아요. 사회에서 하나의 가치가 과도하게 우세해지면 그 가치를 따르는 사람과 그러지 않는 사람 간의 격차가 커질 수밖에 없죠. 그런데 뇌에서도 똑같은 현상이 일어나요. 그걸 알로스타시스allostasis라고 얘기해요. 신체 항상성을 유지하기 위해서 환경을 계속 활용하는 뇌의 작동 방식이에요. 신체로부터 계속 신호가 오면 당장 해결해야 하는 급한 신호를 선별하는 거예요. 그러면 당연히 어떤 것은 선택되고 어떤 것은 소외돼요. 일시적이면 괜찮지만, 이 상태가 장기화되면 불균형이 굳어져버려요. 그러면서 하나의 신호에만 집중적으로 반응하는 상태, 다시 말해서 하나의 가치에만 계속 몰입하는 상태가 되는데, 그게 결국 중독이에요. 뇌가 중독에 빠지는 게 그런 식인 거죠. 그러니까 신체 항상성의 문제를 해결하기 위해서 외부의 특정 대상에 너무 몰입하는 단계가 중독인 건데, 이 구조가 사회에도 똑같이 적용될 수 있을 것 같아요. 하나의 권력이나 가치에 수렴하는 정도가 높아지면 위계가 생겨나고, 그러면 당연히 거기에 반하는 사람은 배척될 수밖에 없어요. 건강하고 유연한 뇌를 유지하려면 결국 다양한 가치가 계속 존재할 수 있게끔 만들어주어야 해요. 개인 차원에서도 그렇고 사회 차원에서도 마찬가지라는 거죠.

한쪽으로 치우치지 않고 유연해지는 방법이 있다면, 개인 차원에서는 자기 감정 인식이 그 방법이라고 생각해요. 자기 감정을 끊임없이 인식하는 거죠. 내게 공감하지 않는 사람을 배척하는 행동의 이면에는 내게 공감하는 사람을 최대한 많이 만듦으로써 구성원들에게 더 인정받고자 하는 동기가 있어요. 그 동기를 스스로 알아차리는 건 불편할 수 있겠지만, 어쩌면 모두에게 건강한 방식으로 사회를 유지하는 해결책이 될 수도 있어요. 하지만 그 동기를 알아차리기가 굉장히 어렵죠. 인정 욕구를 받아들이는 건 정말 어려운 일인 것 같아요. 그래서 그걸 포장하는 방식이 이타성이나 공정함 같은 걸로 나타나는 거죠. '나를 위해서 이러는 게 아니야. 집단을 위해서 이러는 거지'라는 굉장히 쉬운 자기기만인 것 같아요.

장동선 자신을 찾지 못한 사람의 경우 부정의 언어를 사용하는 경향도 더 강한 것 같아요. 예를 들어 자신이 누구인지 확실히 아는 사람은 비슷한 사람이나 가치를 인정해주는 쪽을 만나면서 긍정의 언어를 찾는 반면, 자신을 알지 못하고 불안해하는 사람은 부정의 언어를 찾는 경우가 많죠. 부정에 대한 동의를 얻기가 더 쉽거든요. 이것도 싫고 저것도 싫은 상태, 답이 없는 상태를 강한 부정과 공격성으로 먼저 가려두는 거죠. 공감을 하려고 해도 내 안에 무언가가 있어야 상대방에 공감할 주체가 있는 건데, 가진 것이 불확실하거나 흔들리는 상황에서는 진짜 공감 대신 공감처럼 보이는 공격 또는 동조에 그치게 돼요. 시류를 따라가는 게 공감

행복은 뇌 안에

이라고 생각하면서요. 정체성이 불확실할 때는 사회성이 조금 떨어지는 것 같다가 삶과 정체성이 안정되면 사회성이 좋아지는 경우도 많이 본 것 같아요.

공 감 과   권 력 ,   위 계

장동선 아까 사회적 위계 때문에 가치가 한쪽으로 치우치는 현상을 말씀하셨는데, 관련해서 흥미로운 연구가 또 하나 있어요. 어떤 사회는 수직적이고 어떤 사회는 수평적이잖아요. 그런데 연구에 따르면 수직적인 위계 구조에서 권력을 가졌거나 그렇다고 믿을수록 공감 능력이 떨어져요. 눈만 보고 감정을 읽는 테스트를 했을 때, 본인이 권력을 가졌다고 상상하거나 위계가 높은 역할을 수행하면 신기하게도 표정을 못 읽어내고 감정에 잘 공감하지 못해요. 그래서 오랫동안 권력자의 입장에 있었던 사람은 상대가 나를 어떻게 볼 것인지 헤아리는 관점 이동 능력 자체가 저하되어버리는 거예요.

김학진 꼭 실제로 위계가 높을 필요도 없어요. 어떤 실험에서는 그냥 참가자들 중 절반은 권력을 행사했던 과거 경험을 떠올리게 하고, 절반은 권력에 위협당했던 경험을 떠올리게 했어요. 그리고 자기 머리에 알파벳 E를 써보라고 했더니, 권력을 행사했던 사람은 자기 시점에서 E를 썼다고 해요. 권력의 위협을 경험했던 사람들은 타인의 시점에서 썼고요.

사실 뇌과학적으로는 그렇게 어렵거나 신기한 일은 아닐 수도 있을 것 같아요. 누군가의 관점으로 이동할 필요성을 느끼는 건 그 사람의 호감을 사야 할 때, 소속 집단에서 인정받아야 할 때인데 이미 권력을 가진 사람은 그럴 필요성을 상대적으로 덜 느끼니까요.

장동선: 흥미로운 게, 여기서 권력의 세대 차이도 얘기할 수 있을 것 같아요. 기존의 사회 시스템은 피라미드 형태예요. 기업에는 회장님, 사장님, 부사장님이, 학교에는 선생님이 있죠. 이런 피라미드식 시스템에서는 권력 구조가 생길 수밖에 없어요. 그리고 말씀하신 것처럼 공감 능력이 필요가 없어 저하되는 현상이 기업이든 정치권이든 어디서나 나타나게 되고요.

그런데 지금 사회는 피라미드의 정점에 오를 때가 아니라 네트워크의 노드nod가 많을 때 권력을 얻는 사회로 구조가 변하고 있거든요. 팔로어가 많거나 인플루언서여서 사람들과 많이 연결되어 있는 게 결국 능력이나 사회적 권력이라고 볼 수 있죠. 같은 국회의원이더라도, 소셜미디어를 잘하고 뉴스에 자주 나오는 사람의 권력과 혼자 사무실에서 법안만 쓰는 사람의 권력은 다르잖아요.

피라미드형에서 네트워크형으로 권력 구조가 변화하는 중이에요.

네트워크 구조에서 큰 권력을 얻으려면 필연적으로 공감 능력이 높아야 해요. 자기 혼자 잘났다는 걸 보여주는 인플루언서보다는 늘 댓글을 달아주고 소통하면서 다른 사람들에게 관심을 가져주는 사람이 더 많이 노출돼요. 네트워크 구조에서는 더 많은 사람과 유의미하게 연결되는 것으로 권력이 정의되니, 권력을 위해서는 공감 능력이 높거나 적어도 높다는 신호를 보낼 수 있어야 하는 거예요. 이런 권력 구조 변화 때문에 미래 사회에서는 공감 능력이 크게 요구되지 않을까 생각합니다.

공 감 을   위 한   경 험

장동선 다른 주제로 넘어가볼게요. 요즘 코로나 시국 때문에 아이들이 친구도 못 만나고 박물관 같은 곳에도 못 가는 등, 많은 것을 경험하는 데 제약이 굉장히 크죠. 공감은 경험에서 나오는 것이라 이런 상황이 좀 우려되는데요, 코로나 시대에 공감 능력을 배양하기 위한 방법으로는 어떤 게 있을까요?

김학진 저는 사실 공감 능력을 키우기 위해서 꼭 사람을 많이 만나야 하는지 잘 모르겠어요. 오히려 사람들과 계속 어울리고 그

속에 파묻혀 있는 동안 나도 모르게 내재화된 자동 프로그램 같은 게 작동하는 것 같아요. 안 좋은 사회적 고정관념, 편견이 더 강화될 수도 있고요. 성장기 아이들은 조금 다를 수도 있겠지만, 제가 말씀드리고 싶은 건 아주 작은 사회적 소통에서라도 감정을 깊게 파고 들어갈 시간을 따로 갖게 되는지, 그렇게 하도록 교육받는지 등에 따라서 공감 능력이 달라질 수 있다는 거예요. 양보다는 질이 중요해요.

심지어 매일 보는 엄마와의 관계에서도 매번 경험하는 감정은 굉장히 다양할 수 있어요. 그럴 때 감정을 정확히 인식하고 어떤 식으로 표현해야 할지 깊이 들여다보는 시간을 갖는 게 결국 나중에 다른 사람들을 만났을 때 좋은 재료가 될 수 있지 않을까요?

장동선 사실 깊고 의미 있는 공감 경험이 중요하다고 얘기하죠. 양보다 질이라고 표현할 수도 있지만, 깊이 공감하는 경험 자체가 이후에 계속 남는 것 같아요.

그런데 단계에 따라 다를 수는 있어요. 아까 다양성을 기르기 위해서는 알지 못했던 사람들과 연결되고 공감하는 연습이 필요하다고 하셨지만, 좌충우돌하던 10대 시절을 돌이켜보면 행복하지만은 않았잖아요. 온갖 종류의 인간 군상과 공감하는 건 쉽지 않아요. 공부를 많이 하는 학생의 경우에는 더더욱 그렇고요. 하지만 '우리가 친구가 될 수 있구나' '우리는 이렇게 다른 곳에서 왔

행복은 뇌 안에

구나'라는 경험은 굉장히 중요한 것 같아요. 나중에 뇌가 만들어 나갈, 수없이 펼쳐질 도로를 위해 미리 공사해두는 거니까요. 어렵 겠지만 어릴 때 그런 길을 많이 만들어놓는 게 필요하다고 생각해 요.

김학진 기초가 굉장히 탄탄하면 다른 사람과 겪는 갈등을 좀더 현명한 방식으로 해결할 수 있는데, 그런 기초가 마련되지 않은 상태에서 너무 다양한 사람을 만나다보면 왜곡된 방식으로 갈등을 해결하는 패턴이 굳어질 수도 있을 것 같아요.

장동선 저는 그런 경험을 했다는 것 자체가 감사할 일이라고 생각해요. 잘사는 동네인 옥스퍼드나 케임브리지에서 태어나 보딩 스쿨boarding school이라는 엘리트 학교에 다닌 해외 친구들이 있거 든요. 다 좋은 애들인데, 어릴 적 경험이 너무 좁아서 다른 세상에 나왔을 때 당황하고 어려워하는 걸 봤어요. 그런 부분에 있어서 다양성의 경험은 중요한 것 같아요.

아까 권력 구조가 변하고 있다는 이야기를 했죠. 기존에는 윗물 에서 놀수록 안전하고 좋았어요. 권력이란 위에서 돌고 도는 것이 니 위에 있는 사람들끼리 서로 돕자는 경향이 있었다면, 변화하는 세상에서 디지털 공간을 통해 연결을 만들려면 좁은 경험만으로 는 어려울 거예요. 기초 공사가 중요하다고 말씀하신 것에는 100퍼센트 동의하는데, 그게 필요조건이라면 앞으로는 다양하고 넓게 경험하는 것이 연결을 많이 만들기 위한 충분조건일 수 있어요. 선후를 생각하면 교수님 말씀처럼 깊고 의미 있는 연결이 우선이고, 여력이 있으면 경험을 최대한 넓혀나가야겠죠. 마치 나무가 잔뿌리를 먼저 키워서는 서 있을 수 없는 것처럼, 깊은 뿌리를 먼저 키운 다음에 잔뿌리를 키워나가는 거죠.

김학진 그 반대로 노력해서 많은 문제가 생기는 거죠. 질보다 양을 먼저 늘리려 해서요. 관계의 질이 향상되는 건 쉽게 드러나지 않지만 양이 늘어나는 건 바로 눈에 띄니까요. 그게 반복되면 관계를 맺는 왜곡된 방식이 고착될 수 있다고 생각해요. 양쪽이 서로 균형을 이루면서 발전하면 좋을 텐데.

대담을 마치며: 다양성에 귀 기울이기

장동선 마지막 주제로, 나이가 들면 정말 공감하기 어려워질까요? 실제로 나이가 들면서 공감 능력이 떨어지는지 뇌과학적으로 설명할 수 있을까요? 분명히 '꼰대'가 되어가는 것 같긴 한데 말이에요.

김학진 내수용 감각interoception과 연결해서 말씀드릴 수 있어요.

행복은 뇌 안에

1분 동안 자기 심박수를 속으로 세어보았을 때, 장비로 측정한 실제 심박수와 속으로 세본 심박수가 비슷하면 심박 탐지 능력이 뛰어나고 내수용 감각 민감도가 높은 사람이에요. 그런데 테스트 결과와 나이를 비교해보면 내수용 감각 민감도가 나이와 완전히 반비례해요. 이걸 어떻게 해석할지에 대해서는 아직 의견이 분분해요.

개인적인 생각을 얘기하자면 이래요. 어릴 때는 사실 의사결정 기준이 대부분 내수용 감각이에요. 배고픔이나 통증 같은 것들이 선택의 기준이 되는데, 나이가 들면서 외부 신호가 기준이 되는 거죠. 배가 고파서 식사하는 경우보다 시간이 돼서, 친구들이 먹자고 해서 식사하는 경우가 훨씬 많아져요. 발달 단계상 당연히 내부 신호보다는 외부 신호를 더 많이 활용하는 쪽으로 나아가게 되어 있어요. 그래서 나이가 들수록 상대적으로 내부보다는 외부 신호에 더 민감해질 수밖에 없어요. 고정된 가치를 바꾸지 못하고 유연성을 잃는 원인이 여기 있을 것 같아요.

물론 성인이 되면서 외부 신호에 대한 감각이 점점 더 발달하면 사회적 자원을 얻고 성공하는 데 더 유리하긴 해요. 그런데 거기에 중독될 수 있는 거예요. 아까 알로스타시스 얘기를 했죠. 신체 항상성 유지를 위해서 가치를 선별하다가 그중 하나에 지나치게 몰입하면 과부하 상태에 빠지고, 그게 중독이라고요. 외부 신호에 대한 감각이 발달하는 것도 사실 신체 항상성을 유지하기 위해서 인데, 오히려 안정을 해칠 때까지 몰입하게 되는 거죠. 이렇게 생존에 필요한 외부 신호들에 과몰입해서 중독되는 경우가 많아요.

장동선 제가 덧붙이자면, 내수용 감각 민감도가 갈수록 떨어지는 게 기본적인 경향이지만 꼭 모두가 그렇게 되지는 않는다는 걸 보여주는 예가 있어요. 명상이나 수련 중인 승려들의 경우에는 자기 심박수를 거의 정확하게 세거든요. 내수용 감각이 굉장히 민감해요. 자기 맥을 다 느끼는 거예요. 어디서 얼마만큼의 속도로 심장이 뛰고 있는지를요. 반대로 연습이나 훈련을 통해 내수용 감각 민감도를 높이는 것도 가능하다는 뜻이죠.

나이가 들수록 공감 능력이 떨어진다는 걸 이렇게도 설명할 수 있을 것 같아요. 뇌는 몸에서 에너지를 가장 많이 소모하기 때문에 기본적으로 최대한 효율성을 추구하는 기관이에요. 비유하자면, 이미 고속도로가 뚫려 있으면 굳이 국도로 다니지 않는 거예요. 어린 아이나 청소년은 다양한 길을 뚫는 과정, 세상을 경험하고 뭔가를 보고 배울 때 어떻게 해야 하는지 배워가는 과정에 있어요. 그런데 나이가 들수록 가던 길로 가게 되잖아요. 빠른 길을 알고 있으니 계속 그 길로 가는 거죠.

공감 능력이라는 건 내가 이 길로 갈 때 다른 사람은 어떤 길로 가는지 파악하는 능력, 다른 사람이 다른 길에서 겪는 다른 것을 같이 느끼는 능력이에요. 어릴 때나 젊을 때는 다른 길을 가는 사람과도 함께할 수 있겠지만, 굉장히 오랫동안 한길로만 다닌 사람은 다른 길로 가는 사람이 겪는 것에 잘 반응하지 못해요. 새로운 길로 다닐 여지 자체가 줄어들 수밖에 없어서 그래요. 해부학적으로 설명하자면 35세, 40세 이후로는 뇌의 백질 쪽 연결이 줄어들어요. 뇌 용적 자체도 줄어들고요. 하지만 모든 도로를 보수 공사할 수 없으니 자주 쓰는 도로에 자원을 점점 몰아주는 거죠.

스포티파이 같은 앱에서 사람들이 나이에 따라 어떤 취향의 노래를 듣는지, 취향이 얼마나 오래가는지를 데이터로 보여준 재밌는 연구가 있어요. 그런데 되게 흥미로운 게, 얼추 불혹의 나이부터는 듣던 음악만 들어요. 어렸을 때 사이먼 앤 가펑클을, 마이클 잭슨을 좋아했다면 40대 이후로는 그 곡을 쭉 듣고 새로운 채널, 새로운 가수는 잘 안 들으려고 해요. 그렇게 십팔번이 나오는 거죠. 다른 장르를 받아들이는 경향도 크게 줄어들어서 취향이 굉장히 좁아지는데, 여기서 또 흥미로운 건 65세, 70세를 넘어가면서 다시 취향이 열리는 시기가 온다는 데이터가 있더라고요.

김학진 다시 사춘기로 돌아가는 거네요. 뇌에서 뭔가를 학습한다는 건 신경세포들끼리 연결이 생긴다는 거잖아요. 자주 소통하는 세포들끼리는 신호가 정해진 목표로 유실 없이 빠르게 전달될 수 있도록 일종의 절연絶緣이 생겨나요. 그런데 20대 후반까지 유독 절연 정도가 낮은 곳 중 하나가 신체로부터 오는 신호를 수집하는 뇌섬엽이에요.

사실 신경세포가 절연되면 가치를 수정하는 데 굉장한 장애가 생기기 때문에 그래요. 뇌섬엽은 매 순간 신체로부터 오는 신호들을 기준으로 가치를 수정해야 하는데, 절연되어 있으면 가치가 너무 획일화되어 생존에 문제가 생긴다는 거죠.

장동선 절연을 길에 비유하자면 이렇겠네요. 고속도로가 되어버리면 속도는 빨라지지만, 여러 진입로가 없어지고 톨게이트로만 드나들 수 있는 거죠. 그런데 다른 곳과 달리 뇌섬엽은 진입로가 막히기까지 오래 걸리는 거고요.

김학진 굉장히 늦게 막히죠. 그런데 40대가 넘어가면 어떻게 될지는 몰라요. 이 연구는 20대 후반까지만 분석했거든요. 나이가 훨씬 더 많아지면 뇌섬엽에도 절연이 생길 수 있죠.

장동선 그런데 뇌섬엽의 특성상 신호를 가려 받기는 어려울 수도 있겠다는 생각이 드네요.

김학진 가치를 계산하는 부분인 내측 전전두피질과 신체 신호를 수집하는 뇌섬엽이 서로 소통해야 하는데, 이 연결 부분에까지 절연이 발생한다면 가치의 획일화가 일어날 수 있을 것 같아요.

일생 동안 살아오면서 반복적으로 경험하며 학습한 가치들은 당연히 안정적으로 자동화시켜서 효율성을 높이는 것이 중요해요. 그렇지만 상황이 바뀌어서 더 이상 생존에 유리하지 않은데도 과거에 학습한 가치를 계속 고집한다면 문제가 생기겠죠. 이때는 신체로부터 오는 다양한 신호에 귀를 기울이고 효율성과 다양성 간 균형을 회복하는 것이 중요하다고 생각해요. 감정의 정확한 원인을 파악하려 노력하는 '감정 알아차리기'가 그래서 필요하죠. 감정 알아차리기는 자연스럽게 효율성을 추구하도록 설계된 뇌가 다시 다양성에 귀를 기울이도록 해줄 수 있습니다. 뇌가 다양한 신호에 적절하게 반응하면 감정 리스트가 확장되고, 그 결과로 타인의 감정에 공감할 재료도 늘어나죠. 재료가 많아지면 공감도 더 정확해질 수밖에 없고요.

이처럼 효율성 대신 다양성으로 관심을 돌리는 것은 개인을 넘어 사회 차원에서도 중요할 수 있습니다. 효율성을 높이기 위해 하나의 가치에만 선택적으로 집중하는 사회는 변화하는 환경에 적응하지 못하고 지속이 어려워질 테니까요. 그러니 개인과 사회 모두 지속 가능성이라는 목표를 위해서 다양성에 귀를 기울이려 노력해야겠죠.

함께할 수 있다는 희망

_장동선, 조천호

기후위기 이야기의 어려움

장동선 교수님 강연 잘 봤습니다. 기후위기 자체에 공감하지 못하는 사람들이 많다는 게 오늘의 핵심이 될 것 같네요. 이 분야에서 늘 앞장서오신 조천호 교수님의 경험을 토대로, 기후위기라는 전 지구적 위기에 사람들이 공감하지 못하는 이유에 대해 얘기해보면 좋겠습니다. 저는 공감을 방해하는 뇌과학적인 기전이 무엇일지 추측해볼 수 있겠고요. 이런 게 대담의 뼈대가 되면 재밌을 것 같아요.

기후에 대해 늘 말씀해오신 입장에서, 전혀 공감하지 못하는 사람들을 어떻게 대해야 할지 얘기해주세요. 설득해본 사례도, 설득하지 못한 사례도 많을 것 같은데 대부분 후자겠죠?

조천호 제 이야기를 듣고자 하는 사람들은 기후위기에 관심이 많은 분들이에요. 그러다보니 대체로 수용력이 좋아요. 가끔은 벽에다 대고 이야기하는 경우도 있는데, 그럴 땐 이 사람들만 설득하면 세상 사람을 다 설득할 수 있을 거라고 생각해요. 하지만 아직까지는 그리 되지 않네요.

장동선 기후위기에 대해서는 보통 진영이 많이 나뉘어 있죠. 굉장히 중요한 이야기라고 생각해서 처음부터 듣고 싶어하는 쪽, 사실은 듣고 싶지 않은데 어떤 이유로 인해서 듣게 된 쪽. 의식적이건 무의식적이건 이미 입장을 가지고 지식을 접하는 경우가 많잖아요. 공감할 준비가 되어 있는 쪽과 처음부터 공감을 못 하는 쪽, 각각의 경우에 있어서 지식을 전달하는 방법이 좀 다른가요?

조천호 약간 달라요. 이 분야에 관심이 많은 사람이라면 굳이 기후변화의 기본적인 것까지 설명해야 할 필요는 없어요. 기후위기 대응에 중심을 두고 이야기하게 돼요. 전혀 관심이 없거나 처음 접하는 분들이라면 기후가 왜 이토록 위험한지를 먼저 얘기해야죠. 일단은 마음을 흔들어놓는 게 첫 번째니까요.

장동선 이게 되게 재미있는 부분이에요. 사실 뇌과학에서도 공감을 얻기 전 제일 중요한 게 주의를 끄는 행동이라고 봐요. 일반적으로 뇌가 가장 많이 주의를 기울이게 되는 순간은 생존에 대한 위험, 불안, 공포 또는 분노 등 부정적인 감정들에 관련되어 있고요. 강하게 반발하는 사람이라면 대화라도 해볼 수 있지만, 가장 무서운 건 무관심한 경우죠. '그게 나한테 무슨 의미가 있어?'라고 생각하는 경우요. 과학자라면 기본적으로 데이터와 논리에 기반해야겠지만 관심이 없는 사람의 주의를 끌기 위해서는 불안과 두려움 같은 감정을 자극하는 도구도 필요할 수 있다고 봅니다. 교수님은 지식의 전달에 있어서 감정적인 도구를 사용하는 것에 대해 어떻게 생각하세요? 어느 정도까지 사용되어야 하고, 어떤 경우에 지나친 걸까요?

조천호 저는 기후위기가 과학인 동시에 신념이라고 여겨요. 과학은 기후위기가 분명하다는 것을 알려주고 신념은 기후위기를 가치의 틀 안에 통합시켜 행동에 나서도록 하기 때문이죠. 이때 세상을 이해하고 이에 따라 행동하는 방식을 지배하는 건 감정이죠. 인간은 이성만으로 움직이는 게 아니라는 거예요. 감정이, 마음이 움직여야 행동할 수 있어요. 그래서 저는 과학적 사실을 토대로 마음을 흔들 수 있는 이야기를 하려 애쓰는 편이에요.

장동선 그렇다면 개인적으로 흥미로운 부분이 있어요. 기후과학은 단순한 지식을 넘어 실제로 삶을 송두리째 무너뜨릴 위험 앞에서 행동을 바꾸는 게 목적이기 때문에, 위험을 인식시키기 위해서는 어느 정도 감정을 자극할 수밖에 없다고 하셨죠? 그럼에도 전달하는 언어와 내용은 과학적 사실에 기반할 텐데, 사실 자체를 강하게 부정하거나 완전히 비논리적으로 말하는 사람은 없었나요?

조천호 그런 적은 없었던 것 같아요. 일단 오늘날 기후위기의 절박함에 대해 설명할 때 그 자체에 대한 반론을 받아본 적은 한 번도 없어서요. 물론 기후위기 대응에 관해서는 저와 다른 의견들이 좀 있겠지만, 최소한 기후위기의 과학적인 사실에 대해서는 별다른 부정이 없어요. 이렇게 위험하다는 걸 지금에야 알았다는 경우가 대부분이었고요.

장동선 그렇다면 벽에 부딪힌다는 느낌이 올 때는 언제인가요? 전혀 공감하지 못하는 사람들이 주로 가지고 있는 건 뭘까요?

공감을 방해하는 불확실성

조천호 지금까지 인류가 경험했던 대부분의 위험은 눈에 보이는 위험이었죠. 예를 들어 미세먼지는 공기부터 누렇고, 저게 나와 아이들 폐로 들어온다고 하니 즉각적으로 반응하잖아요. 정도는 좀 차이가 날 수 있지만, 이렇게 눈에 보이는 위험에 대해서는 사람들이 거의 비슷하게 반응해요. 대응해야 한다는 사회적 동의도 쉽고요. 그런데 기후위기는 '아무튼 좀 이따 일어난대'라는 식이고, 즉각적인 대응에 둔감하죠.

이렇게 보이지 않는 위험에 대해서 제가 박사님께 묻고 싶은 게 있어요. 학교 다닐 때를 생각해보면, 지금 열심히 공부하면 미래의 삶이 훨씬 더 편하고 좋아진다는 걸 알지만 당장은 노는 게 훨씬 더 즐겁잖아요. 거기에 몰입해버리고요. 마찬가지로, 미래에 위험이 온다는 걸 머리로 인식시키는 건 쉬워요. 그런데 기후위기는 벌어진 다음에 막기가 어려워서 벌어지기 전에 막아야 하는데, 그게 잘 안 되고 있죠. 이 문제를 도대체 어떻게 해결해야 하나요? 열심히 공부하면 미래에 잘될 거라고 해도 열심히 노는 것처럼, 미래의 위험이 너무나 확실한데도 대응하지 않고 오늘의 삶에만 집중하잖아요?

장동선 그걸 설명할 수 있는 이론 또는 가설이 두 가지 떠올라요. 일단 지금 당장 놀기 좋아하는 이유로는 이런 게 있어요. 시간적으로 봤을 때 당장 얻을 수 있는 기쁨은 큰 반면, 한 시간이나 하루, 한 달 후 겪게 될 쾌락은 더 작게 느껴져요. 도파민이 더 적게 분비되는 거죠. 이걸 시간적 할인temporal discounting 효과라고 불러요. 시간이 지날수록 자극이 주는 보상의 정도가 떨어진다는 거예요. 그런데 이게 문화마다 다르고 사람마다 달라요. 우리나라 사람들은 시간적 할인율이 높은 편이에요. '이틀 후에 주는 물건보다는 당일 배송을 선택하겠어'라는 식으로, 미래일수록 얻을 보상이 줄어든다고 느끼는 경향이 강해요. 어떻게 보면 사회적 경험 때문에 그렇죠. 발전이 빠른 대한민국 사회는 눈앞에 보이지 않고 즉각적이지 않다면 가치가 덜하다고 생각하는 경향이 특히 강한 것 같아요.

더 재밌는 건 불확실성uncertainty 메커니즘이에요. 방금 공부를 예로 드셨잖아요? 어떤 친구들이 열심히 공부할까요? 공부만 하면 확실히 시험 점수가 잘 나올 거라고 생각하는 친구들은 동기 부여가 돼서 공부를 해요. 지금 공부해도 점수가 더 잘 나올지 불확실한 친구들은 의지가 떨어져서 공부를 열심히 안 해요. 무언가를 선택하고 판단할 때 작용하는 기전 중 하나가 불확실성 메커니즘이에요. 불확실성이 높을수록 선택지의 매력도가 떨어지게 돼 있죠. 기후위기에 있어서도 위기가 사실이라고 생각하는 경우에는 행동하려는 의욕이 높아지는 반면, '맞는 것 같기도 하고 아닌 것 같기도 하고' '내가 죽을 때까지 기후위기가 정말 올까?' '누구는 아니라고 하던데'라며 정보의 불확실성이 높다고 생각하는 경우에는 행동하지 않을 가능성이 높아지는 거죠. 저는 정보의 불확실성이 기후위기에 대한 태도에 큰 영향을 미칠 거라 짐작하고 있습니다.

조천호 그렇군요. 「그린 스완the Green Swan」이라는 국제결제은행 BIS 보고서에서 기후위기 불확실성을 다루었는데, 위험을 백조white swan, 검은 백조black swan, 녹색 백조green swan 로 분류했어요.

백조의 위험은 뻔한 위험이에요. 예를 들자면 우리나라의 경우

봄철에는 가뭄이 올 가능성이 높고 여름에는 홍수가 날 가능성이 높잖아요. 그래서 물을 관리하는 사람들은 겨울에서 봄까지 댐과 저수지 물을 가두려고 굉장히 애를 쓰죠. 그다음 여름이 가까이 오면 댐과 저수지 물을 좀 뺀단 말이에요. 과거의 위험에 대해서 아주 잘 알아요. 통계적 자료도 많고 경험도 쌓여 있기 때문이에요. 이렇게 과거의 경험을 통해서 잘 대응할 수 있는 위험을 백조의 위험이라고 해요. 검은 백조의 위험은 나심 탈레브가 2008년도에 세계적인 금융위기를 가리켜 한 말이에요. 있을 수 없는 일이 일어나면 검은 백조의 위험이라고 하는 거죠. 대표적인 게 금융위기와 팬데믹 같은 거고요. 검은 백조의 위험은 대비할 수 없어 충격이 크지만 극복 가능하다고 봐요.

그런데 기후위기는 녹색 백조의 위험이에요. 일어난다는 건 확실해요. 그런데 언제, 어디서, 뭐가, 얼마나 일어나는지는 불확실해요. 그렇게 방심하고 있다가 눈앞에 위험이 드러나버리면 회복이 불가능할 수도 있어요. 기후위기가 오면 지구가 자기 증폭적으로 기후를 변화시킬 수 있기 때문이에요. 5억4000만 년 동안 대멸종 사건이 다섯 번 있었잖아요. 원인은 여러 가지지만 궁극적으로는 기후가 자기 증폭적으로 변화한 게 원인이었거든요. 지구는 생명을 풍요롭게 만들지만 생명을 멸종시킬 능력도 갖고 있는데, 바로 그 능력을 깨우는 것이 기후위기라는 거죠. 그런데도 박사님께서 이야기한 그 불확실성이 기후위기 대응을 굉장히 어렵게 만들어요.

장동선 이 부분에서는 교수님께서 말씀하신 기후 정보 피드백이 굉장히 중요할 수 있어요. 눈에 보이고 손에 잡히는 데이터와 변화에 대한 담론이 점점 많아져야 하고, 그중 정말로 기후변화를 보여주는 신뢰성 높은 지표들이 생겨나면 변화를 실감하고 행동으로 이어질 가능성이 높겠죠. 기후위기가 온다는 얘기는 많이 들으면서도 공감하고 행동하지 못하는 이유 중 하나가 정보의 불확실성이니, 불확실성을 줄여주는 것만으로도 공감을 더 이끌어낼 수 있겠네요.

조천호 기후위기 전망에 대해 모든 것을 알지는 못하지만, 아무것도 모르는 건 아니에요. 불확실성이 있다 해도 정보 가치는 분명 존재합니다. 모호함이 커질수록 정확도는 높아집니다. 예를 들어 여름철 하루 동안 우리나라 전역에 대해 '곳에 따라 한때 비'라고 예보하면 거의 다 맞을 거예요. 그러나 특정 시점, 특정 지점의 강수량은 맞추기 어렵습니다. 결국 예측도 대상에 따라 정확도가 크게 달라져요. 날씨와 기후가 다르듯 날씨 예보와 기후 전망도 서로 달라요. 그러므로 날씨 예보가 불확실하다고 해서 기후 전망도 불확실하다고 이야기할 수는 없습니다. 역설적이게도 일주일 후의 날씨를 예보하는 것보다 100년 후 기후변화를 전망하기 더 쉬운

면이 있어요. 기후 전망은 특정 지점과 시점이 아닌 넓은 규모의 장기적 평균 상태를 다루기 때문이죠.

예측 불확실성은 과학의 한계죠. 불확실성을 벗어날 수 없다면 불확실성 자체를 이해하는 게 중요해요. 미래 전망의 불확실성을 줄이기 위해 전 세계 여러 기관의 기후변화 전망을 함께 다루어야 해요. 미래 온실가스 배출량 시나리오는 사기꾼의 주사위에 비유할 수 있어요. 시나리오가 '특정 숫자 쪽에 무게가 더해진' 주사위처럼 작동하기 때문이죠. 시나리오에 따라 각 기관의 기후변화 모델은 한쪽으로 편향된 결과를 산출합니다. 다시 말해, 모델 결과는 외부 강제력에 따라 끌개attractor에 정착해요. 남한과 북한 주민의 평균 사망 연령이 각국의 사회경제적 조건에 따라 뚜렷하게 차이 나는 것과 같아요. 비유하자면 '사회경제적 조건'이 '온실가스 배출량 시나리오'이고 '주민'이 '개별 모형의 결과'입니다. 각 나라 기관의 기후변화 모델에서 산출된 결과들을 모아 그 평균으로 미래를 전망하고, 분산으로 기후변화 전망의 신뢰성을 평가합니다. 이렇게 기후 전망을 통해 확실한 것뿐 아니라 불확실한 것도 알 수 있어요.

장동선 그런 의미에서 커뮤니케이션도 중요하다고 생각해요. 지금까지는 과학자들도 불확실성이 높다고 굉장히 조심스럽게 이야기했지만, 이제는 증거가 모이면서 기후위기가 굉장히 확실해졌는

행복은 뇌 안에

데도 아직 불확실한 정보라고 여기는 사람이 많잖아요.

조천호 기후위기가 심각해지고 있다는 건 확실해요. IPCC에서 5년 내지 7년 동안 모은 연구 결과를 분석해서 보고서를 발간하는데, 올해 6차 보고서까지 나와 있어요. 이 수천 페이지짜리 보고서를 한 줄로 요약하면, '지금의 기후변화는 인간 때문인가?'라는 질문에 대한 답이에요. 1990년 1차, 1995년 2차 보고서까지만 해도 당시 과학적 증거로는 기후변화가 자연 변동일 가능성을 완전히 배제하지 못했어요. 그런데 2001년 3차 보고서에서 처음으로, 오늘날의 기후위기가 바로 인간 때문일 확률이 67퍼센트라고 분석했어요. 2007년 4차 보고서에서는 90퍼센트 이상, 2013년 5차 보고서에는 95퍼센트 이상이라고 확신의 수위를 높였어요. 작년에 나온 6차 보고서는 인간 때문에 기후위기가 일어나는 것이 확실하다고 분석하고 있고요. 다만 전 지구나 대륙 규모보다 더 작은 영역에서는 여전히 불확실성이 높아요. 그렇지만 중요한 건 불확실성이 급격히 줄어드는 경향이죠. 과학적 증거가 쌓이면서 기후위기가 점점 빠르고 강해지고 있어요. 앞으로 더 명백해질 거예요. 결국 기후위기가 눈앞에 보이는 순간에는 손쓸 방법이 없게 돼요. 그 전에 막아야만 해요.

편 가르지 않기, 의견을 나누기

장동선 사람들이 기후위기에 공감하지 못하는 두 번째 이유는 정보를 찾고 판단하는 방식에 있다고 봐요. 어쩌면 훨씬 더 직접적인 원인일 수 있어요. 결국 사람들은 주변 그룹에서 정보를 샘플링하고 판단의 근거를 찾는 경우가 많아요. 그러다보니 과학자 그룹이나 환경 운동 단체 등 기후위기에 크게 공감하는 동료들이 많다면 함께 중요성을 인지하게 되지만, '다 거짓말이다' '음모론이다'라며 가짜 뉴스를 믿는 회의론자가 주변에 많으면 덩달아 의문이 들 법도 하죠. 주변 사람들을 표본으로 생각하고 따라가게 되는 거예요.

그래서 저는 결국 뇌의 편 가르기 근성이 공감을 방해하는 큰 요소 중 하나가 아닐까 생각해요. 기본적으로 인간은 내집단-외집단 편향이 굉장히 심한 존재예요. 내 편에 있는 사람들이 모두 기후위기는 거짓말이라고 말한다면 정보의 확실성, 불확실성을 따져보지도 않고 새로운 정보를 받아들이려 하지도 않아요. 팔이 안으로 굽는 것처럼 내 편을 보호하기 위해서 특정 정보만 샘플링하는 경향이 있는 것 같아요. 저는 이 부분에 있어서 과학의 정치화가 큰 문제 중 하나라고 생각해요. 대표적인 분야가 기후위기고, 최근 경험한 백신 관련 논란도 마찬가지예요. 미국을 예로 들

행복은 뇌 안에

자면 공화당 지지자는 대부분 기후위기를 부정해야 한다고 생각하고, 민주당 지지자는 대부분 기후위기를 인정해야 한다고 생각하죠. 과학적 사실이나 정보의 불확실성과 상관없이 이데올로기화되어 있어요. 공감을 위해서는 이런 내집단-외집단 편향을 깨트려야 합니다.

흥미로운 건 비단 기후위기만이 아닌 남녀 차별, 인종 차별, 사회적 불평등 같은 수많은 문제에 있어서도 집단 편향이 작용하고 있다는 거예요. 어쩌면 기후위기 대응을 위해서는 집단 간 구분선이 실제가 아닌 가상임을 깨닫게 해주는 것이 최우선일지도 몰라요. 개인적으로 과학 커뮤니케이션에서 굉장히 중요하게 생각하는 것 중 하나가 이거예요. 언뜻 보면 인종이 셋으로 나뉠 것 같고 민주당과 공화당이 나뉠 것 같고 보수와 진보가 나뉠 것 같지만, 세세하게 들어가서 질문해보는 거죠. 유전자를 분석해보면 사실 인종이란 존재하지 않는 개념이에요. 정치적 입장도 어떤 기준으로 진보와 보수가 나뉘는지 하나하나 디테일하게 질문해보면 사실 선이 흐려진 지 오래라는 걸 알 수 있거든요. 그런 식으로 진영을 나누는 선에는 큰 의미가 없다고 말해줘야 해요. 인간은 두 진영으로 나눌 수 없는 존재라는 걸 깨닫고 나서야 기후위기 같은 문제들을 받아들이고 이해할 수 있을 거라고 생각합니다.

조천호 저도 전적으로 동의해요, 사실을 하나로 만들어야 한다고 봐요. 특히 과학은 물질을 다루기 때문에 숫자가 명확히 나오거든요. 사실을 해석하고 받아들일 때는 의견이 좀 다를 수 있겠죠. 대응도 좀 다를 수 있고요. 그렇지만 사실은 하나여야 해요.

그런데 한국 정치와 사회를 보면 사실이 여러 개인 경우가 있어요. 언론들조차도 그렇고요. 하나의 사실에 대해 서로 다른 의견을 제시해보고, 투표도 해보고, 민주적으로 합의하기 위해서 노력해야 해요. 그런데 사실이 여러 개여서 '내 사실은 이거야'라고 하면, 다른 사람의 의견을 들을 수 없고 합의할 수도 없는 상황이 되어버리죠. 사실을 하나로 만들 역량이 사회에 없다는 건 위험한 징조예요.

장동선 이렇게 설명할 수도 있을 것 같아요. 같은 맥락에서 '논리가 통하지 않는다'는 말을 하잖아요. 예전 그리스에서는 서로 다른 의견과 해석을 가지고 논쟁을 많이 벌였죠. 논증을 위한 삼단논법이라는 것도 있고요. 'A는 B고 B는 C면 A는 C 맞지?'라고 할 때, 이 논리 자체를 부정해버리면 의견을 나눌 바탕이 없어지는 거예요. 지금은 그런 경우가 많이 보이는 것 같아요. 논리 자체를 받아들이지 않으면 어떤 대화나 담론도 통하지 않게 돼요. 건강한 사회는 기본적인 논리와 담론이 통하는 사회가 아닐까 합니다.

조천호 과학은 절대적 진리를 주장하지는 않아요. 항상 검증하고 반증하잖아요. 증거를 가지고 기존 권위를 무너뜨리죠. 천동

설을 무너뜨리고 지동설을 세웠듯이요. 증거와 합리성으로 절대적인 권위를 부정하는 것에 과학의 역동적인 힘이 있는 거예요. 과학은 끊임없이 검증과 반증을 겪어야 해요. 과학이 절대 진리는 아니지만, 반증과 검증 끝에 마지막으로 남는 것을 잠정적인 진리로 받아주자는 합의적인 시스템이 과학의 방법론이죠.

과학은 물질적 세계를 이해하는 하나의 방법이고, 이성은 완벽하지 않기 때문에, 항상 반증하고 검증하는 거예요. 인류가 지금까지 갖고 있는 모든 지식 중에서 그나마 사실에 가장 가까이 접근할 수 있는 영역이 과학인데, 과학에서조차 각자의 사실이 있다는 건 굉장히 위험합니다.

장동선 저는 이렇게 생각해요. 예를 들어 기술의 영역에서는 사람들이 검증을 통해 사실을 잘 받아들이고 있잖아요. 원을 정확하게 측정하지 않고 바퀴를 만들면 차가 굴러가나요? 사고가 나죠. 기차건 우주선이건 검증된 과학적 공식으로 설계하지 않으면 아예 작동하지 않아요. 사회과학이나 인문학의 영역에서는 이데올로기를 가지고 부딪힐 수 있고 누구 말이 맞는지 생각해볼 수 있어요. 그런데 과학과 기술에 있어서 가장 최종적인 검증은 그게 되냐, 통하냐, 실제로 이루어지느냐거든요.

그런데 기후과학이 가장 어려운 이유는 정말로 사태에 직면하고 나서야 최종 검증이 된다는 데 있어요. 그러기를 원하지 않으니까 행동을 촉구하는 거고요. 그런데 기후과학이 옳다는 걸 증명해보라고 하고, 모든 게 끝나야만 최종 검증이 가능한데도 그 전까지는 사실을 믿지 않는다는 부분에서 답답한 거죠.

조천호 검증할 수 없으면 과학이 아니죠. 기후변화 모델로 전망된 결과는 먼 미래에 일어날 일이므로 관측으로 검증되지 않죠. 그렇다고 검증을 포기하지는 않아요. 기후 전망은 분명 과학이기 때문이에요. 기후변화 예측 모델로 산업혁명 이후 현재까지의 기후를 재현하고, 과거 관측과 비교하여 모델의 성능을 검증합니다. 과거를 잘 재현했다면 미래도 잘 예측할 거라고 믿을 수 있죠. 1990년대부터 본격적으로 미래 기후변화를 전망해왔어요. 이제 30년이 지났으니 관측 자료로 1990년의 전망을 검증할 수 있어요. 검증해보니 그때의 전망이 잘 맞았기 때문에 미래 기후변화 전망도 믿고 있고요.

정확한 지식을 선별하는 방법이 있을까?

장동선 기후위기 관련 지식 중에는 정확한 것도 있고 왜곡된 것도 있는데, 지식을 잘 선별해내는 방법을 어떻게 체득해야 할까요?

행복은 뇌 안에

과학자가 아닌 일반인은 어떤 기준으로 책을 읽고 어떻게 지식을 검증해볼 수 있을까요?

조천호 기후변화 분야는 현재 만들어지고 있는 과학 분야입니다. 새로운 과학적 증거들이 축적됨에 따라 새로운 사실들이 밝혀지고 있기 때문이에요. IPCC에서는 5~7년 간격으로 195개 회원국의 과학자들이 전 세계 연구를 모아 평가하고 있어요. 그후 각국 정부 관계자들도 정책 결정자의 시각에서 보고서 내용이 적절하고 명확한지를 확인합니다. 실질적으로 과학자뿐만 아니라 각국 정부도 평가 결과에 참여하는 셈이죠. 이 모든 과정은 과학적 객관성과 정치적 중립성을 바탕으로 이루어집니다. 그러니 기후변화에 대한 정보로서 IPCC 보고서의 가치는 충분히 입증되었다고 볼 수 있죠. 게다가 다 일반에 공개되어 있고요. 이렇게 전 세계적인 집단 지성을 활용하는 건 IPCC 보고서가 대표적이죠. 그래서 오늘날 기후위기에 관련된 모든 것은 IPCC 보고서를 기준으로 삼아야 해요.

장동선 그러면 일상에서는 어떤 책이나 정보를 어떻게 찾아볼 수 있을까요? IPCC 보고서가 너무 전문적이라고 느껴진다면요?

조천호 IPCC 보고서에서 정리한 사실을 기준으로 삼는 책을 선택해야죠. 우리나라에 관한 정보라면 기상청이라든가 한국환경연구원[KEI] 같은 곳에서 나오는 자료를 참고하면 돼요.

장동선 『지구를 위한다는 착각』에 대해 다른 곳에서도 말씀을 많이 하셨어요. 굉장히 많은 사람이 인용하는 베스트셀러지만 내용이 잘못되었다고 얘기해오셨는데, 나름 전문적인 것처럼 포장되어 나오는 책이나 지식에 대해서는 어떻게 대응하는 게 좋다고 보세요?

조천호 저는 그 책을 사실에 대한 의견이 아니라 의견에 끼워 맞춘 사실이라고 봐요. 책에서 인용하는 건 IPCC 보고서와 권위적인 보고서들이에요. 그런데 사실을 자기 의견에 맞추다보니 결국 보고서의 사실이 맥락과는 다르게 왜곡되어버렸어요.

장동선 소스 자체는 부정할 수 없는 소스네요.

조천호 그렇다 해도 입장에 맞는 자료만 골라 편집한 전형적인 '체리피킹cherry picking'이죠. 그런데 이런 책이 넓은 공감을 얻고 있어요. 기후위기는 지금껏 혜택을 누리게 해준 체제를 바꿔야 한다고 주장하기 때문에 사람들을 당혹스럽게 만들어요. 그런데 이 책은 과학이라는 포장지를 두르고 살던 대로 살아도 잘살 수 있다고 말하기 때문에 공감을 얻어요. 오류로 점철된 책이지만, '지금처럼 살아도 된다'는 메시지는 기후 불안을 회피할 기제가 되잖아요.

장동선 맞는 비유인지 좀 조심스럽긴 한데요, 위험과 불안과 두려움을 자극해서 공감과 행동을 이끌어내는 방법과 좀더 부드럽게 행동을 이끌어내는 방법이 있다면 사람들이 후자에 더 호감을 느끼는 거죠. 그런데 후자는 '위험하지 않은데 굳이 행동해야 할까?'라는 결론이 날 수도 있는 거고요. 어떻게 공감을 통해서 행동을 이끌어낼지 고민할 때 이 부분이 큰 문제인 것 같아요.

앞서 제가 편 가르기, 이데올로기 진영 논리를 없애거나 넘어서는 법을 고민해야 한다고 했어요. 또 다른 답을 제안하자면, 사람들이 기후위기에 대응하는 행동을 취했을 때 직접적으로 얻을 이득을 어필하는 방법도 있지 않을까 생각해요. 이기심에 호소하는 거죠.

이 기 심 에 호 소 하 기

장동선 김학진 교수님 대담에서도 이야기가 나왔어요. 『이타주의자의 은밀한 뇌구조』에서 얘기하는 게, 이타주의의 이면에는 평판을 높이고자 하는 이기주의가 숨어 있다는 거잖아요. 어떤 의미에서는 기후위기에 대처하는 행동이야말로 그런 이기주의적인 동기에 잘 들어맞는다고 생각해요. 기업들 중에서도 이타주의를 가장한 이기주의에 따라 행동하는 기업이 많을 것 같아요. 하지만 의도와 상관없이, 그런 행동도 지구의 위기를 줄일 수 있다면 좋은 거죠. 모두 이타주의자가 되자는 의견이 넓은 공감을 얻지 못한다면, 평판도 쌓고 지구도 구할 수 있다며 사람들의 이기심을 자극하는 캠페인도 필요하지 않을까요?

조천호 실제로 그걸 제일 잘하고 있는 나라가 독일이에요. 이미 재생에너지 비율이 전체 전력 대비 40퍼센트를 넘어요. 태양광이나 풍력 발전은 자연 조건을 이용하다보니 나라별로 비용 차이가 크죠. 독일은 가장 비용이 비싼 나라예요. 그럼에도 재생에너지 비율을 높이는 게 오로지 인류를 생각해서, 기후변화에 대응하기 위해서일까요? 어차피 미래에는 재생에너지로 전환해야 해요. 2000년대 초반만 해도 재생에너지, 즉 태양광과 풍력 에너지 비중은 핵에너지와 비교가 안 됐어요. 그 이후 재생에너지 비중이 거의 기하급수적으로 늘어, 2021년에는 전 세계적으로 태양광과 풍력 발전량이 핵 발전량을 넘었죠. 해마다 차이는 커지고 있습니다. 독일은 돈이 많이 들더라도 미리 투자해서 재생에너지 기술의 우위, 먹거리 우위를 확보하겠다는 국가 전략으로 재생에너지 산업을 키우고 있어요.

더 이상 화석연료로는 새로운 세상을 만들기가 어려워요. 제2차 세계대전 때 유럽은 잿더미가 됐지만, 지적 네트워크가 있었기에 무너진 기존 체계를 새로운 체계로 빠르게 구축했잖아요. 선진국은 지금까지 화석연료를 기반으로 전 세계를 지배했는데, 재생에너지에 기반할 새 세상에서도 계속 지배력을 유지하려 하고 있어요.

작년 6월에 G7 회의가 열렸어요. 이때 기후와 환경에 관련해 기온 1.5도 상승 방지, 생물 다양성 보존을 적극적으로 추진하기로 협약했죠. 그런데 협약을 따르게 되면 이제서야 석탄발전소를 만들려던 가난한 나라들이 발전소를 못 만들게 돼요. 야생지도 개발하지 못하게 되고요. 그러니 가난한 나라들은 협약에 동의하지 않을 거예요. 그래서 잘사는 나라들이 기후위기 대응과 생물 다양성 보존을 위해 매년 1000억 달러를 모아 가난한 나라에 지원해주자고 합의했죠.

어떤 면에서는 인류애적이지만, 그런 면만 있을까요? 가난한 나라에 1000억 달러를 지원한다는 건 풍력·태양광 산업, 분산 전력망 등 신재생에너지 기술 인프라를 구축한다는 거예요. 일단 인프라가 구축되면 부품을 계속 공급받고 기술도 업데이트해야 하죠. 결국 선진국의 기술력에 의존하게 돼요. 그러니까 1000억 달러에는 인류애뿐 아니라 바로 자국의 우수한 기술을 전 세계적 표준으로 만들겠다는 국가 전략도 들어 있는 겁니다. 세상은 이렇게 선의만이 아니라 욕망으로도 움직이는 것이죠.

장동선 어떤 의미에서는 욕망을 이용하는 것이 효율적일 수도 있겠다고 생각해요. 선의만으로 세상을 바꾸기 위해 행동하라고 하면 공감을 얻기 어렵겠지만, 이득을 얻을 수 있다고 포장한다면 더 넓은 공감대를 이끌어낼 수 있죠. 사실 너무 이상주의적인 접근보다는 이렇게 실용주의적인 접근도 생겨나고 있다는 게 긍정적이라고 생각해요.

조천호 궁극적으로 그런 실용주의적인 면이 세상을 이끌 거라고 봐요. 모두가 성인이라면 무슨 문제가 있겠습니까? 개인은 모순적이고 무력해요. 그렇다고 세상이 망하게 둬서는 안 되잖아요. 윤리적으로 완벽해야 좀더 나은 세상을 만들 수 있는 건 아니잖아요. 예를 들어 유럽 주요 도시들은 도심부 교통 분담률 절반을 자전거가 차지해요. 코펜하겐에서 자전거를 타고 다니는 이유에 대해 설문 조사를 한 적이 있는데, 기후위기에 대응하거나 환경을 보호하기 위해서라고 답한 사람은 적었대요. 빠르고 편리하니까 타고 다니는 거래요. 도심에 완벽한 자전거 도로를 만들어준다면 대부분 자전거를 탄다는 거죠. 지금 대한민국 도시는 자동차를 기반으로 만들어졌기 때문에 자전거를 타고 생활할 엄두를 못 내는 거예요. 자전거 도로가 잘 되어 있으면 천천히 가도 1시간에 10킬로미터를 가요. 이렇게 기후위기에 대응할 수 있는 환경 친화적인 시스템을 만들어주면 사람들은 시스템대로 살아갑니다. 그러려면 관련 법이 제정되고 집행되어야 해요. 사람이 선하기를 기대하는 게 아니라, 선하게 살 수 있는 세상을 만들어야죠.

타인의 위험이 곧 나의 위험

장동선 그러면 여기서 마지막 질문으로 넘어가면 좋을 것 같아요. 사실 기후위기로 인해 가장 큰 피해를 입는 것은 개발도상국이나 소외 계층, 사회적 약자들이라는 걸 고민해봐야 해요. 위층에서 만든 쓰레기를 아래층에서 받는 구조거든요. 기후위기에 대응하는 와중에 계속 손해를 보고 경제적으로나 사회적으로나 불평등한 대우를 받는 사람들을 위해서는 어떻게 행동해야 할까요? 여기에 대해 많이 고민해보셨을 교수님께 여쭙고 싶어요. 국제정치에서도 개발도상국은 왜 발전할 기회를 뺏겨야 하는지가 늘 쟁점이잖아요. 어떤 입장에서 어떻게 공감을 이끌어내고 설득할 수 있을까요?

조천호 기후위기는 언제 어디서 누가 온실가스를 배출했는지에 상관없이 전혀 다른 계층, 지역, 세대에게 피해를 줄 수 있어요. 불평등은 소수의 단기적 이익을 위해 모두의 장기적 이익을 파괴합니다. 온실가스 농도는 세상 모든 곳에서 평등하게 증가하지만, 불평등하게도 가난한 이들과 다음 세대가 대부분의 피해를 입죠. '가진 자'들이 일으킨 위험이 '가지지 못한 자'들에게 전해지는 게 기후위기예요. 즉, 기후위기는 불평등으로 인해 서로 돌보고 아끼고 나누지 않아서 발생해요.

기후위기를 제대로 막지 못하면 금세기 안에 기온 상승 폭이 2도에 도달할 수 있습니다. 그러면 식량 생산이 10퍼센트 정도 줄어들 거예요. 현재 전 세계 인구가 80억 명인데, 골고루 나눠 먹으면 식량이 모자라지는 않아요. 그런데도 약 10퍼센트의 인구가 굶주림에 시달리고 있어요. 여기서 생산량이 10퍼센트 줄어든다면 어떻게 될까요?

생산량이 줄어도 80억 명이 위험을 골고루 분담하면 그나마 괜찮겠지만, 세상은 정의롭지 않기 때문에 식량위기가 자체적으로 증폭될 거예요. 약 7억 명의 난민이 발생할 가능성이 있어요. 먹고 살려고 국경을 넘는 사람들로 인해 세상은 아수라장이 될 거예요.

세상이 정의로워지지 않는다면 기후위기를 해결할 수 없다고 생각해요. 타인이 안전해야 내가 안전해져요. 기후위기에서 벗어나기 위해 정의로운 세상을 만들자고 서로를 설득해야 해요.

장동선 기후위기에는 전 지구적 불평등 문제가 직결되어 있고, 불평등은 결과적으로 더 큰 혼란을 만들어낼 것이기 때문에, 자국을 보호하기 위해서라도 각 국가들에게는 기후위기에 대응할 유인이 있다는 거군요. 공감을 이끌어낼 강력한 논거네요.

대 담 을   마 치 며 :
함 께 할 수 있 다 는   희 망

장동선 많은 얘기를 한 것 같아요. 전체를 다 정리하기는 어려울 것 같지만 한번 해볼게요.

먼저 사람들을 움직이는 기본적인 힘 몇 가지로 불안과 위험, 생존 욕구를 이야기했어요. 그다음은 내집단-외집단 편향이었는데, 이대로 가면 모두가 위험해질 수 있다는 공동체 정신의 확립이 중요하다고 했죠. 그리고 인정받고자 하는 욕구나 잘살고자 하는 욕구 자체에 호소하는 실용주의적인 접근이 어쩌면 단순히 위기의 종만 울리던 지난 몇십 년 동안의 접근보다 더 효과적일 수 있겠다는 이야기도 했고요.

그럼에도 귀가 열리지 않는 사람들이 있죠. 다수가 행동하기 시작하는 순간 일종의 '티핑포인트'처럼 동의하지 않더라도 따라갈 수밖에 없는 물결이 생기기 때문에, 실용주의적이건 이상주의적이건 그러한 물결에 더 많은 사람이 공감할 수 있도록 만드는 게 우선인 것 같아요. 과학자가 대중과 더 많이 소통해야만 하는 궁극적인 이유 중 하나가 바로 이런 게 아닌가 생각합니다.

공감 이야기로 마무리하겠습니다. 뇌과학이나 심리학에서는 공감을 여러 범주로 나눠요. 이를테면 '컴패션compassion'은 함께 고통

을 겪거나 타인이 고통을 겪게 하지 않는 것이고, '엠퍼시empathy'
는 다른 사람의 입장에서 생각하는 거예요. 고통받는 사람들을
위해서라도 기후변화에 대해 의식을 가지고 공동으로 행동해야
합니다. 지구라는 단 하나뿐인 행성에 함께 사는 주민이라는 조건
만으로도 서로 연결되어 있다는 것을, '엠퍼시'의 측면에서 모두가
느꼈으면 좋겠습니다.

조천호 살아남는 게 희망이 아니라 함께하는 게 희망이에요. 희
망은 가지는 것이 아니라 함께 만드는 것이죠. 기후위기 시대에
'나는 무엇을 할 수 있을까?'를 넘어 '우리는 무엇을 할 수 있을까?'
를 물어야 해요. 그러려면 함께 공감해야죠. 공감해야 연대할 수
있고, 좋은 세상을 만들어 기후위기에서 벗어날 수 있어요.

행복은 뇌 안에

1장 뇌의 공감 메커니즘

1   Dunbar, R. I. (1998). The social brain hypothesis. *Evolutionary Anthro-pology: Issues, News, and Reviews*, 6(5), 178-190; Dunbar, R. I. (2009). The social brain hypothesis and its implications for social evolution. *Annals of human biology*, 36(5), 562-572; Emery, N. J., Clayton, N. S., & Frith, C. D. (2007). Introduction. Social intelligence: from brain to culture. *Philosophical Transactions of the Royal Society B: Biological Sciences*, 362(1480), 485-488.

2   Kanske, P. (2018). The social mind: disentangling affective and cognitive routes to understanding others. *Interdisciplinary Science Reviews*, 43(2), 115-124; Stietz, J., Jauk, E., Krach, S., & Kanske, P. (2019). Dissociating empathy from perspective-taking: Evidence from intra-and inter-individual differences research. *Frontiers in Psychiatry*, 10, 126; Schurz, M., Radua, J., Tholen, M. G., Maliske, L., Margulies, D. S., Mars, R. B., … & Kanske, P. (2021). Toward a hierarchical model of social cognition: A neuroimaging meta-analysis and integrative review of empathy and theory of mind. *Psychological Bulletin*, 147(3), 293.

3   Ekman, P., Davidson, R. J., Ricard, M., & Alan Wallace, B. (2005). Buddhist and psychological perspectives on emotions and well-being. *Current Directions in Psychological Science*, 14(2), 59-63; Klimecki, O., Ricard, M., & Singer, T. (2013). Empathy versus compassion: lessons from 1st

and 3rd person methods. *Compassion: Bridging practice and science*, 272-287; Klimecki, O. M., Leiberg, S., Ricard, M., & Singer, T. (2014). Differential pattern of functional brain plasticity after compassion and empathy training. *Social cognitive and affective neuroscience*, 9(6), 873-879; Ricard, M., Lutz, A., & Davidson, R. J. (2014). Mind of the meditator. *Scientific American*, 311(5), 38-45; Ricard, M. (2015). *Altruism: The power of compassion to change yourself and the world*. Little, Brown; Singer, T., & Ricard, M. (2015). *Caring economics: Conversations on altruism and compassion, between scientists, economists, and the Dalai Lama*. Picador.

4   Aglioti, S. M., Cesari, P., Romani, M., & Urgesi, C. (2008). Action anticipation and motor resonance in elite basketball players. *Nature neuroscience*, 11(9), 1109-1116. 실험을 직접 체험해보려면 다음을 참조: 티앤씨재단. (2021. 11. 1.). 공감을 위한 뇌의 메커니즘 | 장동선 궁금한뇌연구소 대표(2021 티앤씨 APoV 컨퍼런스). *YouTube*, https://youtu.be/ND8cJ5Jiayk?t=612. 10:12.

5   ABREU, A. (2014). Action anticipation in sports: A particular case of expert decision-making. *Trends in Sport Sciences*, 21(1). 실험 장면은 다음을 참조: ReNo9Prod. (2016. 11. 12.). CRISTIANO RONALDO-Tested To The Limit! | A MACHINE! | HD. *YouTube*, https://youtu.be/4achmhzL-NoY?t=1308. 21:48.

6   Chang, D. S., Bülthoff, H. H., & De La Rosa, S. (2013, August). Making trait judgments based on biological motion cues: a thinslicing approach. In *Proceedings of the ACM Symposium on Applied Perception*, 128; Wellerdiek, A. C., Leyrer, M., Volkova, E., Chang, D. S., & Mohler, B. (2013, August). Recognizing your own motions on virtual avatars: is it me or not?. In *Proceedings of the ACM Symposium on Applied Perception*, 138; Fedorov, L. A., Chang, D. S., Giese, M. A., Bülthoff, H. H., & De la Rosa, S. (2018). Adaptation aftereffects reveal representations for encoding of contingent social actions. Proceedings of the National Academy of Sciences, 115(29), 7515-7520. 실험에 관한 시각적 자료는 다음을 참조: 티앤씨재단. (2021. 11. 1.). 공감을 위한 뇌의 메커니즘 | 장동선 궁금한뇌연구소 대표 (2021 티앤씨 APoV 컨퍼런스). *YouTube*, https://youtu.be/ND8cJ5Jiayk?t=809. 13:29.

7   EBSDocumentary(EBS 다큐). (2018. 4. 6.). EBS 다큐프라임-Docuprime_'4차 인간' 2부-인간은 기계인가?_#003. *YouTube*, https://youtu.be/Tfd--vyCN-

p8?t=25. 00:25.

8   Stephens, G. J., Silbert, L. J., & Hasson, U. (2010). Speaker-listener neural coupling underlies successful communication. *Proceedings of the National Academy of Sciences*, 107(32), 14425-14430; Hasson, U., Ghazanfar, A. A., Galantucci, B., Garrod, S., & Keysers, C. (2012). Brain-to-brain coupling: a mechanism for creating and sharing a social world. *Trends in cognitive sciences*, 16(2), 114-121.

9   Nguyen, M., Chang, A., Micciche, E., Meshulam, M., Nastase, S. A., & Hasson, U. (2022). Teacher-student neural coupling during teaching and learning. *Social cognitive and affective neuroscience*, 17(4), 367-376; Piazza, E. A., Hasenfratz, L., Hasson, U., & Lew-Williams, C. (2020). Infant and adult brains are coupled to the dynamics of natural communication. *Psychological Science*, 31(1), 6-17; Silbert, L. J., Honey, C. J., Simony, E., Poeppel, D., & Hasson, U. (2014). Coupled neural systems underlie the production and comprehension of naturalistic narrative speech. *Proceedings of the National Academy of Sciences*, 111(43), E4687-E4696.

10   Carroll, S. B. (2016). *Genetics and the making of Homo sapiens*. Routledge; Coolidge, F. L., & Wynn, T. G. (2018). *The rise of Homo sapiens: The evolution of modern thinking*. Oxford University Press; Neubauer, S., Hublin, J. J., & Gunz, P. (2018). The evolution of modern human brain shape. *Science advances*, 4(1); Zollikofer, C. P., Bienvenu, T., Beyene, Y., Suwa, G., Asfaw, B., White, T. D., & Ponce de León, M. S. (2022). Endocranial ontogeny and evolution in early Homo sapiens: The evidence from Herto, Ethiopia. *Proceedings of the National Academy of Sciences*, 119(32), e2123553119.

11   Gilbert, P., & Irons, C. (2005). Focused therapies and compassionate mind training for shame and self-attacking. In *Compassion*. Routledge; Gilbert, P. (2009). Introducing compassion-focused therapy. *Advances in psychiatric treatment*, 15(3), 199-208; Gilbert, P. (2010). *Compassion focused therapy: Distinctive features*. Routledge.

12   Fini, C., Cardini, F., Tajadura-Jiménez, A., Serino, A., & Tsakiris, M. (2013). Embodying an outgroup: the role of racial bias and the effect of multisensory processing in somatosensory remapping. *Frontiers in behavioral neuroscience*, 7, 165; Maister, L., Slater, M., Sanchez-Vives, M. V., & Tsakiris, M. (2015). Changing bodies changes minds: owning another

body affects social cognition. *Trends in cognitive sciences*, 19(1), 6-12; Estudillo, A. J., & Bindemann, M. (2016). Multisensory stimulation with other-race faces and the reduction of racial prejudice. *Consciousness and Cognition*, 42, 325-339; Zhang, X., Hommel, B., & Ma, K. (2021). Enfacing a female reduces the gender-science stereotype in males. *Attention, Perception, & Psychophysics*, 83(4), 1729-1736.

13 Bailenson, J. (2018). *Experience on demand: What virtual reality is, how it works, and what it can do.* WW Norton & Company.

3장 공감의 이타성과 자기중심성

1 Fisher, J. P., Hassan, D. T., O'Connor, N. (1995). Minerva. *British Medical Journal*, 310, 70.

2 Singer, T., Seymour, B., O'doherty, J., Kaube, H., Dolan, R. J., Frith, C. D. (2004). Empathy for pain involves the affective but not sensory components of pain. *Science*, 303(5661), 1157-1162.

3 Van Boven, L., Loewenstein, G. (2003). Social Projection of Transient Drive States. *Personality and Social Psychology Bulletin*, 29(9), 1159-1168.

4 Barrett, L. F. (2017). *How emotions are made: The secret life of the brain.* Pan Macmillan.

5 Johns, M., Schmader, T., Martens, A. (2005). Knowing is half the battle: Teaching stereotype threat as a means of improving women's math performance. *Psychological science*, 16(3), 175-179.

6 Slagter, H. A., Lutz, A., Greischar, L. L., Francis, A. D., Nieuwenhuis, S., et al. (2007). Mental training affects distribution of limited brain resources. *PLOS Biology*, 5(6), e138.

7 Lutz, A., McFarlin, D. R., Perlman, D. M., Salomons, T. V., & Davidson, R. J. (2013). Altered anterior insula activation during anticipation and experience of painful stimuli in expert meditators. *NeuroImage*, 64, 538-546.

1 Eklund, J. H., & Meranius, M. S. (2021). Toward a consensus on the nature of empathy: A review of reviews. *Patient Education and Counseling*, 104(2), 300–307.

2 Gazzaniga, M. S. (2008). *Human: The science behind what makes your brain unique*. New York, NY: HarperCollins.

3 Baumeister, J. C., Papa, G., & Foroni, F. (2016). Deeper than skin deep—The effect of botulinum toxin-A on emotion processing. *Toxicon*, 118, 86–90.

4 Mars, R. B., Neubert, F. X., Noonan, M. P., Sallet, J., Toni, I., & Rushworth, M. F. (2012). On the relationship between the "default mode network" and the "social brain". *Frontiers in human neuroscience*, 6, 189.

5 Kellett, J. B., Humphrey, R. H., & Sleeth, R. G. (2006). Empathy and the emergence of task and relations leaders. *The Leadership Quarterly*, 17(2), 146–162.

6 Sadri, G., Weber, T. J., & Gentry, W. A. (2011). Empathic emotion and leadership performance: An empirical analysis across 38 countries. *The Leadership Quarterly*, 22(5), 818–830.

7 De Waal, F. (2010). *The age of empathy: Nature's lessons for a kinder society*. Broadway Books.

8 Keltner, D. (2017). *The power paradox: How we gain and lose influence*. Penguin.

9 Stavrova, O., & Ehlebracht, D. (2015). A longitudinal analysis of romantic relationship formation: The effect of prosocial behavior. *Social Psychological and Personality Science*, 6(5), 521–527.

10 Farrelly, D., Clemson, P., & Guthrie, M. (2016). Are women's mate preferences for altruism also influenced by physical attractiveness?. *Evolutionary Psychology*, 14(1), 1474704915623698.

11 Granovetter, M. S. (1973). The strength of weak ties. *American journal of sociology*, 78(6), 1360–1380.

12 Dweck, C. S. (2006). *Mindset: The new psychology of success*. New York, NY: Random House.

13 Schumann, K., Zaki, J., & Dweck, C. S. (2014). Addressing the empathy

deficit: beliefs about the malleability of empathy predict effortful responses when empathy is challenging. *Journal of personality and social psychology*, 107(3), 475.

행복은 뇌 안에

타인 공감에 지친 이들을 위한 책

행복은 뇌 안에

타인 공감에 지친 이들을 위한 책

ⓒ장동선, 박보혜, 김학진, 조지선, 조천호

1판 1쇄 2023년 4월 10일
1판 2쇄 2023년 4월 17일

지은이 장동선, 박보혜, 김학진, 조지선, 조천호
펴낸이 강성민
편집장 이은혜
기획 티앤씨재단
편집 진상원
마케팅 정민호 박치우 한민아 이민경 박진희 정경주 정유선 김수인
브랜딩 함유지 함근아 박민재 김희숙 고보미 정승민
제작 강신은 김동욱 임현식

펴낸곳 (주)글항아리 출판등록 2009년 1월19일 제406-2009-000002호

주소 10881 경기도 파주시 심학산로 10 3층
전자우편 bookpot@hanmail.net
전화번호 031-955-8869(마케팅) 031-941-5159(편집부)
팩스 031-955-2557

ISBN 979-11-6909-046-9 03180

www.geulhangari.com